L'ange Génétique

M. C Wryte

L'ange Génétique

Tome 1

Rebelión

DYSTOPIE

Édition : BoD · Books on Demand, 31 avenue Saint-Rémy,
57600 Forbach, bod@bod.fr
Impression : Libri Plureos GmbH, Friedensallee 273,
22763 Hamburg (Allemagne)
ISBN : 978-2-3224-9815-4
Couverture : Eva de Kerlan
Image de chapitre : iStock
Dépôt légal : Février 2025

Prologue

Tout était sombre et silencieux. La lumière de la lune filtrait à travers les épais rideaux des pièces spacieuses du manoir, créant d'inquiétantes ombres.

La jeune femme quitta sa chambre en catimini, surveillant du coin de l'œil ses arrières. Il valait mieux pour elle qu'il ne s'aperçoive de rien. Un interrogatoire trop intrusif mettrait à mal son secret et sa réaction un terme à son escapade nocturne.

Elle descendit les marches de l'escalier sur la pointe des pieds. En guise de contestation, elles grincèrent un peu, comme l'imposante porte qu'elle ouvrit. Le loquet manifesta sa mauvaise humeur par un claquement sourd lorsque le battant se referma. La jeune femme se raidit. Elle patienta de longues secondes, le cœur au bord de l'implosion. Rien. Elle poussa un soupir de soulagement.

Il faisait nuit, mais à l'horizon, l'encre noire se diluait peu à peu en bleu marine. Elle devait se dépêcher. Le temps lui était compté.

Le béton absorbait le roulement de ses rollers. Bien que très discrète, l'angoisse la rongeait depuis la mise en place d'un couvre-feu. L'incident des derniers jours avait inquiété la population de la ville qui craignait des attaques extérieures. À juste titre.

Une patrouille robotique apparut tout à coup dans son champ de vision. Les cinq guerriers de métal scannaient chaque élément à portée de rayon. La jeune femme se cacha dans un coin sombre et attendit, main sur la bouche pour camoufler son souffle. Ils passèrent non loin d'elle sans la remarquer, avant de s'introduire dans une ruelle. Elle soupira de soulagement et reprit sa route.

Après avoir patiné un long moment, elle avisa une plaque d'égout frappée du portrait de l'empereur. D'un geste, elle fit disparaître les roues de ses rollers dans les épaisses semelles de ses chaussures.

Elle se glissa dans l'étroit conduit à l'odeur nauséabonde, puis remonta le tunnel crasseux en courant, armée de sa lampe torche.

— Je ne pensais pas que tu pousserais la surveillance jusque dans les égouts, grogna-t-elle. Tu es complètement fou !

La fugitive se plaqua contre un mur perpendiculaire lorsqu'un robot patrouilleur rond s'approcha dangereusement de sa position. Il sortit de son corps métallique un long bras articulé. Il scanna la surface jusqu'à ce qu'un mouvement suspect le mette en alerte. Il se retourna soudainement vers un rat qui grignotait une miette. Le rongeur détala avec un cri strident dans un conduit étroit.

— Rien à signaler, dit le robot d'une voix saccadée.

Il s'en alla.

La jeune femme attendit encore un peu avant de continuer son chemin. Elle s'arrêta, quelques pas plus tard, devant un mur recouvert de graffitis. Une plaque coulissa sur une lentille. L'empreinte de son œil confirmée, une nouvelle lame en verre glissa vers elle. Cette fois-ci, elle posa sa main. Une lueur rouge scanna sa paume, puis une porte dérobée s'ouvrit. Une fois passée, elle se referma aussitôt.

※※※※※

Des néons s'allumèrent sur son passage, dévoilant un couloir gris acier. Il menait à une immense pièce éclairée par les nombreux écrans d'ordinateur qui l'occupaient. Les machines émettaient un vrombissement sourd.

Il s'associait au gargouillement des monstrueuses bulles qui remontaient le long de la paroi d'une imposante bonbonne.

La jeune femme se délesta de son sac à dos et s'en approcha. Elle tapota sur le mur en verre du bout de son index. Une masse informe, ressemblant vaguement à un humain, ouvrit sa bouche pour essayer d'attraper le doigt de sa créatrice, témoignage de son cerveau en évolution. Elle sourit, satisfaite.

— Crois-tu qu'il retrouvera sa mémoire et ses capacités ? demanda un grand homme, un mug de café à la main.

La jeune femme tourna légèrement la tête avant de revenir à sa contemplation.

— Si mes calculs sont exacts, alors oui, répondit-elle. Et on lui dira la vérité.

— Je ne pense pas que ce soit une bonne idée.

— Nous le devons. Je ne veux pas lui mentir.

L'homme n'insista pas. Son amie avait raison, après tout. Autant que cette vérité vienne d'elle.

— Il aura besoin de lui, reprit-elle mélancolique. Il ne pourra pas le battre seul. Je sais de quoi il est capable, mais je doute que sa puissance soit suffisante.

— Est-il si fort que cela ?

— Bien plus que tu ne l'imagines. Plus il renaît et plus sa force augmente.

Et plus cela devient douloureux, pensa-t-elle pour elle-même.

— Et qu'en est-il de toi ? s'inquiéta l'homme en la prenant par les épaules.

Elle secoua la tête, incertaine quant à la réponse à lui apporter. La jeune femme releva la manche de son blouson. La boursouflure de son bras n'avait cessé de grossir et de s'étendre. Phase finale d'une ultime transformation qui finirait par la tuer sous peu. Une larme glissa sur sa joue alors qu'elle s'adossait à la bonbonne. Elle se retourna subitement et plaqua sa main sur le verre.

— Tu es et tu seras notre unique espoir, murmura-t-elle.

1
Le règne de Fully Craze

— ourez ! hurla un homme aux cheveux bleus. Ne restez pas là !

Trop tard. La déflagration propulsa ses amis contre un mur en pierre et leur fit perdre connaissance.

Un débris lui entailla le biceps profondément, tandis qu'un autre vint se ficher dans son abdomen. Il le retira et maintint sa main gauche sur sa plaie pour l'empêcher de saigner. Il peinait à se maintenir debout, l'épuisement se faisant ressentir. Depuis combien de temps se battait-il ?

Un ricanement parvint à ses oreilles. Un individu apparut à la lumière blafarde du laboratoire en ruine. Bonhomme en fil de fer dont le ventre proéminent lui donnait une étrange allure. Sa longue barbe brune et ses lunettes carrées faisaient de lui l'image typique d'un scientifique fou. Les éclairages clignotants accentuèrent son sourire cruel.

— Arakin, ricana-t-il. Regarde-toi ! Le héros du monde, blessé et prêt à mordre la poussière… Rends-toi !

— Plutôt mourir ! cracha Arakin.

— Si tel est ton souhait… Ombre !

L'homme aux cheveux bleus crut l'apercevoir, ange déchu à la beauté trompeuse, à moins que ce ne soit son imagination. Son instinct de combattant lui ordonna de se mettre en garde. Ombre se métamorphosa peu à peu. Son corps se recouvrit d'une sueur acide, ses cheveux blonds en dégoulinèrent. Son regard sombre prit rapidement une teinte crème.

— Finissons-en, ordonna Fully Craze.

✳

Deux paupières lourdes s'ouvrirent peu à peu. L'ami d'Arakin toussa pour évacuer la poussière qui brûlait sa gorge. Il essaya avec peine de se relever, mais son corps ne lui répondait plus. Depuis combien de temps avait-il perdu connaissance ?

Tout à coup, un cri de douleur lui glaça le sang.

Dix sosies d'Ombre maintenaient fermement Arakin pendant que l'acolyte du scientifique fou enfonçait peu à peu ses doigts dans sa poitrine. Ultime vision de cauchemar, il lui arracha le cœur sous les éclats de rire de son comparse.

— Enfin ! jubila Fully. Arakin est mort ! MORT !

— Arakin, gémit son ami.

Le jeune homme secoua la tête. Des larmes piquèrent ses yeux, obstruèrent sa vision. Tout était à présent perdu, son ennemi avait irrémédiablement gagné.

— Non… Arakin… ARAKIN ! hurla-t-il, la douleur pour seule consolation.

✳✳✳✳✳

Malgré sa position orgueilleuse, le personnage n'en demeurait pas moins ridicule. La statue avait été recouverte de fientes et de graffitis. Les pigeons avaient fait de lui leur nouveau perchoir et les voyous leur défouloir.

Il fut un temps où Arakin avait été adulé en héros, avant d'être oublié de tous.

Cet homme avait pourtant lutté durant de très nombreuses années pour maintenir un semblant de paix. Une grossière erreur le tua, pour la plus grande joie de son ennemi juré : le professeur Fully Craze. Sa victoire l'amena à diriger une gigantesque armée de robots puissants mettant à feu et à sang les mégalopoles, puis les pays.

Le scientifique fou s'autoproclama empereur de la Terre, avant d'exécuter sans aucune pitié ses opposants.

Il ne conserva que les plus fortunés comme conseillers, tandis que le reste du monde fut réduit en esclavage. Le choix était simple : les mines ou les usines. Les plus chanceux travaillaient pour les riches.

Le régime rencontra une vive contestation, dont la répression amena son flot de morts et de massacres. Les rebelles, mal armés et mal préparés pour beaucoup, n'échappèrent pas à la vigilance du souverain qui, en guise d'exemple, les exécuta.

La rumeur, parmi les pauvres, disait qu'un homme et une femme agissaient dans l'ombre pour faire tomber le tyran. Si Fully taisait, par la violence et la propagande, les propos, il savait leur véracité. Il connaissait leur identité et leur passé, pour les avoir combattus jadis. Il savait également que les tuer en ferait des martyrs et les capturer, des héros que l'on prendrait pour exemple. Face à cette impasse, Fully ne pouvait que minimiser les dégâts et jouer sur la désinformation des populations.

※

Fully Craze baptisa son empire Fully Vallée et installa sa capitale, Crazevilla, en plein cœur de l'Europe.

La cité avait de gigantesques proportions, atteignant les huit cents kilomètres de diamètre seulement pour le quartier des riches. Le quartier des pauvres et des travailleurs en faisait plus du double.

Une frontière séparait ces deux mondes, comme pour mieux exposer leur différence : la Frontière Interdite. Mesurant plus de cent mètres de hauteur, elle se constituait de trois épaisseurs. Du béton armé et des briques composaient la première et la troisième couche. La seconde se dotait d'une plaque en titane doublée d'un alliage en acier.

Sur le sommet, des robots parfaitement alignés attendaient patiemment les imprudents. Au pied du mur, de tout petits orifices laissaient échapper un gaz urticant et mortel. Enfin, tous les vingt mètres, les miradors veillaient, prêts à dévoiler les intrus.

Certains prétendaient que ce mur avait une faille et la rumeur alimentait l'espoir des plus démunis qui essayaient d'escalader cette frontière infranchissable. Il en résultait un charnier dont les visages tordus par la douleur témoignaient de l'atroce vérité : nul ne pouvait passer.

※

Dans le luxe du quartier riche s'élevait la demeure de Fully : un château imposant et agressif, construit avec des pierres grises rehaussées d'un toit en ardoises noires.

Il représentait à merveille l'esprit de son créateur : machiavélique, mégalomane, démesuré.

Dans la cour intérieure des remparts, un monument rappelait à quel point le scientifique était un génie. Pour lire sa plaque, il fallait savoir décoder des équations à plusieurs inconnues.

La bâtisse centrale renfermait non seulement les appartements privés du dictateur, mais également un nombre impressionnant de laboratoires dédiés à l'armement et à la recherche, le tout sous le contrôle bienveillant de Fully.

Pourtant, bien loin du domaine robotique et de l'effervescence de la ville, se cachait un écrin de verdure : les jardins du palais dénotaient par leur calme et leur sérénité. Le scientifique aimait y faire de longues promenades lorsque son « génial » cerveau avait besoin d'un peu de repos. Çà et là, entre les divers arbustes et les plantes, se cachaient les miniatures des inventions de Fully.

Je suis certes un génie, mais il m'arrive d'oublier que j'en suis un ! aimait-il rappeler à sa troupe d'admirateurs qui, sous un rire faux, espéraient conserver ses faveurs et donc leur place et leurs privilèges.

Cependant, Igrène, la femme qu'il épousa peu après sa victoire, veillait à apporter quelques compositions plus classiques.

Ainsi se mélangeaient, parmi les machines végétales, des sculptures grecques entourées de roses, de lilas et de lavande. Que n'aurait pas fait Fully pour les yeux de sa dulcinée ?

De leur union, naquit Margaret, jeune fille capricieuse et sournoise. Certains la prétendaient promise à Ombre, l'acolyte de son père.

Homme froid et méticuleux, il inspirait la terreur. Son visage d'ange n'était qu'un leurre, son sourire la promesse de la souffrance la plus absolue.

Jamais Ombre ne se confiait, jamais Ombre ne souriait. Depuis la mort de son amie Soline, plusieurs décennies auparavant, il conservait un mutisme permanent. Il avait beau avoir vengé la jeune fille, tué les responsables de sa perte tragique, il n'en gardait pas moins un goût amer qu'il exprimait à travers ses yeux bleu marine.

Et Fully avait conscience de cette haine. Alors qu'il se baladait dans ses jardins, il avisa la longue chevelure blonde de son partenaire, assis sur le haut d'un pin. L'empereur gloussa. Qu'il aimait se servir d'Ombre pour garantir la terreur de son règne !

2

Cruauté et

douceur

L e coup de feu éclata dans l'air pour annoncer le départ. L'homme regarda autour de lui, apeuré, avant de comprendre qu'il devait s'enfuir.

Son cœur battait à tout rompre. Il trébuchait et se relevait maladroitement. Sa corpulence et sa faible endurance ralentirent inexorablement sa course.

Il s'arrêta quelques instants dans une ruelle étroite. Mains sur les genoux, il haleta en essuyant fébrilement la sueur de son front. L'homme s'avança pour observer l'avenue parallèle à sa cachette. Un coup d'œil à droite, un coup d'œil à gauche, il hésita un long moment, sous le regard amusé du chasseur.

— Pitié… gémit-il.

Le silence s'éternisa.

Tout à coup, une vieille boîte de conserve tomba dans un fracas infernal.

L'homme se remit à courir. Sa poitrine se comprima davantage, ses poumons peinèrent à trouver l'oxygène. L'angoisse et la peur le forçaient à avancer encore et encore. Il repéra un petit local et s'y précipita.

Son estomac refoula un flot jaune et nauséabond. L'effort avait été trop important. Il chercha à nouveau un lieu où se cacher en se tournant et en se retournant. Il haleta plus fort. La sueur trempa sa vieille chemise et son visage rougeaud.

— Non... Il doit bien y avoir une cachette ou...

Désespéré, il renversa les cartons et le mobilier. Puis, comprenant son erreur, il arrêta.

Silence.

Papoum...

Il entendit juste son cœur battre à tout rompre.

Papoum...

L'homme le sentait. Il sentait la présence du prédateur d'une manière qu'il n'aurait su expliquer. Il avala sa salive avec peine.

Il s'approcha tout doucement de la fenêtre en se baissant et mit ses doigts sur le rebord du carreau. Il se releva un peu pour observer l'extérieur.

Papoum...

Un bruit le fit se cacher. Il attendit. Fausse alerte.

Il déglutit à nouveau. Il ouvrit prudemment la porte du local. Sa tête s'extirpa la première. Aucun danger. Du moins, le crut-il. Il sortit, apeuré, toujours haletant. L'homme referma le battant avec d'infinies précautions. Un œil à droite, un œil à gauche, il reprit sa course.

Au loin, sa planche de salut apparut. Il distingua les silhouettes de sa femme et de sa fille. Sauvé ! Il était sauvé ! Si le prédateur tenait sa promesse, il était libre de partir !

Mais à quelques mètres, il s'arrêta, comprenant qu'il s'agissait d'un leurre. Il recula, bégaya.

— Non... non !

Lorsqu'il voulut faire demi-tour, un ange d'une beauté irréelle lui fit face. Il passa nonchalamment la main dans ses longs cheveux blonds. Ses iris bleu marine fixèrent le pauvre hère sans émotion. Tout juste le considérait-il comme une mouche agaçante.

— Vous aviez promis ! désespéra sa proie.

— En effet, dit-il en sortant de sa poche un vieux magnum.

— Papa !

L'homme reconnut la voix de sa fille. Un coup d'œil lui suffit pour comprendre que des soldats les empêchaient, elle et sa mère, de le rejoindre.

— Si vous atteignez votre famille avant que je ne réussisse à recharger mon arme, alors vous êtes libres de partir.

Il détala sans plus attendre.

Ombre mit méticuleusement une à une ses balles dans le barillet. Quel maladroit ! L'une d'elles tomba à ses pieds. Après un soupir, il se baissa pour la récupérer.

Encore trois mètres. L'homme tendit les bras, prêt à serrer sa famille.

Le chargeur plein, Ombre appuya sur le chien, puis la détente.

— Presque, lâcha-t-il platement alors que la balle atteignit la tête de sa proie dans une gerbe de sang.

Arrosée de cervelle, la jeune fille hurla de fureur et se précipita vers le prédateur avant d'être retenue par quelques soldats robotiques.

— Sale monstre ! cria-t-elle, les larmes aux yeux.

— Seigneur Ombre, que faisons-nous d'eux ? demanda un officier humain.

— Ramenez-les de l'autre côté de la Frontière Interdite, dit-il avec la plus grande indifférence. Ensuite, tuez-les.

⁕⁕⁕⁕⁕

À son passage, même les robots s'inclinèrent. Las, Ombre fit tout son possible pour éviter Fully. Il n'avait pas envie de l'entendre se vanter et encore moins l'entendre lui présenter une nouvelle invention.

Il monta dans sa chambre et s'y enferma. Spacieuse, sa baie vitrée offrait une vue imprenable sur les jardins du palais. Un petit salon trônait non loin d'un grand lit aux draps de satin noir et rouge.

Ombre se débarrassa de ses vêtements, aussitôt ramassés par un mini robot, et se dirigea vers sa douche, elle-même située face à la baie vitrée.

Une agréable brume savonneuse mouilla son corps musclé. Ombre poussa un soupir de plaisir. L'eau dégoulinant sur sa peau l'apaisa, le détendit. Il se frotta vigoureusement avant qu'un jet ne se déverse sur sa tête pour le rincer. Puis une cascade vint masser ses épaules. Enfin, un souffle puissant le sécha complètement. Ombre peigna sa longue chevelure blonde. S'il n'était pas porté sur les apparences, il en prenait quand même grand soin.

Il enfila un pantalon noir ainsi qu'un débardeur. Il se rendit ensuite sur le balcon de sa chambre. L'air était doux et les nuages s'amoncelaient en îlots épais dans la vaste étendue bleue du ciel.

Ombre observa les jardins, perdu dans ses pensées. Il ferma un peu les paupières, pour cacher le voile mélancolique qui obstruait son regard. Il en avait assez de cette vie, de ces mondanités que Fully lui faisait subir. Il ne trouvait même plus d'amusement dans les jeux de chasse qu'il s'octroyait de temps à autre. Son existence tout entière semblait suspendue à un ennui permanent.

Rapide comme l'éclair, il attrapa délicatement un petit oiseau en vol.

Il rouvrit légèrement ses doigts pour apercevoir quelques plumes bleues et jaunes.

※

— *Non !*

Soline courut vers Ombre alors que celui-ci tenait fermement l'oiseau.

— *C'est un insecte, remarqua Ombre. Je vais l'écraser.*

— *Non, je te dis ! rétorqua Soline.*

Le ton employé par son amie surprit l'homme blond. Il baissa la tête.

— *Non, reprit plus calmement la jeune fille à la moue d'Ombre. Ce n'est pas un insecte, c'est un oiseau. Ouvre un peu ta main.*

Il s'exécuta et le petit volatile piailla en regardant son geôlier.

— *Quelle est la différence ?*

— *Les insectes n'ont ni plumes ni poils et ils sont tout petits, sourit Soline.*

Elle observa l'oiseau de plus près, avec ses grands yeux marron. Elle gloussa.

— *Et ça, continua-t-elle, c'est une mésange bleue. Relâche-la !*

Ombre ouvrit les mains et la mésange s'envola pour se poser sur le haut d'une branche.

Soline regarda son ami et rit à nouveau.

✳

— Soline, murmura Ombre en ouvrant la cage de ses doigts.

L'oiseau s'envola en laissant l'homme blond à ses souvenirs.

— Comme tu me manques.

À cette époque, il avait eu un but : sauver la vie de Soline. Tout avait été si simple avec elle. Elle avait souffert autant que lui, mais elle n'avait jamais cessé de conserver son sourire et sa bonne humeur. Son rire résonna en écho dans ses souvenirs… le coup de feu qui la tua aussi. Sa disparition avait sonné le glas de sa propre vie. Sa survie n'avait été due qu'à son esprit de vengeance. Les responsables morts, quel but pouvait-il atteindre, à présent ? Tout semblait morne et triste, sans saveur et sans goût.

Il enfonça sa tête dans le creux de ses bras posés sur la rambarde de son balcon.

Soudain, on frappa à la porte de sa chambre. Il maudit le visiteur comme il le remercia de le tirer de ses souvenirs trop douloureux.

— Seigneur Ombre, Sa Majesté Fully souhaite vous voir tout de suite.

— Dites-lui que j'arrive, répondit l'homme blond.

— Bien, Monseigneur !

Ombre releva la tête vers le ciel parsemé de moutons blancs. Le visage de son amie apparut, en paix, et une brise sembla souffler dans ses cheveux courts pendant que son regard rieur se posait sur lui, teinté de gentillesse.

Courage ! crut-il entendre.

✳✳✳✳✳

Lorsque Ombre arriva sur le seuil de la chambre de Fully, ce dernier se préparait devant un grand miroir, sa femme non loin de lui.

19

Ombre observa le manège avec un certain dégoût. Igrène, obèse, ne cessait de s'éventer et de passer un mouchoir de soie sur un front dégoulinant de sueur. Sa robe corsetée la serrait tellement qu'elle faisait ressortir ses imposants seins de manière vulgaire, tout comme le parfum fort qu'il sentait jusqu'en dehors de la pièce.

Cela n'avait pas l'air de déranger Fully, trop occupé à ajuster son nœud papillon. Bien qu'habitué à le voir, Ombre ne s'était jamais accoutumé au physique du professeur fou. Il s'apparentait à une boule avec des fils de fer en guise de bras et jambes.

Sa tête aussi ronde que son corps arborait une longue barbe châtain.

— Te voilà enfin, Ombre ! fit Fully en se tournant vers lui.

Son acolyte se contenta de s'adosser à l'encadrement de la porte en croisant les bras.

— Eh bien ? continua Fully. Tu n'es pas prêt ?

— Prêt pour quoi ?

— Pour notre visite, mon ami.

— Notre visite ?

Fully descendit de son estrade et demanda à sa « pupuce » d'ajuster son nœud.

— Tu ne lis pas les messages que je t'envoie ?

— Tu m'en envoies tellement ! Viens-en au fait, s'agaça Ombre.

Fully remit correctement sa paire de lunettes carrées sur son petit nez qu'il plissa à la remarque de l'ancien cobaye.

— Aujourd'hui, nous allons rendre visite à un ami de longue date, expliqua Fully en se servant du scotch.

— Qui est ?

— Monsieur Robinson. Tu n'es pas sans savoir que je projette de créer des cyborgs pour mon armée.

Fully tendit un verre qu'Ombre refusa d'un geste de la main.

— Ce n'est pas la première fois que tu m'en parles, remarqua-t-il.

— C'est exact ! Le fait est que même les génies comme moi ont leur faiblesse. Monsieur Robinson est un spécialiste de la génétique et de la merveilleuse machine qu'est le corps humain. Il va m'aider à réaliser mon projet !

— Pourquoi des cyborgs ? demanda Ombre. Tes robots ne sont-ils pas suffisants ? Pourquoi ne pas te tourner vers la nanotechnologie ? N'est-ce pas ce qu'il y a de plus discret ?

— Non.

Fully s'assit sur un fauteuil moelleux et fit signe à Ombre d'en faire de même.

— Depuis quelque temps, mes espions sont repérés un à un, déplora le professeur. Les rebelles sont de mieux en mieux équipés. J'ai sous-estimé Sullivan. Je ne sais pas où il trouve toutes les pièces pour fabriquer ses machines. Pire encore, je ne sais même pas où se trouve son QG.

— Donc, tu espères que l'un de tes cyborgs pourra s'infiltrer dans sa base, devina Ombre.

Un sourire carnassier ourla le visage de Fully.

— Tu comprends vite, mon ami ! s'enthousiasma-t-il. Mais j'ai besoin de clarifier les choses avec monsieur Robinson, dans un premier temps.

— Je ne te suis donc d'aucune utilité.

— Au contraire !

Fully but d'un trait son verre avant de s'en servir un autre. Igrène posa son imposant fessier sur l'accoudoir qui grinça de contestation. Ombre les observa à nouveau et détourna le regard lorsque Fully embrassa goulûment sa femme. Il lui glissa un mot à l'oreille. Igrène gloussa et sortit de la pièce. Jamais geste ne fut aussi déplacé aux yeux de l'acolyte de l'empereur.

— Pendant que je parlerai avec Robinson, reprit Fully, tu feras la connaissance de sa petite-fille.

Ombre se leva précipitamment. Il alla à la fenêtre et posa les mains sur le rebord. Encore ! Fully ne pouvait-il se mêler de ses propres affaires ? Il n'en pouvait plus de ces adolescentes boutonneuses qui repeignaient le monde en rose !

— Cela suffit ! cria-t-il en se tournant vers Fully. À quoi cela rime-t-il ? Je n'ai nul besoin que tu me présentes à qui que ce soit. Ma vie intime ne regarde que moi !

— Ta vie intime ? ricana Fully. Ne me dis pas que tu parles des putes que tu fais venir dans ta chambre ? Voyons, mon ami, je te pensais plus classe que cela ! Surtout que ces femmes me coûtent une fortune !

Une fortune ? Et puis quoi encore ? Ombre aurait tellement aimé lui arracher la gorge. Il serra le poing, ses veines se colorèrent de noir. Le professeur n'en sourit que davantage.

— Soyons sérieux, Ombre ! Je comprends que tu aies un besoin physique à satisfaire. Tu es humain après tout. Néanmoins, nombreuses sont ces catins à vouloir rejoindre ton lit uniquement pour pouvoir espionner mon château à leur guise.

Fully se rassit en rivant ses yeux dans ceux d'Ombre.

— Deux d'entre elles ont mis en péril ma bien-aimée Igrène et ma fille, ainsi que la sécurité de mon havre de paix, qui est également le tien, soit dit en passant. Tu as été très imprudent. Notre ennemi y a vu une faille, une jolie faille à exploiter. Et avec ton beau minois, aucune hésitation.

Fully soupira et but une gorgée de son scotch.

— Et tu te mets aussi en danger. Qui te dit que l'une d'elles ne va pas essayer de te poignarder dans le dos ?

— Qui te dit que l'une d'elles n'a pas déjà essayé ? J'ai enfin su à ce moment-là ce que cela donnait, une fois enfermé avec des sodomites en manque.

Ombre rendit cette pique avec un sourire cruel. Son acolyte hocha la tête, satisfait.

— Mais tu avoueras quand même que j'ai raison.

L'homme blond s'adossa au rebord de la fenêtre. Il aurait aimé contredire Fully. Il dut cependant admettre la véracité des faits. Il avait été imprudent. Cela aurait pu tourner à la catastrophe. Il était certes immortel, mais un coup de poignard pouvait lui être fatal.

Et puis, après tout, pourquoi ne pas se marier ? Peut-être que cela lui apporterait un amusement dans cette vie sans but et morne.

Fully observa son acolyte et se régalait de le voir aussi hésitant. Bien sûr, il se fichait complètement des conquêtes d'Ombre. Il était néanmoins hors de question de mettre en danger sa sécurité et celle de sa famille. Il devait l'avouer, il avait eu très peur. Marier cet homme était, selon lui, la meilleure solution. Il se demanda un instant s'il ne le faisait pas également par amitié. Non, c'était complètement absurde.

— Et pourquoi pas une cyborg ? proposa Ombre avec amusement. Au moins sera-t-elle à mon goût.

Fully éclata de rire.

— Si tu le veux !

Fully regarda sa montre, il devait se presser.

— Mon ami, il est temps ! s'exclama-t-il. J'ai fait mettre dans tes appartements des vêtements qui t'iront à ravir. Crois-moi sur parole quand je te dis que la petite-fille de Robinson vaut le coup ! Je l'ai déjà vue et elle est très mignonne.

Bien sûr, les goûts de Fully n'étaient pas les mêmes que les siens, Igrène en était la preuve parfaite ! Mais pourquoi pas ? Ombre partit se changer.

3

Déborah

La journée était belle en ce début d'après-midi. Le ciel se parait d'un bleu vif et le soleil offrait une aveuglante clarté.

La limousine roulait à vive allure, entourée d'une dizaine de motards de la brigade impériale.

Ombre regardait avec indifférence le défilé des luxueuses demeures. Elles transformaient le paysage en dents de scie irrégulières, le colorant de blanc, de beige et parfois de rose saumon. Ombre soupira, se demandant l'espace d'un instant à quoi pouvait ressembler la petite-fille de Robinson. Il l'imaginait comme toutes celles qu'il avait pu croiser : ennuyeuses. Exubérantes et sans-gêne ou bien timides et prudes.

Fully l'observait avec un amusement certain. Il devinait aux mimiques d'Ombre que ce dernier se posait beaucoup de questions. Il gloussa.

La limousine s'arrêta devant un grand portail noir. Le chauffeur s'annonça, puis les deux grilles s'ouvrirent dans un grincement plaintif.

L'allée pavée menait à une sorte de place ronde au centre duquel trônait une statue grecque lançant un disque. Son regard franc et concentré, ses muscles saillants, sculptés avec minutie, donnaient la vive impression que l'homme de marbre allait bouger.

Le chauffeur ouvrit la portière d'un geste précis pour laisser sortir ses passagers. Ombre descendit le premier, suivi de près par Margaret, qui mâchait bruyamment son chewing-gum. Puis vinrent Igrène ainsi que Fully.

Un son grave retentit une fois que l'empereur eut appuyé sur la sonnette.

Un vieil homme recourbé leur ouvrit.

— Robinson ! s'enthousiasma Fully. Cela fait bien longtemps que nous ne nous sommes vus.

— En effet, empereur Fully, sourit Robinson. Je vous en prie… Entrez !

Monsieur Robinson les guida jusqu'à un charmant salon dont les murs rouge vermeil, décorés de fleurs de lys dorés, se cachaient derrière des bibliothèques en chêne.

Quelques peintures ornaient la pièce et une grande fenêtre donnait sur la cour extérieure. Ils mettaient en évidence des fauteuils en cuir vert.

Les hôtes s'installèrent confortablement en face de Robinson. Le vieil homme fit tinter une clochette.

Une grosse dame apparut avec un plateau. Elle posa sur la table basse du thé et des biscuits au sésame encore chauds. Tandis qu'elle s'affairait, monsieur Robinson reprit :

— Je suppose que votre visite porte sur notre partenariat ?

— En effet ! confirma Fully. Mais également sur ce que vous savez !

Ombre roula des yeux, exaspéré d'être ainsi donné en spectacle.

— Bien sûr, bien sûr… Monsieur Ombre, ma petite-fille est un beau diamant rose avec une intelligence hors norme. Son QI est estimé à plus de quatre cents ! Mais je ne saurai vous en dire plus. Nourrice ! appela-t-il.

La grosse dame réapparut presque instantanément, prête à servir son employeur.

— Voulez-vous appeler Déborah, je vous prie ?

— Bien, Monsieur !

Elle se dirigea vers la fenêtre, l'ouvrit, pour ensuite hurler à pleins poumons :

— Mademoiselle ! Mademoiselle ! Ton papi chéri veut te parler ! Mademoiselle !

Elle referma aussitôt les battants et quitta prestement le salon.

— Elle a du coffre ! plaisanta Fully, sous le regard réprobateur de sa femme jalouse.

— Elle m'a surtout explosé les oreilles ! se plaignit Margaret en triturant son téléphone portable.

※

— Mademoiselle ! cria encore la nourrice.

— Je suis là, Nourrice ! alerta une voix douce. Inutile de hurler.

La jeune femme remit une mèche de cheveux blancs derrière son oreille. Elle croisa les bras sur sa poitrine, impatiente.

— Vous voici ! Ton grand-père a une surprise !

Elle tapa ses mains d'excitation. Sa protégée... la promise d'Ombre !

— Une surprise ? Quel genre de surprise ? feignit-elle.

— Voyons, tu sais quelle est cette surprise.

— Une surprise surprise ou une surprise qui, je le sais, ne va pas me plaire ?

— Une surprise surprise !

— Nourrice !

— Bon, très bien une surprise qui ne va pas te plaire, mais une surprise quand même !

La jeune femme roula ses yeux roses, laissant retomber son visage dans la paume de sa main gauche recouverte d'une mitaine en cuir.

— Non ! fit-elle.

— Comment ça non ?

— Je refuse. J'en ai assez ! gronda-t-elle. Parce que je suppose que cette charmante surprise sera comme d'habitude cachée pour apparaître comme par magie !

La mine déconfite de sa nourrice la fit pousser un profond soupir.

— Faites donc connaissance ! Essaie.

La jeune femme grimaça.

— Il est temps de faire une mise au point ! déclara-t-elle, déterminée.

Elle entra dans le salon et se figea, l'espace d'un instant, lorsque les iris bleu marine d'Ombre se posèrent sur elle. Incapable de le quitter du regard, elle le dévisagea, incertaine. Finalement, elle se dirigea vers son grand-père, pour échapper à sa transe.

— Nous avons à parler et maintenant !

— Aurais-tu au moins la politesse de dire bonjour à nos hôtes, Déborah ? fit remarquer monsieur Robinson.

Elle se retourna, balaya l'espace de sa main en guise de salut, pour revenir à lui.

Ombre observa attentivement la petite-fille de Robinson. Elle affichait un air de rébellion bien loin des stéréotypes bourgeois qu'il avait pu rencontrer jusqu'à présent. Sa mine grave dénotait avec son visage en cœur et ses yeux roses surlignés d'une virgule noire. Elle se tenait droite, bras croisés sur la poitrine, affichant sous le nez du cobaye un corps svelte et musclé. Et un fessier délicieux caché sous un baggy en jean. Il fit la moue ; comme nombre de ses conquêtes, elle allait vieillir et devenir laide. Quel dommage ! Il soupira. Peut-être s'amuserait-il avec elle quelque temps ? Il demanderait ensuite à Fully de lui fabriquer une androïde. Au moins, les machines ne prenaient pas d'âge !

— Les salutations sont faites, content ?

Déborah recula face au regard mauvais que lui jeta son grand-père. Loin de se démonter, elle reprit :

— Je sais que tu veux le meilleur pour moi, que tu es inquiet et cætera… Mais j'aimerais assez que tu cesses de te mêler de ma vie sentimentale. Je suis assez grande pour choisir mes prétendants et juger de leur fiabilité ! Bon, alors, il est où ?

Déborah fit le tour du salon, examina chaque recoin pour revenir face à Robinson que la patience commençait à quitter.

— Déborah ! gronda-t-il.

— Dis-le-moi ! Comme ça je pourrai le sortir de sa cachette et lui dire en face que ses avances, son physique d'Apollon, ses promesses d'un amour sincère ou que sais-je encore ne sont qu'un ramassis d'ignominies inqualifiables !

— Et que feras-tu ensuite ? demanda son grand-père avec un grand sourire appuyé, soutenu par Ombre qui cachait bien maladroitement son hilarité.

— Par la peau du cou et des fesses et dehors ! s'exclama-t-elle. Je te le répète : j'en ai assez de ces rencontres idiotes !

— As-tu fini ?

Déborah répondit par l'affirmative. Ombre fut pendant un instant troublé par son regard rose bonbon. Une profonde tristesse s'imprima sur son visage aux lèvres fines. Non pas qu'elle semblait regretter ce qu'elle avait dit. C'était quelque chose de plus intime. Qu'avait-elle bien pu vivre qui puisse la marquer à ce point ? Cela l'intrigua.

Robinson se leva avec difficulté en s'aidant de sa canne.

— Si je me souviens bien, nous avons déjà eu ce type de conversation pas plus tard qu'hier, remarqua-t-il. J'ai alors décidé de changer les règles. Et tu peux me croire que tout ce que tu as dit a été entendu par ton prétendant. Je ne l'ai pas caché. Il était bien visible, mais tu n'as pas fait attention à lui.

Margaret daigna lever les yeux de son téléphone, la conversation devenant soudain très intéressante. Mauvaise, elle se régala d'avance de la gêne de Déborah qui quitta sa posture défensive, laissant ses bras ballants, le long de son corps mince.

— Tu as parfaitement deviné ! dit Robinson en posant la main sur l'épaule d'Ombre.

Déborah déglutit avec peine. Son grand-père n'avait pas osé ? Il n'avait pas l'intention de la marier avec Ombre ? Pas lui !

Fully explosa de rire à la mine empourprée de la jeune femme. Et plus encore lorsqu'elle lança un regard de reproche à son grand-père.

Ombre rit à son tour. Des prétendantes, il en avait croisé un grand nombre, mais avec autant de caractère, jamais !

Fully se racla la gorge bruyamment.

— Je propose que nous laissions ces jeunes gens faire plus ample connaissance, n'est-ce pas, Ombre ?

Son acolyte se leva. Il fit un baisemain à Déborah en la dévorant des yeux avant de quitter le salon.

Monsieur Robinson retint sa petite-fille par le bras.

— Tâche de ne plus jamais me faire une honte pareille… Et fais bonne figure ! Nous en discuterons ce soir.

✖✖✖✖✖

Ombre et Déborah sortirent dans le jardin. Quelques cumuli avaient envahi le ciel, formant une épaisse couverture nuageuse. Cette dernière cacha le soleil quelques instants, avant d'être chassée par le vent.

Déborah, mains dans le dos, se taisait. Elle marchait, absente, en observant constamment ses larges baskets noires et rouges. Ombre maintenait une posture droite, les bras le long de son corps, ses yeux bleu marine rivés sur le ciel. Entre la gêne de Déborah et la timidité de l'acolyte de l'empereur, aucun d'eux ne sut par où commencer.

— Je vous demande pardon, se lança Déborah. Je n'avais pas à être aussi désinvolte.

Ombre l'observa quelques instants avant de répondre.

— Tu n'as pas à t'excuser. Je sais ce que tu ressens. Fully a également cette manie et cette obsession de vouloir à tout prix me marier. Je dois cependant admettre que, de toutes celles que j'ai rencontrées jusqu'à présent, tu es la seule qui ait réussi à me faire rire !

— Au moins vous aurai-je amusé, gloussa Déborah. Je ne savais pas que l'empereur essayait de vous trouver une promise. C'est assez surprenant.

— Je n'entrerai pas dans les détails d'une telle décision, mais c'est une question de sécurité.

Déborah dévisagea Ombre. Une décision sécuritaire ? Ce fait l'intrigua. Cet homme n'avait même pas confiance en son propre acolyte. Ce qui, en soi, pour un mégalomane comme l'empereur, n'avait rien d'étonnant.

— Mais quand je vois les femmes qu'il me présente, j'ai des doutes sur ses réelles motivations, reprit Ombre. Je me demande parfois si ce n'est pas pour s'amuser à mes dépens.

— En vous présentant la crème de la jeune fille bien éduquée et soumise. Celle dont l'intellect est facilement malléable et les relations traçables. C'est ce qui agaçait mon grand-père avec Dave. Quand il a compris qu'il ne pouvait pas contrôler qui il était ou ce qu'il faisait, il a commencé le défilé des beaux parleurs.

— Je suppose que Dave est ton ami intime ? demanda Ombre.

— Était, avoua Déborah avec une profonde tristesse. Dave est mort il y a deux ans, maintenant. Aucun de ceux que je rencontre n'ont ne serait-ce que le quart de son courage et de sa franchise.

Le visage de Déborah se referma comme une anémone qui aurait été touchée. Un voile mélancolique posé sur cette beauté qui intrigua Ombre plus qu'il ne l'aurait pensé.

— Il fut un temps, commença-t-il, où j'avais espéré retrouver une femme comme Soline. Douce, gaie et rêveuse, même un peu naïve. Je me suis juste bercé d'illusions. Plus dure a été la chute quand j'ai compris que Soline était unique.

— Soline ? fit Déborah, étonnée. Soline…

Ce prénom ne lui était pas inconnu. Elle l'avait déjà entendu ou peut-être lu. Elle était néanmoins incapable de dire où et à quel moment.

Ombre et Déborah s'arrêtèrent devant une cascade qui alimentait une mare. Ils se mirent dos au soleil pour profiter de sa chaleur. L'automne commençait à prendre des températures hivernales.

— Soline… Ce prénom me dit quelque chose, continua Déborah en se frottant le menton.

— As-tu entendu parler du projet Eikyu ? demanda Ombre.

— Mais bien sûr ! Soline était cette jeune fille malade. Sa guérison était la promesse de trouver un remède à un grand nombre de maladies. Si je ne me trompe pas, on vous a même donné vie pour les tests en laboratoire. Mon grand-père m'en a parlé ! Il a participé aux recherches et il me semble qu'il l'a connue. Si je ne m'abuse, il y avait aussi la volonté de créer des êtres supérieurs pour l'armement à cause des conflits orientaux.

Déborah s'adossa à la barrière en bois et croisa les bras.

— Mais les dirigeants mondiaux ont eu peur des recherches. Ils ont craint pendant un moment que vous ne tombiez entre de mauvaises mains et du scandale que cela aurait pu engendrer. La mort de Soline fut classée sans suite. Le gouvernement prétexta la maladie pour expliquer sa disparition. La vérité étant qu'elle a en réalité succombé aux coups de feu du commando qui a débarqué dans le laboratoire.

Il y a tout de même une chose qui m'intrigue. Soline n'apparaît pas dans la liste des morts du débarquement de la base. Et on ne fait même pas référence à vous dans le rapport du supérieur. J'en ignore totalement la raison.

Ombre la dévisagea, plus qu'étonné qu'une lycéenne s'intéresse à une affaire aussi vieille. Il s'était attendu à tout sauf à cela.

— C'est très simple, affirma-t-il. Pour Soline, le monde entier savait qu'elle était malade. S'ils avaient dit la vérité sur le débarquement, comme tu l'as si bien expliqué, un scandale incontrôlable aurait éclaté avec une remise en question sur le pouvoir en place de l'époque. Une révolution, en temps de profonds troubles, n'aurait fait que jeter de l'huile sur le feu.

Voilà pourquoi ils ont adopté la thèse de l'accident chimique pour expliquer la disparition d'un grand nombre de scientifiques. Soline n'apparaît pas dans la liste des morts pour la simple raison qu'ils voulaient faire croire qu'elle avait été sauvée par la vaillance des soldats de l'armée mondiale.

— Se couvrant de lauriers par la même occasion, renchérit Déborah.

— En effet, acquiesça Ombre. Son décès ne fut annoncé que bien plus tard.

— Et vous ?

— Le monde savait que l'on effectuait des recherches sur le médicament qui aurait permis la guérison de Soline. Mais les dirigeants mondiaux s'étaient bien sûr entendus pour cacher celles sur l'armée d'êtres supérieurs. Savoir en plus que l'on utilisait un cobaye pour les expériences…

— Un scandale de plus à étouffer, dit platement Déborah.

— Il y eut deux rapports : l'officiel et l'officieux. Le vrai a été tenu top secret par l'assemblée militaire et le gouvernement, rédigé dans un langage codé. J'apparais dans celui-là et on m'annonce comme mort pour que les dirigeants mondiaux laissent l'armée tranquille sur d'éventuelles recherches. L'officiel fait référence à l'accident chimique pour couvrir le vrai but du laboratoire.

— Cependant, malgré toutes leurs précautions, les dirigeants mondiaux n'ont pas échappé au scandale qui a éclaté bien plus tard ! conclut Déborah. Il y a aussi une étrange rumeur qui circule concernant le débarquement.

— Laquelle ?

— Un scientifique jaloux de la gloire du grand-oncle de Fully aurait dénoncé certains faits en donnant un récit plus glauque que l'autre.

— Tu m'as l'air extrêmement bien renseignée, remarqua Ombre.

— Mon grand-père m'en a tellement parlé qu'il a réussi à me passionner pour cette histoire.

Ombre lui rendit son sourire avant de se refermer. Se remémorer ce douloureux passé l'avait ramené des années en arrière. Son esprit se matérialisa dans un monde de souvenirs en quelques secondes. Soline… très chère Soline.

※

Des cris, des coups de feu, des pas de gens terrifiés, l'odeur du sang et des produits déversés sur le sol… et une promesse.

— *Soline ! paniqua Ombre.*

Les larmes envahirent ses yeux bleu marine en même temps que ceux de son amie.

— *Je suis désolée, Ombre…*

— *Soline !*

— *Je compte sur toi, Ombre. Tu as été créé pour détruire, alors bats-toi… Montre au monde qui tu es vraiment.*

✳

Déborah posa une main sur son épaule, explosant ses images douloureuses en éclats. La jeune femme avait compris les tourments qui l'animaient au silence qu'il avait eu.

— Soline a été vengée. Vous pouvez être tranquille. C'est vous-même, si je me souviens bien, qui avez exécuté ses bourreaux, dit-elle avec douceur.

Déborah avait raison. Pourtant, au fond de lui, une voix lui criait que cette vengeance n'avait pas été totale. Bien que cette sensation soit parfaitement absurde, elle était bien ancrée dans son esprit. Comme une cicatrice qui ne guérirait jamais.

— Je le sais. Tout ceci appartient désormais au passé, il faut que j'aille de l'avant.

Déborah hocha la tête avec un sourire chaleureux.

— Je vous propose quelque chose, dit-elle malicieuse.

— Et quoi donc ?

Elle s'assit sur la barrière en bois. Elle ramena un genou contre elle.

— Est-ce que je vous ai parlé de Monseigneur de Turcadossa de Castilla d'Espagne ?

Comprenant où elle voulait en venir, Ombre s'installa plus confortablement et l'écouta avec attention.

— Il faudra donc, dans ce cas, que je te parle de Miss Pratchette, fit-il après un éclat de rire.

Jamais Ombre n'aurait pensé qu'une rencontre lui fasse autant de bien. Il avait ri et s'était confié sans pudeur, oubliant l'espace d'un instant qui il était et ce pour quoi il était là. Déborah l'avait écouté sans le juger, sans chercher à le flatter, lui répondant avec une franchise désarmante. Avait-il été assez fou pour la laisser pénétrer dans une intimité qu'il avait cachée avec le plus grand soin ? Il était incapable de le dire.

Déborah n'était pas folle. Elle savait que le moindre faux pas mettrait Ombre en alerte. C'était un homme à l'apparence trompeuse, un ange déchu que la vie n'avait pas épargné. Sa hargne était presque palpable, bien qu'il se montrât souriant. Déborah devait faire preuve de prudence. Elle connaissait sa dangerosité ainsi que ses pouvoirs. Elle avait un jour été témoin de ses capacités. Mieux valait pour elle faire profil bas. Du reste, le temps qu'elle gère cette relation quelque peu étrange. Car si elle s'était attendue à des reproches, il n'en fut rien. Ombre se montra sous un jour qu'elle ne lui connaissait pas. Charmant, attentif et, à sa grande surprise, très bavard ! Déborah devait admettre qu'elle avait passé un excellent moment en sa compagnie, même si sa raison lui criait la plus grande prudence.

4

La lettre

L a sonnerie retentissante du réveil tira Déborah d'un sommeil profond. Une lourde main s'aplatit sur le bouton et des grognements s'en suivirent.

La jeune femme se leva, retira son short ainsi que sa culotte pour prendre une douche chaude. Elle se dirigea vers son armoire et enfila la tenue réglementaire de son lycée : une jupe plissée à carreaux, une chemise blanche et une veste verte sur laquelle apparaissait le logo de l'école.

Déborah coiffa ses cheveux avec deux petites pinces rouges, puis chaussa des ballerines noires. Descendant dans la cuisine, elle attrapa un paquet de gâteaux et une brique de lait qu'elle enfourna dans son sac de cours.

Son chauffeur lui ouvrit la porte de la somptueuse limousine et démarra quelques instants plus tard.

Les rues défilèrent sous les yeux de Déborah qui sortait de sa torpeur matinale. Soudain, le véhicule ralentit. Des voix s'élevèrent en moult contestations.

Des ouvriers brandissaient des pancartes diverses, protestant contre leurs conditions de travail ainsi que le remplacement de nombre des leurs par des robots toujours plus performants. Ils réclamaient également un salaire universel.

Déborah suivait avec une attention particulière les manifestations. Cela faisait de nombreuses années que les travailleurs se plaignaient de leurs faibles revenus et qu'ils alertaient les autorités sur le remplacement successif de l'humain par la machine. Le combat n'était pas nouveau. Les idéalistes, à une certaine époque, y avaient vu le moyen d'abolir le travail des hommes. Que d'illusions ! Et avec un tyran comme Fully, cette bataille était bien vaine. Autant s'adresser de vive voix à un sourd.

Ce que Déborah craignait arriva. Un groupuscule lança des grenades fumigènes au milieu de la foule pour la disperser. Des machines prirent au hasard quelques manifestants pour les interroger. Plus jamais ils ne reverraient les leurs.

— Mademoiselle, les manifestants bloquent complètement la rue, informa le chauffeur.

— Passez dans cas par un autre chemin. Il me semble qu'il n'y aura personne par le parc des loisirs.

— Bien, Mademoiselle.

Le conducteur tourna le volant pour accéder à une autre rue.

Déborah avait toujours pris garde à ne choisir que des humains à son service, bien que la distinction entre machine et homme fût de plus en plus complexe. Cela en devenait effrayant !

La limousine s'arrêta devant l'imposante grille en fer forgé de Crazeschool. Déborah en descendit et fit un signe au chauffeur avant de rejoindre l'intérieur du bâtiment.

Le lycée n'était pas une construction moderne. Il s'agissait d'un ancien manoir réhabilité, dont les vieilles poutres apparentes lui conféraient un charme d'une autre époque. Quand le ciel se couvrait de gris et que la pluie tombait en abondance, l'école prenait des airs de maison hantée avec ses gargouilles et ses toutes petites fenêtres. Le clignotement d'un lampadaire ne fit que renforcer cette impression.

Déborah poussa un soupir en apercevant la foule des lycéens.

— Et c'est reparti pour ces conversations mielleuses sans queue ni tête, ces plaintes profondes qui ne veulent rien dire, déplora-t-elle. J'étais bien mieux devant mon ordinateur…

Elles étaient là, ces adolescentes boutonneuses qui se prenaient pour des princesses et la future impératrice. Ils étaient là, ces garçons imberbes qui la regardaient avec leurs yeux faussement séducteurs, un sourire enjôleur placardé sur leur visage ! Déborah soupira à nouveau, dépitée de retourner dans cet univers plastique.

Après avoir consulté l'administration de son établissement, elle se rendit dans l'allée des casiers. Elle ouvrit le sien pour attraper son livre d'Histoire et ranger quelques affaires.

— Debbie !

Le cri perçant déchira l'air. Déborah sourit lorsqu'elle aperçut la propriétaire de ce hurlement de joie. Bien vite, une crinière rousse vint se mêler à ses cheveux blancs.

La jeune femme accueillit à bras ouverts cette amie qu'elle n'avait pas vue depuis bien longtemps.

— Debbie ! Comment tu nous as manqué !

— Vous aussi, mes petites chéries ! assura-t-elle.

Le visage rond de Ludivina s'illumina. L'étincelle de ses yeux verts accentua davantage son allégresse. Elle grimaça soudain et remit correctement en place son bandana noir pris dans l'un des nombreux piercings de ses oreilles.

Déborah serra également Stéphanie. Beaucoup plus discrète que Ludivina, elle se distinguait par l'anneau qu'elle avait dans l'aile du nez ainsi que par son crâne rasé. Un tatouage tribal en forme de serpent courait le long de sa tempe gauche.

— Maintenant, dis-nous tout ! Qu'as-tu fait de tes vacances ? interrogea Ludivina. Il faudra que je te montre mon dernier parcours de skate et Stéphanie, ses figures à vélo. Elles sont géniales !

— Travail, roller, travail ! Non, pas de garçon en vue, anticipa-t-elle.

Stéphanie ne l'entendit pas de cette oreille. Elle se tint droite devant elle, les bras croisés fermement sur sa poitrine. Plus grande que son amie, elle se baissa à sa hauteur.

— Ma petite Debbie, pardonne-moi de te le dire, mais tu mens très mal ! Il y a un garçon ! Alors, maintenant, dis-nous tout !

Déborah lui répondit avec un sourire malicieux avant de lui tourner le dos.

— Vous le saurez bien assez tôt, les filles ! fit-elle en avançant vers la salle de classe.

Ludivina lui coupa toute retraite et lui mit le doigt sur le nez.

— Il nous reste quinze minutes avant de supporter l'insupportable voix de notre adorable prof d'histoire-géo, remarqua-t-elle en lui montrant sa montre. Ce qui te laisse le temps de nous donner au moins son nom.

— Oui, mais plus tard, sinon c'est une autre voix plus désagréable que celle de monsieur Durkles que tu entendras, grinça-t-elle.

— Plus désagréable que celle de monsieur Durkles ? Debbie, je ne pensais pas que tu trouverais des excuses aussi plates.

— Déborah Robinson ! héla une femme derrière Ludivina.

Cette dernière se retourna sur une adolescente aux cheveux blonds et aux yeux bleus. Elle se raidit.

— Merci, Ludivina, persifla Déborah.

— Désolée !

— Samantha ! Ô calvaire de mes cauchemars, que me vaut l'honneur de ta déplaisante visite ?

Archétype même de la peste, Samantha n'hésitait pas à montrer un physique de rêve en nouant son chemisier au-dessus du nombril et en remontant un peu plus sa jupe que le règlement en vigueur.

Elle regarda Déborah des pieds à la tête, la jaugeant avec un écœurement proche d'un insecte. Élue reine de beauté l'année passée, présidente des élèves et médaillée de la Légion d'honneur pour avoir dénoncé des rebelles, Samantha s'entourait d'une dizaine d'admiratrices pour montrer sa supériorité. Malheur à celui ou celle qui osait se mettre en travers de son chemin.

— La chouchoute du directeur d'étude, cracha-t-elle en tournant autour d'elle. Je me demande ce qu'il dirait s'il connaissait tes activités illicites.

— Qu'il y a-t-il d'illicite à vouloir aider les pauvres ? rétorqua Déborah.

— Tu ne fais pas que les aider, j'ai entendu bien d'autres choses comme tes allées et venues entre le quartier riche et le quartier pauvre.

— Au lieu de tourner autour du pot, dis-moi plutôt ce que tu veux, Samantha, coupa Déborah.

La jeune femme gloussa. Elle remit une mèche derrière son oreille avec un air suffisant. Sa rivale croisa les bras. Qu'elle détestait cette vipère ! Méchante, parfois cruelle, elle se méfiait de Samantha dont les ragots avaient condamné plusieurs de ses camarades à de violentes humiliations et des travaux forcés.

— Je sais ce que tu fais, Déborah. Mes révélations pourraient beaucoup te coûter, même si ton grand-père est dans les bonnes grâces de Fully.

— Qu'attends-tu d'elle ? interrogea Stéphanie, impatiente.

— Un peu d'amusement contre la garantie de garder tes petits secrets.

— De l'amusement ? stupéfia Ludivina, de plus en plus méfiante.

— Est-ce que le parcours de Belzébuth vous parle ? demanda Samantha.

Les trois amies se regardèrent. En effet, elles le connaissaient. Parcours de roller et de BMX, cette piste très dangereuse avait été détruite à la suite de nombreux accidents mortels. Au grand dam de Déborah qui ne trouvait plus d'amusement qu'en arpentant les rues tortueuses du quartier pauvre. Loopings, pentes abruptes, slaloms, effets d'optique, vides de plusieurs mètres, sans oublier la vétusté des lieux.

— Si je me souviens bien, cette piste a été détruite pour pouvoir implanter le nouveau complexe sportif, dit Stéphanie.

— En effet, confirma Samantha. Un complexe sportif le remplace à présent, mais le parcours de Belzébuth était également un site historique construit peu après la défaite d'Arakin. Fully Craze a voulu conserver cette mémoire. Il l'a donc refait à l'identique sur les façades du bâtiment.

Ludivina et Stéphanie commencèrent peu à peu à comprendre. Le regard en coin de Samantha riait à sa place. Le sourire qui ourla son visage confirma les craintes des deux lycéennes.

— Tu es folle ! s'exclama Ludivina. Déborah va se tuer !

— Je te laisse réfléchir, ma belle, finit Samantha, victorieuse.

Elle poussa Ludivina et Stéphanie pour rejoindre son cours, suivie de ses admiratrices.

— J'accepte, déclara Déborah à la surprise de ses amies. J'aimerais néanmoins ajouter une chose.

— Il n'y a rien à ajouter ! Ce sont mes conditions, non les tiennes, remarqua-t-elle.

— En plus de tenir ta langue, tu me ficheras une paix royale. À moins que tu ne souhaites compléter ta popularité avec quelques photos controversées.

Samantha serra le poing, comprenant que la balle avait changé de camp. Pas complètement cependant, ce qu'elle détenait sur Déborah était assez grave pour la dénoncer comme une traîtresse à la couronne.

— Maintenant, dis-moi quand tu veux que je fasse cela, ordonna Déborah.

— L'empereur doit se rendre à un match de basket-ball, ce week-end. Tout le grappin de Crazevilla sera là. Sois à l'heure.

Samantha s'en alla, enragée. Déborah avait réussi à pencher légèrement la balance de son côté. Elle sourit. Rirait bien qui rirait le dernier !

— Debbie, c'est le mec que tu as rencontré qui te rend complètement timbrée ? s'excita Ludivina en colère. T'es malade, ma pauvre !

— Samantha est une sale peste avec des ressources surprenantes. Toutefois, elle ne doit pas savoir grand-chose à mon sujet. Du moins, rien qui nous mette toutes les trois en danger.

— Alors pourquoi diable as-tu accepté au lieu de l'envoyer balader ?

— Dans le doute, divagua Déborah en se frottant le menton.

Ludivina et Stéphanie comprirent.

Certaines de leurs activités étaient très répréhensibles, surtout celles de Déborah. Elles avaient encore en mémoire ce qui était arrivé aux derniers traîtres que leur ennemie avait dénoncés. Leur sort était peu enviable. Ludivina regarda Stéphanie avant de revenir à son amie.

— Promets-nous au moins d'être prudente, exigea-t-elle.

Déborah se retourna, triomphante.

— C'est juré ! fit-elle en leur envoyant un clin d'œil. Au fait, les filles, rejoignez-moi cette après-midi à la fin des cours, il faut que je vous montre quelque chose.

※※※※※

Lorsque la cloche sonna, en fin d'après-midi, elles se retrouvèrent dans la chambre de Déborah, une pièce aux murs prune et blancs, décorés de chanteurs excentriques, située au sommet d'une tour. Au centre, juste en dessous d'un store vénitien, trônait un grand lit sur lequel Ludivina et Stéphanie avaient pris place pour faire leurs devoirs.

— Soit x^2, l'hypoténuse du triangle BAC, marmonna Ludivina en mâchouillant le capuchon de son stylo.

— Veux-tu réfléchir à voix basse, grogna Stéphanie tout aussi concentrée qu'elle sur une dissertation d'histoire.

Ludivina soupira et griffonna sur son cahier un résultat approximatif. Elle rangea ses cours, puis s'allongea confortablement.

Une fois son devoir fini, Stéphanie l'imita en retombant lourdement à ses côtés.

— Je vais tuer le prof de math à coup de masse pour nous donner des ignominies pareilles ! désespéra Ludivina. C'est un sadique !

— Tout ça parce que tu ne comprends pas les consignes ? Comme c'est étrange ! ironisa Stéphanie le sourire aux lèvres.

— La ferme, Stéphanie ! J'aime pas les maths, c'est un fait, mais avoue tout de même que ces exercices sont ignobles !

Stéphanie approuva, Ludivina n'avait pas tort. Les deux amies se regardèrent, et dans leurs yeux brilla une lueur d'inquiétude. Les examens du premier semestre arrivaient très bientôt, ce qui poussait les enseignants à être fermes. Comme l'avait souligné Ludivina, les exercices devenaient de plus en plus durs, parfois même impossibles. Les matières scientifiques prenaient une place prépondérante dans les notes de fin d'année. Si l'une d'elles devait être mauvaise, les conséquences pouvaient être irréversibles. L'examen déterminait non seulement les futures études, mais aussi le futur rang social. Celui des deux amies était particulièrement délicat. La famille de Ludivina vivait sur l'héritage de feu son père. Sa mère ne pouvait plus travailler. Son handicap et sa maladie l'empêchaient presque de sortir de chez elle. Son frère était encore trop jeune. Le temps pour lui d'entrer à l'université, l'argent serait très vite liquidé.

À la suite de nombreuses erreurs du passé, le père de Stéphanie, peintre et professeur d'art moderne, se trouvait dans une position délicate. Les rumeurs de rébellion à son égard ne faisaient que creuser la possibilité qu'il soit un jour débouté et humilié. Si Ludivina et Stéphanie réussissaient leurs examens, elles avaient la certitude d'obtenir une bourse qui les mettrait à l'abri du besoin et de la rue, car elles représentaient aux yeux de Fully l'espoir de faire partie de l'élite et donc de ses courtisans et appuis.

— Vous en faites une tête ! constata Déborah en se tournant vers elles.

Ses amies ne répondirent pas, communiquant de manière très silencieuse leur inquiétude réciproque.

— Les examens ?

Déborah leur sourit gentiment. Avec un quotient intellectuel qui dépassait presque celui de Fully, le dictateur reconnaissait lui-même son génie sans peine et sans rivalité, trouvant en elle une formidable opportunité de combler ses propres lacunes.

Mais Déborah, bien que son avenir fût déjà tout tracé, préférait les salles de cours à la solitude de son laboratoire, l'ambiance bon enfant et les rires des autres étudiants.

— Ne vous en faites pas, les filles, cela va aller. Vous pouvez me faire confiance, assura-t-elle.

Cette affirmation redonna l'ombre d'un sourire à ses amies. Ludivina se précipita pour l'étreindre avant de déposer un baiser sur sa joue.

Elle se redressa bien droite, gardant ses mains sur les épaules de sa complice.

— Au fait, tu n'avais pas un truc à nous montrer ? demanda-t-elle.

Déborah se retourna avec un air satisfait.

— Oh que si ! Et cela a même un rapport avec le type que j'ai rencontré, sourit-elle, énigmatique.

Ludivina se rassit en tailleur sur le lit, coudes sur les genoux, main contre main, comme si une affaire de la plus haute importance allait être conclue.

— Bien, bien… Continue, tu m'intéresses !

Déborah s'esclaffa à la mine faussement sérieuse de sa meilleure amie. Stéphanie gloussa à son tour.

— Au lieu de te foutre de moi, dis-nous qui c'est ! s'impatienta la jeune femme rousse.

— Il s'agit d'Ombre, finit par céder Déborah.

— Ombre ! s'exclamèrent-elles.

Ludivina et Stéphanie se dévisagèrent. Le prétendant de leur complice était l'acolyte de l'empereur ! Un frisson glacé parcourut leur échine.

— Grand-père et Fully ont décidé, d'un commun accord, une rencontre entre lui et moi. Je vous laisse imaginer ma tête !

— Tu n'imagines même pas à quel point je la visualise, lâcha platement Ludivina.

— Enfin bref ! Le fait est que nous avons discuté un long moment et nous avons abordé le projet Eikyu. Ombre m'a avoué qu'il existait deux rapports. L'officiel et l'officieux. Nous connaissons tous l'officiel, mais j'étais curieuse de lire le second.

— Tu sais qu'il y a plus agréable comme lecture ! remarqua Stéphanie.

— Quoi ? Vous n'êtes pas curieuses de savoir ce qu'il s'est réellement passé à ce moment-là ?

— Je suis surtout curieuse de savoir si toi et Ombre avez échangé plus que des mots.

Déborah offrit à son amie un sourire espiègle. Ludivina ne changerait donc jamais ! Elle retourna à son écran et tapota à vive allure sur son clavier. Un dossier caché apparut.

— Bon, à la base, ce n'est pas ce que je cherchais ! J'ai remis à Ivan mes trouvailles concernant les pièces aztèques. J'espère que cela l'aidera. J'admets tout de même que cette histoire de rapport militaire me titillait un peu beaucoup. J'ai donc recherché là où j'ai pu en passant par des endroits pas très recommandables sur le Net. Devinez quoi ?

— Tu as découvert des photos de Fully tout nu sous sa douche ! proposa Ludivina.

— Ludi ! gronda Déborah. Plus sérieusement, le rapport officiel et le rapport officieux ont disparu des radars. Plus aucune trace. Et ce n'est pas tout. Absolument tous les documents concernés de près ou de loin par le projet ont été supprimés.

Stéphanie et Ludivina haussèrent les épaules. En quoi une telle chose pouvait être intéressante ? Le projet Eikyu datait de plus de soixante ans. Il était à classer dans les livres d'Histoire au même titre que le couronnement de Charlemagne.

— Ils ont été effacés pendant que Fully les consultait ! Et au moment même où moi je les cherchais, il m'a contactée pour me demander conseil. Résultat, plus rien ! Les recherches de son grand-oncle ont également disparu. Le réseau informatique de Crazevilla a planté en beauté, effaçant un nombre conséquent de documents scientifiques. Tout ce que nous connaissions du projet Eikyu n'est plus !

— Pourquoi faire une chose pareille ? interrogea Stéphanie. Cela n'a pas de sens. À moins de vouloir avoir une trace des données sur Ombre. Mais ce type est aussi intouchable que Fully Craze en personne. Un acte de rébellion ? Dans ce cas, pour quoi faire ?

Déborah ne sut que répondre. Bien qu'une idée furtive lui ait traversé l'esprit, elle la garda pour elle.

— Du coup, tu n'as rien à nous montrer, en fait.

Elle afficha un sourire victorieux. Et cliqua sur une icône. Un courrier apparut, signé de la main d'un lieutenant ayant appartenu au commando du débarquement.

— J'ai réussi, par le plus grand des hasards, à sauver ceci ! Il s'agit du courrier d'un déserteur. Apparemment, il aurait vu quelque chose qu'il n'aurait pas dû voir.

— Vraiment par hasard ? plaisanta Ludivina avec un sourire en coin.

Déborah gloussa, puis commença la lecture à voix haute :

« Ma bien-aimée Mathilda,

Je te demande pardon. Je suppose que tu as été interrogée un grand nombre de fois. C'est de ma faute. Je l'admets : j'ai déserté le champ de bataille. Cela fait aujourd'hui un an que ce débarquement s'est produit et j'en garde toujours un douloureux souvenir. Tout avait si bien commencé. Nous avancions sans problème. Les ordres étaient simples : trouver Ombre et le tuer. Comme tu t'en doutes, cela ne s'est pas exactement passé comme prévu. Je te rassure, ma chérie (et par pitié, crois-moi !), je n'ai exécuté aucun des scientifiques de ce laboratoire. Je ne peux pas en dire autant de mes collègues qui se sont acharnés. Je ne reconnaissais plus mes camarades à travers leur masque de cruauté. Si un enfer devait exister, il ressemblerait au carnage dont j'ai été témoin.

Alors que je recherchais activement le cobaye, j'ai aperçu une silhouette. On m'avait dépeint Ombre comme un homme plutôt grand, mais ici, cette personne était plus petite et plus mince. J'ai lancé les sommations et elle s'est retournée vers moi. Jamais, mon amour, jamais de toute ma vie, je n'avais vu pareil regard. Je ne sais pas comment te le décrire, comme si... comme si la haine de tous les démons s'était accumulée dans cette femme. Ses yeux étaient injectés de sang, mauvais, diaboliques. Il suintait de son corps une huile et le rendait visqueux. Elle s'est avancée vers moi. Je n'arrivais plus à bouger tellement j'avais peur et elle, comme un succube... Elle a posé sa main sur mon bras. Je n'ai pas très bien compris... il est tombé avec mon fusil ! Je me souviens encore du hurlement que j'ai poussé et de son rire démoniaque. J'ai cru ma dernière heure arrivée. Et puis, je ne sais pas comment l'expliquer, son regard a changé. Elle a commencé à parler avec elle-même. Elle m'a ordonné de fuir.

Je ne me souviens plus de ce qu'il s'est passé ensuite... »

— Est-ce que cette femme proviendrait d'une expérience ratée ? Je croyais qu'il n'y avait qu'Ombre de dangereux dans cette affaire, remarqua Stéphanie.

Déborah se tint le menton. Le second rapport faisait-il référence à cette femme ? Ou son rédacteur avait-il omis sciemment ce détail ?

— Je ne sais pas ! finit-elle par répondre. Mais normalement oui. La lettre ne dit rien de plus.

— Serait-ce pour cette raison que les dossiers auraient été effacés ? supposa Ludivina. Mais pourquoi cacher ça ? Est-ce que cette chose traînerait encore dans la nature ? Apparemment Ombre serait immortel, est-ce que ce serait aussi le cas pour cette fille ? Et si Fully avait fait exprès de...

— Non, ce n'est pas dans son intérêt de supprimer quelque chose qui assiérait un peu plus son pouvoir et la peur qu'il inspire à la population. Dans ce cas de figure, je ne serais pas étonnée que la personne qui a effacé ceci ait retrouvé ce monstre pour l'utiliser contre l'empereur.

— Avec l'espoir de vaincre Ombre ? Cela se tient, confirma Stéphanie. Espérons simplement que ce ne soit pas un nouveau psychopathe ! Quoique... je ne pense pas qu'il puisse y avoir pire que Fully !

— À moins que ce ne soit UNE psychopathe ! exulta Ludivina. Tu imagines ?

— Comme Samantha ? demanda Stéphanie, les yeux écarquillés. Le cauchemar !

Les deux amis firent la grimace avant d'exploser de rire. Elles émirent les théories les plus farfelues dans l'ignorance la plus complète de Déborah.

Perdu dans ses pensées, elle ne faisait plus attention à son environnement. La lettre faisait mention d'une femme dont les pouvoirs ressemblaient étrangement à ceux d'Ombre. Des documents sur le projet Eikyu, elle en avait lu, beaucoup. Aucun d'eux ne parlait d'elle de près ou de loin. C'était la première fois qu'elle lisait un récit à son sujet. D'autres histoires semblables existaient-elles ou bien était-ce la seule ?

Déborah soupira. En aucun cas Fully ne devait avoir connaissance de son existence au risque de partir à sa recherche comme il avait fait pour Ombre.

Le regard sombre, elle pianota sur son clavier à la recherche des derniers fragments du projet Eikyu.

5
Le parcours de
Belzébuth

Le temps était radieux. Le soleil étendait ses rayons pour réchauffer les riches curieux de Crazevilla, agglomérés contre les barrières de sécurité. Le froid sec demeurait particulièrement pinçant pour la saison. Les mains frottaient les bras, rabaissaient les bonnets, remontaient les écharpes ou encore réajustaient les gants.

La garde robotique veillait. Tandis que des soldats de fer s'alignaient sur un long couloir menant à la tribune impériale, des drones survolaient l'espace. Si certains se voulaient énormes, d'autres, de la taille d'un insecte, surveillaient discrètement la foule.

Le bâtiment sportif qui se dressait devant elle était flambant neuf. Il regroupait à lui seul une vingtaine de salles, quatre grands bassins olympiques ainsi qu'un immense centre équestre réservé à l'élite. Chaque face du complexe était une partie du jeu de Belzébuth avec ses descentes, ses piquets de slalom…

Fully était particulièrement satisfait de ce complexe, même s'il fallut sacrifier une quinzaine d'ouvriers humains et de machines. Seul le résultat comptait pour le scientifique. Il gloussa, diabolique.

Ombre, recouvert d'un épais manteau en laine, lâcha un soupir. Son regard s'était perdu sur la population amassée. Il grimaça. Que n'aurait-il pas donné pour quitter cette mascarade sur-le-champ ? Fully trouvait vraiment n'importe quelle excuse pour se montrer, lui et sa précieuse ridicule bouffie d'orgueil. Son Altesse Obèse se tenait droite, une veste trop petite pour cacher ses bourrelets.

Margaret ne cessait de pianoter sur son téléphone et de se prendre en photo. Photos qu'elle partageait ensuite avec ses admirateurs.

Ombre poussa un soupir désabusé. Il tourna la tête vers Robinson, invité par Fully pour cette occasion. Le vieil homme regardait sans cesse sa montre.

— Un problème ? s'enquit Ombre en fronçant les sourcils.

— Rien de bien alarmant, Monseigneur ! s'empressa de clarifier Robinson.

— Déborah ne devait-elle pas vous accompagner ?

— Si, bien sûr ! Elle ne devrait plus tarder. Je vous prie de bien vouloir pardonner son retard, Ombre.

Monsieur Robinson inspira, mal à l'aise. Une discussion allait être plus que nécessaire pour que sa petite-fille reprenne le droit chemin.

✕✕✕✕✕

Déborah montait quatre à quatre les escaliers du complexe pour atteindre le point de départ du circuit qui, fort heureusement pour elle, se situait sur le toit. Lorsqu'elle ouvrit la porte de service, un froid glacial la transit jusqu'aux os. La bise caressa son ventre et ses bras nus. Elle claqua un peu des dents.

Elle oublia bien vite ce désagrément à la vue qui s'offrit à elle.

Une partie de Crazevilla apparut. Ses hautes tours surplombaient les luxueux quartiers résidentiels de la capitale. Déborah regarda ensuite les minuscules fourmis qui s'agitaient à ses pieds.

La jeune femme avisa la loge de l'empereur et crut apercevoir la mine sévère de son grand-père. À moins que ce ne soit son imagination.

Dans la foule, sise en contrebas, se détachaient un point roux, blond et blanc. Ludivina, Stéphanie et surtout Samantha.

✕

— Tu es ponctuelle, sourit Samantha en retrait.

Monsieur Robinson ouvrit des yeux ronds en apercevant sa petite-fille sur le toit du complexe. Oui, une remise en question allait être plus que nécessaire !

Fully Craze explosa de rire, Ombre serra le poing. Quelle mouche avait donc bien pu piquer Déborah ?

Sous les cris terrifiés de la foule, la jeune femme s'élança dans le vide.

※

Déborah se rattrapa sur une barre métallique du mur ouest, laissant une traînée d'étincelles derrière elle. Elle se retrouva sur le mur nord et patina sur une large bande en béton armé qui la propulsa dans un trou de souris, puis dans un looping.

À nouveau, ses rollers roulèrent sur autre bande de béton bientôt recouverte de bosses. Sa mémoire lui renvoya ce détail, un détail qui avait brisé maintes jambes et chevilles. Ce fut avec une agilité surprenante qu'elle passa cet obstacle.

※

Des drones suivaient le parcours de la petite-fille de Robinson. Ils retransmettaient sur un écran géant ses exploits. Entre cris de stupeur et de joie, le public vivait en direct l'avancée de la jeune femme.

— Je te ferai payer très cher cette folie, grinça son grand-père.

※

Déborah se retrouva sur le mur est. Sa vitesse excessive ne lui permit de voir qu'au dernier moment une longue et fine bande de pics.

— Bordel !

Elle ouvrit en grand ses yeux roses et son cœur fit un bond. Elle jura entre ses dents jusqu'à ce que l'adrénaline ne remplace la surprise par la réflexion et sa pratique. Elle s'accroupit, la roue avant de son roller slalomant entre les pics d'acier.

✳

Ombre admira son style et le parfait équilibre dont elle faisait preuve. Son sang-froid n'avait d'égal que sa folie. Il sourit malgré lui. Déborah lui plaisait de plus en plus.

✳

La jeune femme passa sur le mur sud. Elle patina comme une folle pour gagner un looping, accessible en roulant perpendiculairement à la piste. Elle slaloma ensuite entre les quelques pointes parsemant la boucle. Après avoir défié la gravité, Déborah tomba deux mètres plus bas sur un rail en acier encerclant le bâtiment. Jusqu'à ce qu'une mauvaise surprise ne fasse son apparition.

— Dites-moi que je rêve ! s'exclama-t-elle en apercevant la fin de la ligne et le vide qui suivait.

Déborah n'eut pas le choix. Elle se laissa choir et les roues de ses rollers récupérèrent le mur à la verticale. Le vent sifflait dans ses oreilles, faisait pleurer ses yeux. Déborah ressentait de nombreuses vibrations. Elle se dirigea peu à peu vers une zone incurvée jusqu'à ce qu'une évidence ne traverse son esprit : comment allait-elle pouvoir arrêter sa course à une vitesse aussi folle ?

— Écartez-vous ! se mit-elle à hurler.

Mais la foule, enthousiaste, ne l'écouta pas.

Déborah essayait désespérément de freiner. Rien n'y faisait.

Deux bras puissants stoppèrent net sa course. Était-ce dû au choc ou bien au soulagement, Déborah posa sa tête contre la poitrine de son sauveur quelques instants. Lorsqu'elle la releva, deux billes bleu marine s'accrochèrent aux siennes. Leur magnétisme la percuta durant une fraction de seconde.

Un vent glacial la fit frissonner, Ombre ne la resserra que davantage. Sa chaleur, son odeur éveillèrent chez la jeune femme le désir inavouable de prolonger cette étreinte. Elle s'y sentait bien, comme un cocon doux et rassurant.

— Est-ce que tout va bien, Déborah ? demanda Ombre, inquiet.

Sortant peu à peu de sa torpeur, elle regarda autour d'elle. La foule, immobile, la fixait. Lorsqu'elle comprit qu'elle enserrait le cobaye, elle recula, gênée.

Les murmures s'accentuèrent. Ils se muèrent en un brouhaha assourdissant. L'empereur s'approcha d'elle, accompagné de sa femme et de sa fille, ainsi que d'un homme qu'elle aurait préféré à cet instant ne pas avoir à affronter : son grand-père.

— Oui, tout va bien ! assura-t-elle en hochant la tête.

Le regard pesant de Robinson la fit déglutir avec peine. Une sensation de picotement parcourut ses veines. Elle devait calmer le jeu.

— J'espère que tu as une explication à tout ceci, vitupéra-t-il.

Déborah avisa Samantha qui bouillonnait de colère. Elle lui saisit la main pour l'emmener devant l'empereur.

— Empereur Craze, commença révérencieusement Déborah, vous devez cette prouesse à mon amie Samantha.

Cette expression eut le don de la faire bouillir encore plus. Cette humiliation avait un goût répugnant.

— C'est elle qui en a eu l'initiative. Nous espérons que Ses Altesses ont apprécié le spectacle.

Un « oh » général s'extirpa de toutes les bouches. Samantha crut défaillir lorsque Fully Craze, qu'elle vénérait comme un dieu vivant, s'approcha d'elle.

Il s'en suivit un long discours élogieux sur son initiative, auquel répondirent de nombreux applaudissements.

En retrait, Déborah gloussa. Elle s'éclipsa rapidement avant que les journalistes ne s'intéressent à elle. Sa bavure avait déjà attiré les foudres de son grand-père, mieux valait à présent se faire discrète.

✕✕✕✕✕

Ludivina et Stéphanie retrouvèrent Déborah l'après-midi même. Elles riaient de bon cœur tout en commentant les exploits de Déborah et la réaction des spectateurs.

— Si, je t'assure ! Tu aurais dû voir ! s'extasia Ludivina.

La porte de la chambre s'ouvrit dans un grincement sourd. La mine haineuse de Robinson glaça le sang des trois amies. Il s'écarta légèrement et se racla la gorge.

C'est ça, chasse-les tant que nous y sommes ! gronda intérieurement Déborah.

— Voulez-vous nous laisser, je vous prie, ordonna-t-il.

Sa petite-fille soutint son regard implacable, bien loin d'être impressionnée. Elle fit signe à ses amies qui, après avoir récupéré leurs affaires, s'en furent sans discuter.

Lorsque la porte se referma, un lourd silence s'empara de la pièce. Robinson et Déborah se dévisagèrent un long moment sans ciller. Finalement, le vieil homme s'assit sur le lit de sa petite-fille.

— J'aimerais savoir à quoi tu joues, commença-t-il en fixant le mur.

— Je ne joue pas, répondit-elle en rangeant quelques affaires.

— Oh que si ! Tu joues. Tu joues avec le feu, Déborah. Tu nous mets en péril. Ton comportement finira par avoir des effets néfastes aussi bien pour toi que pour moi !

— Que m'importe, lâcha-t-elle platement.

Robinson l'attrapa par le bras pour la forcer à le regarder.

— Que t'importe ? Que t'importe ! hurla-t-il. Tu risques de détruire tout ce que nous avons mis en place ! Tout !

— Tout ce que TOI, tu as mis en place ! rectifia Déborah, mauvaise. Je pourrais avertir Ombre.

Une crampe à l'estomac la foudroya. À genoux, elle se tint le ventre. Elle ne put retenir le flot acide qui coula à la commissure de ses lèvres.

— Comme je pourrais aussi avertir Fully Craze de certaines de tes activités, hum ?

Un cri s'extirpa de la bouche de Déborah, recroquevillée en position fœtale.

— Mais je doute que la punition de notre empereur soit assez sévère. Je pense même qu'elle sera beaucoup trop douce.

Déborah poussa un nouveau hurlement.

— Je vais me montrer clément pour cette fois-ci seulement, précisa Robinson.

— Clément uniquement parce que tu as trop besoin de moi, répliqua Déborah avec difficulté alors que la douleur se faisait de plus en plus aiguë.

Robinson grimaça parce qu'il savait qu'elle avait raison. Il en tremblait.

— Tiens ton rôle comme nous l'avons convenu ni plus ni moins. Et tu épouseras Ombre, que tu le veuilles ou non. Cela ne fera qu'accentuer notre position et notre protection, conclut-il.

La douleur cessa lorsqu'il claqua la porte de sa chambre.

Déborah resta longtemps allongée sur le sol. Une larme coula sur sa joue ; peu importe les propos de son grand-père, elle ne mettrait jamais fin à son combat. Cette confrontation n'avait fait que renforcer une fois de plus sa détermination.

6

L'ombre d'un

souvenir

Un mois s'était écoulé. La première journée des vacances d'hiver commença avec la tombée de petits flocons. Alors que Ludivina et Stéphanie révisaient les partiels de janvier, Déborah travaillait sur un tout nouveau programme militaire commandé par Fully.

Assise à son bureau, un casque sur les oreilles, la jeune femme pianotait sur un clavier double dans un bruit assourdissant. Les doigts de sa main gauche et de sa main droite saisissaient des lignes et des lignes de codes informatiques complexes. Elles défilaient sur l'écran, créant sur la surface plane un ballet de lettres et de chiffres. Parfois, un schéma apparaissait. L'informaticienne arrêtait alors sa frappe pour attraper la paille de son soda. Elle but quelques gorgées, tout en analysant minutieusement ce qui s'affichait. Ses doigts agrandissaient de temps en temps le dessin en les posant sur la surface plane.

Ensuite, elle recommençait sa frénétique saisie, les yeux balayant inlassablement les lignes vertes qui se superposaient. Au bout de deux heures de travail acharné, elle s'étira.

Déborah regarda par la fenêtre de sa chambre. Le temps était clair. Les nuages avaient été chassés par la brise hivernale, lavant ainsi le ciel des quelques cumuli qui l'envahissaient.

La jeune femme sourit, elle avait besoin d'une pause. Elle attrapa son blouson, ses gants, son écharpe ainsi que ses rollers.

Elle patina tranquillement, saluant au passage quelques amies. Elle voulait prendre son temps. Ses pas l'amenèrent dans un parc situé non loin de chez elle, idéal pour souffler et accessoirement se changer les idées. Déborah inspira profondément l'air frais, tout en fermant ses yeux roses.

La cloche d'une église tinta quatre coups. Elle devait rentrer. La petite-fille de Robinson emprunta un chemin qui lui offrit quelques amusements.

Arrivée au croisement de sa rue, elle ralentit l'allure. Non loin, une silhouette titubante s'approcha d'elle. Recouverte d'ecchymoses, elle tendit un bras vers Déborah.

— Ombre !

✕✕✕✕✕

Quelqu'un pleurait. Cela l'avait réveillé, l'extirpant d'un cauchemar surgi de son passé. Ombre ouvrit les paupières légèrement. Il pivota la tête vers ce qui semblait être une salle de bain.

Déborah lui tournait le dos. Ses épaules étaient secouées par des spasmes. Ombre entendit ses gémissements plaintifs.

— Laisse-moi, je t'en supplie, laisse-moi… murmurait-elle. Je n'ai rien fait de mal, je me suis tenue tranquille ! Pourquoi me fais-tu cela ? Il est là, s'il me voit…

À qui s'adressait-elle ? Tout à coup, elle vomit. Le rebord du lavabo la retenait maladroitement. Blanc ? Pas totalement. Quelle était cette couleur rouge qui le peignait ? Du sang ?

Déborah posa les yeux sur son reflet. Son visage ensanglanté offrit une vision d'horreur. Un hoquet de stupeur s'échappa de la bouche d'Ombre. Un cauchemar, cela devait être un cauchemar !

Il perdit connaissance.

✕✕✕✕✕

« *Mot de passe* »

« *Cœur du réacteur* » tapa Déborah. Elle n'avait nullement été surprise par le code. Son interlocuteur faisait partie d'un processus instable et dangereux. Elle devait pourtant le contacter pour se faire connaître. L'informaticienne de génie avait dû fouiller parmi des centaines de milliers de milliards de données, pénétrer dans le plus profond du dark-web pour trouver ce programme controversé.

Non, interdit, pensa-t-elle en regardant Ombre endormi dans son lit.

Sa détention s'annonçait comme les prémices d'une mort certaine et particulièrement douloureuse. Sans oublier que la matrice se modifiait automatiquement après chaque utilisation. Il fallait donc recommencer à chaque fois les recherches, ce qui, même pour un bon hacker, pouvait représenter des mois de travail.

L'intelligence hors norme de Déborah palliait cette déconvenue. L'informaticienne imbriquait un pisteur qui s'agrippait à la source du logiciel pirate. Comme une blessure laissant une cicatrice invisible, sa trace était presque indétectable. Ainsi, Déborah ne le retrouvait qu'en une heure à peine.

Faire la mainmise sur le mot de passe fut une tout autre paire de manches. Déborah dut trouver l'information en dehors du monde des ordinateurs.

Après maintes recherches, ponctuées de menaces aussi vaines qu'inutiles — les mettre en place demandait des ressources qu'elle ne possédait pas — Déborah avait finalement obtenu le précieux sésame.

Chance ou non, elle obtint également d'intéressantes informations sur le code à adopter pour discuter avec son interlocuteur. Jamais elle n'aurait pensé qu'il prendrait des mesures aussi extrêmes.

Déborah avait conscience que ses efforts pouvaient être réduits à néant si la conversation ne plaisait pas ou si le « cœur du réacteur » apposait le moindre doute sur elle.

La jeune femme inspira quand une fenêtre blanche apparut avec le signe « > : »

Cœur du réacteur : Salut, cela fait un bail !

Déborah : Ouais ! Un moment qu'on n'a pas discuté !

Cœur du réacteur : Alors, que racontes-tu ?

L'informaticienne laissa ses mains en suspens. Elle devait répondre et vite.

Déborah : Bof, pas grand-chose. J'ai réussi mon examen d'entrée à l'école dont je t'avais parlé. Remarque, ils n'y ont vu que du feu. J'ai fait ce qu'il faut pour !

Cœur du réacteur : Ah ouais, tu as eu chaud alors ?

Déborah : J'ai cru qu'il m'avait prise, mais c'est OK, c'est passé inaperçu ;-)

Cœur du réacteur : Impec. Sinon ?

Moment de vérité. La jeune femme retint son souffle quelques instants. Elle vérifia son invité qui la regardait, les yeux grands ouverts. Son cœur manqua un battement.

Et merde ! pensa-t-elle.

Déborah : Désolée, quelqu'un sonne ! À bientôt !

La fenêtre blanche se ferma pour dévoiler le programme informatique de Fully. Rouge comme un poivron, elle déglutit difficilement.

T'es mal, ma vieille ! se dit-elle, tandis que l'acolyte de l'empereur se passait une main sur le visage.

— Pardonne-moi d'avoir interrompu ta conversation, dit-il en souriant.

— Non, ce n'est rien, balbutia-t-elle. Une connaissance.

Déborah imagina Ludivina se moquer d'elle l'espace d'un instant. Son corps était tellement figé que cela en devenait douloureux.

Même une statue bouge plus que moi, grinça-t-elle.

Fort heureusement pour elle, Ombre ne fit aucun commentaire sur son attitude et sa posture tendue. Il se contenta de bâiller à s'en décrocher la mâchoire.

Jamais Déborah ne s'était sentie aussi soulagée.

— Cela va mieux ? interrogea-t-elle, une fausse innocence sur le visage.

— Je pense, répondit Ombre. Où suis-je ?

— Chez moi. J'ai soigné la majorité de vos blessures. Vous avez encore quelques ecchymoses, mais rien de grave. Du repos et un passage dans les machines de Fully et vous…

— L'as-tu prévenu ? s'enquit-il.

Elle secoua la tête.

— Ne fais rien.

— Mais vous mettrez plus de temps à guérir. Je n'ai pas tout l'équipement nécessaire…

— Peu importe.

Il porta la main au bandage de sa tête, réveillant ainsi quelques douleurs. Il grimaça. Déborah avait raison. Sa guérison irait plus vite avec la technologie de Fully. Mais il ne voulait pas rentrer, entendre parler des inventions géniales de son acolyte, passer la majeure partie de son temps à des réunions stériles, entendre les récriminations du dictateur… Ombre désirait juste du repos, un moment de calme dans le tumulte qu'était sa vie.

— Comme tu le disais si bien, j'ai besoin de repos. Ce repos, je ne l'aurai qu'ici, pas au château. Et je dois admettre que des soins prodigués par une jolie infirmière sont plus attrayants qu'une machine froide et sans âme.

Déborah rougit violemment.

— Si… Si vous le souhaitez, bégaya-t-elle. Laissez-moi juste avertir Fully.

Ombre opina du chef. Déborah l'aida à s'asseoir, calant quelques coussins derrière son dos.

— Maintenant, expliquez-moi tout. Que s'est-il passé ?

— L'un des rebelles recherchés par Fully a été aperçu dans la capitale. J'ai fait l'erreur de le sous-estimer. Il y a de fortes chances qu'il soit encore ici.

— Ou bien a-t-il préféré retourner de l'autre côté de la Frontière Interdite ?

— Non, il est toujours dans le quartier des riches. Il s'agit maintenant de déterminer ses motivations.

— Vous pensez à des attentats ? demanda Déborah, inquiète.

Ombre acquiesça, bien que cette possibilité soit extrêmement minime. La dernière action des rebelles avait été déjouée de manière magistrale et nombreux furent ceux à avoir été arrêtés. Leur ennemi ne commettrait pas la même erreur.

— Je te rassure, Déborah, il n'est pas près de s'attaquer à qui que ce soit de nouveau.

La jeune femme hocha la tête, peu convaincue.

— Avez-vous faim ? s'enquit-elle pour changer de conversation. Souhaitez-vous que je vous monte quelque chose à manger ?

— Volontiers.

※※※※※

Déborah descendit à la cuisine et prépara un plateau-repas pour elle et son invité. Elle réfléchissait aussi. Elle devait reprendre contact avec le Cœur du Réacteur, mais pas avant qu'Ombre ne soit parti.

— Je n'ai pas le choix, murmura-t-elle alors qu'elle étalait du beurre sur une tartine.

— Tu n'as pas le choix de quoi ? interrompit son grand-père.

Déborah sursauta en poussant un cri.

— Tu m'as fait peur ! grogna-t-elle.

— Alors ? insista Robinson.

— Je parlais d'un programme que je mets en place pour Fully. Il est tellement complexe que je n'arrive pas à me décider entre deux lignes de codes.

Robinson se contenta de cette explication. Il alla au frigo et se servit un verre de lait.

— J'ai cru comprendre que tu avais invité Ombre, reprit-il, à passer quelques jours chez nous.

— Le temps pour lui de se remettre de ses blessures. Il a refusé de retourner auprès de Fully.

Alors que Déborah allait repartir avec son plateau, Robinson la retint par le bras.

— Tâche de faire bonne figure, cette fois-ci.

Elle se libéra prestement. Son grand-père ne la lâcherait-il donc jamais ?

※※※※※

Ombre passa sans doute les plus belles vacances de sa vie. Déborah l'avait laissé se reposer à sa convenance et l'avait traité avec plus d'égard qu'un prince.

Au bout de quelques jours, une escorte vint le chercher.

La jeune femme demeura un moment sur le pas de la porte d'entrée, perdue dans ses pensées. Elle menait un combat contre les sentiments qui naissaient peu à peu en elle. Elle aurait aimé goûter une nouvelle fois à l'étreinte d'Ombre, sentir la chaleur de son corps et, pourquoi pas, ses lèvres sur les siennes.

— Tu es ridicule, Déborah ! se morigéna-t-elle.

Elle tourna les talons et monta quatre à quatre les marches de l'escalier menant à sa chambre. Elle la trouva soudain très vide. Elle soupira.

— Non... je.... Je ne suis pas...

Déborah refusa de dire le mot. Elle ne le dirait pas ! Bien que l'évidence soit là, indélébile. Elle secoua la tête et se remit au travail. Son programme allait lui changer les idées.

※※※※※

Ombre se délectait d'un grand cru en observant les nuages noirs qui s'amoncelaient dans le ciel. Il repensait à cette vision d'horreur sortie tout droit de ses plus affreux cauchemars.

Est-ce possible ?

Il but une gorgée. Une pluie cinglante et une bourrasque vinrent tout à coup frapper la baie vitrée. Des éclairs surgirent de toute part et zébrèrent l'épaisse couverture noire.

— Enfin ! cria Fully en entrant dans la chambre du grand homme blond. Très cher ami, j'ai trouvé la solution à mon problème. Même les génies ont des lacunes ! C'était une grossière erreur de calcul. Je vais pouvoir construire un tout nouveau prototype de robots et...

Fully fit la moue. Son acolyte ne l'écoutait pas. Plongé dans une mer de souvenirs, Ombre regardait fixement l'horizon à présent déchaîné.

— Ombre ! héla Fully.

Des murs blancs, l'odeur des médicaments, les allées et venues des médecins et des chercheurs... Il avait encore en mémoire les néons dont la lueur bleutée auréolait les couloirs d'une légère froideur. Ce jour-là, Ombre fêtait son premier mois d'existence.

L'homme se souvenait avec exactitude des exercices qu'on lui donnait pour améliorer ses capacités mentales et cognitives. Il se souvenait surtout de ce jour, un jour comme bien d'autres ou presque.

※

Il emboîtait ce jour-là des gobelets rouges, bleus et verts sous le regard attentif d'une infirmière. Exercice simple pour éduquer un cerveau dont le QI ne dépassait pas, à l'époque, celui d'un enfant de quatre ans.

— Ombre ? entra un scientifique. Nous avons besoin de toi.

— Avec Soline ?

— Avec Soline, confirma le nouveau venu.

— Chouette !

En se relevant, Ombre renversa la table et son travail. Penaud, il baissa la tête.

— Ce n'est pas grave, assura l'infirmière qui remit de l'ordre. Va !

Il opina du chef et suivit le scientifique. Assise sur un fauteuil roulant, les jambes provisoirement paralysées, Soline l'accueillit avec le sourire qui la caractérisait tant.

— *Le professeur Mitchel vous attend au bout de ce couloir, montra l'homme en blouse. Frappez et il vous ouvrira.*

Ombre poussa Soline jusqu'à la porte du laboratoire. Un frisson parcourut son échine. Quelque chose le mit en alerte.

— *Tu entends ça, Ombre ? demanda Soline, inquiète.*

Il déglutit avec peine. Des cris, des gloussements, des rires et des supplications. La dispute s'accompagnait de bruits de chaises et de meubles déplacés dans un grincement. Le son cristallin du verre qui se brisait atteignit les oreilles du cobaye.

— *Je... je vais aller voir, balbutia Ombre peu rassuré.*

Il s'approcha et leva le poing en tremblant.

— *Professeur Mitchel, c'est Ombre ! annonça-t-il en frappant sur le battant. Nous venons pour...*

La porte s'ouvrit avec fracas et le corps ensanglanté d'une femme lui tomba dessus. Ses yeux rouges embués de larmes semblaient lui demander de l'aide. Des plaies béantes parsemaient sa peau fine et de monstrueuses cloques vertes apparaissaient et éclataient avec un bruit écœurant.

Main sur la bouche, retenant autant que possible sa nausée, Ombre crut entendre un « aidez-moi » à travers les lèvres de l'inconnue.

Soudain, un tentacule s'empara de la jambe de cette poupée désarticulée et la lança sans ménagement dans la pièce. L'étrange appendice observa le cobaye avant de refermer la porte comme si de rien n'était. Un cri de peur, une fuite, les scientifiques et la sécurité. Bien qu'il ne se soit écoulé qu'un court laps de temps, tout avait disparu comme par enchantement.

※

Ombre ferma les yeux, portant le bord de son verre ballon à ses lèvres.

— Ombre ! reprit de plus belle Fully. Alors, qu'en penses-tu ?

Le grand homme tourna la tête vers le schéma. Il n'y vit rien d'autre que des lignes et des points blancs. Il ne perçut pas la machine à travers le dessin, trop perturbé par ce singulier souvenir.

— C'est très beau, se contenta-t-il de dire avant de quitter sa chambre.

7

Le concours

Une alarme tonitruante tira violemment Déborah des bras de Morphée. Elle releva la tête et souffla sur les quelques mèches qui obstruaient sa vue. Sept heures du matin. Elle bâilla à s'en décrocher la mâchoire. Puis son poing vint mettre fin au buzz de cette machine infernale. Visage dans l'oreiller, elle rabattit sa couette sur les épaules.

— Juste dix minutes de plus, soupira-t-elle, épuisée.

Déborah avait travaillé jusque tard dans la nuit sur le programme de Fully. Elle avait bien essayé de se coucher plus tôt, mais dès qu'elle fermait les paupières, le visage d'Ombre apparaissait en même temps que cette atroce sensation ; une sensation de plénitude, de joie et de manque, qui lui hurlait ce qu'elle refusait d'admettre : son attirance pour le tyran qu'était l'acolyte de l'empereur.

Lorsqu'elle rouvrit les yeux, encore embrumée, son réveil affichait dix heures.

— Et merde ! lâcha-t-elle platement.

Malgré toute sa bonne volonté, elle peina à se lever de son lit douillet. Elle s'étira comme un félin, ses articulations craquèrent de protestation. Finalement, elle bondit et enfila ses vêtements de la veille : un baggy, un débardeur et un sweat à capuche. Elle coiffa chichement ses cheveux blancs qu'elle assembla ensuite en un chignon. Des mitaines sur les mains, un collier à clous, une écharpe épaisse et de grosses chaussures noires plus tard, elle descendit quatre à quatre les escaliers pour rejoindre le salon et récupérer sa calculatrice.

— Tu ne dois pas reprendre l'école aujourd'hui, Déborah ? s'étonna son grand-père, en pleine conversation avec Fully et Ombre.

La jeune femme salua l'empereur et son acolyte. Le sourire d'Ombre rosit ses joues blanches plus qu'elle ne l'aurait voulu. Des papillons s'envolèrent dans son bas-ventre.

Ressaisis-toi, Déborah ! s'intima-t-elle.

Manque de chance, l'objet convoité se trouvait juste à côté de lui. Elle déglutit.

— Pouvez-vous me donner ma calculette, s'il vous plaît, Ombre ?

Il sourit, saisit sa calculatrice et la lui rendit. Ses doigts effleurèrent les siens. En réponse, Déborah ressentit une vive décharge électrique. Et lorsque le cobaye posa ses iris bleu marine sur elle, elle se tendit comme arc. Elle bredouilla en évitant soigneusement de croiser son regard pour ne pas dévoiler son trouble.

— Merci. Je reprends les cours aujourd'hui, détourna-t-elle. Je sais, je n'ai pas mis ma tenue. Je suis assez en retard comme ça ! Fully, votre programme a bien avancé cette nuit. J'espère le finir d'ici deux ou trois jours.

— Soit une semaine avant le délai ! constata-t-il, ravi. Si l'un de tes enseignants te fait une réflexion sur ta tenue, dis-lui simplement de venir me voir.

Déborah hocha vivement la tête avant de partir.

✕✕✕✕✕

Malgré le froid, les routes étaient parfaitement sèches. Déborah patina à vive allure et arriva en peu de temps à son établissement.

D'un geste, ses roues retrouvèrent leur place dans les semelles de ses chaussures.

Elle fit disparaître les roues de ses rollers dans les semelles épaisses de ses chaussures et se précipita jusqu'à sa salle de classe. Elle toqua à la porte, puis l'ouvrit doucement.

Les nombreuses têtes qui se tournèrent vers elle la mirent mal à l'aise l'espace d'un instant. Elle gagna sa place, sous les yeux surpris, amusés ou choqués de ses camarades.

— Il ne me semble pas que ce soit la tenue réglementaire, remarqua son enseignant, un homme bourru aux cheveux gris et au double menton.

Elle ne daigna pas répondre, se contentant de sortir ses affaires. Déborah l'avait en horreur. Archétype du quidam misogyne et graveleux, orné d'un énorme ventre, il postillonnait et criait plus qu'il ne parlait. Ceux qui osaient défier ses idées n'étaient que des imbéciles imbus de leur personne. Seule sa pensée unique comptait.

— La moindre des politesses, c'est de répondre ! aboya-t-il.

— J'ai travaillé tard, donc je me suis couchée tard.

— Travailler tard, et sur quoi donc ? La dernière chanson à la mode ?

Il analysa sa tenue, mélange d'un style gothique, punk et emo. Avec ses cheveux blancs et ses yeux rose bonbon, Déborah ressemblait à un personnage de manga.

— Ho, j'y suis ! Votre popularité sur les réseaux !

Ludivina observa sa meilleure amie avec amusement ; le professeur allait amèrement regretter ses remarques.

— Répondez, Robinson ! ordonna-t-il.

Déborah se contenta de sourire, un sourire qui fit rire Ludivina aux éclats ainsi que Stéphanie. Elle offrit à son enseignant une moue moqueuse, presque dédaigneuse, ce qui accrut son agacement.

— J'ai dit : répondez ! Sinon vous sortez de mon cours ! montra-t-il la porte du doigt.

L'invitation était alléchante. Elle allait se lever, mais l'occasion de fermer le clapet de cet idiot était beaucoup, beaucoup trop tentante.

Déborah attrapa une liasse de documents dans son sac qu'elle laissa ensuite tomber sur son bureau. Il s'en empara. Ses yeux s'arrondirent à la lecture des lignes de codes.

— Son Altesse Fully Craze m'a commandé un logiciel pour ses machines de guerre, basé sur le processus 1.03. En d'autres termes, une programmation qui nécessite l'aide d'une intelligence artificielle préalablement créée et indépendante. Sans oublier quelques menus travaux sur l'ADN μp3 qui viendront compléter — peut-être ! — le souhait de Fully sur la fabrication d'un nouveau prototype de cyborg. Si vous doutez de mes propos, je peux contacter mon grand-père actuellement en entretien avec lui. Mais ce dérangement risque de lui déplaire. J'ai cru comprendre que la dernière attaque des rebelles l'avait rendu d'une humeur de dogue. Alors ? Seriez-vous prêt à tomber en disgrâce pour une question aussi futile que ma tenue vestimentaire ?

— Non, déglutit avec peine l'enseignant.

Il reprit son cours sur la même note d'agressivité, répétant inlassablement à ses élèves à quel point ils manquaient de subtilité et d'intelligence.

— Tu ne lui as quand même pas remis tes travaux sur l'ADN μp3 ? s'étonna Ludivina.

— Certainement pas ! Mais un esprit simple comme le sien peut le croire, sourit son amie, avec un clin d'œil.

Au bout de trente minutes de cours, d'anecdotes graveleuses, d'insultes et d'exercices tous aussi ennuyeux qu'inutiles, l'enseignant donna un devoir d'informatique que Déborah termina en cinq minutes à peine. Elle regardait par la fenêtre le soleil atteindre son zénith. L'astre l'enveloppait d'une douce chaleur, presque assommante.

Déborah posa la tête dans le creux de ses coudes. Alors qu'elle fermait peu à peu ses yeux, un projectile vint se cogner contre son bras. Elle se releva précipitamment, regarda autour d'elle, puis aperçut un bout de papier.

Pitié, pas encore cet idiot de Steven… se plaignit-elle.

Elle fit la moue. Le jeune homme était beaucoup trop entreprenant avec elle. Il avait même demandé à rencontrer son grand-père pour espérer la convaincre de l'amour qu'il lui vouait. Le pire, dans tout cela, était que monsieur Robinson avait accepté cette entrevue. Jamais après-midi ne fut plus longue.

Néanmoins, à la lecture du document, Déborah comprit bien vite que son soupirant n'en était pas l'auteur. Les mots la laissèrent pantoise.

Que préparez-vous ?

Que préparait-elle ? Elle fronça les sourcils.

Je sais que vous avez voulu entrer en contact avec le Cœur du Réacteur concernant vos projets. Il est prêt à vous entendre.

Le Cœur du Réacteur… Impossible ! Il ne prenait jamais contact par lui-même ! Du reste, des informations qu'elle avait grappillées.

Le Cœur du Réacteur a besoin de connaître vos compétences. Participez au concours de skate et de rollers prévu dans un mois à 14 h 30 précise. Il s'en suivra un bal au palais de Fully. Cendrillon devra faire attention à la mise en garde de sa marraine la bonne fée.

✵ ✵ ✵ ✵ ✵

— Tu es sûre que c'est lui ? insista Stéphanie, dubitative.

— Je n'en suis pas certaine, avoua Déborah. Mais le surnom est celui qu'on lui donne.

Une barre chocolatée tomba du distributeur. Ludivina ouvrit le tiroir avec un claquement sourd pour récupérer sa friandise.

— C'est peut-être un mauvais coup de cette vipère, avança Ludivina en défaisant le papier. Elle serait prête à faire n'importe quoi pour te nuire.

— Samantha est hargneuse et méchante, mais elle n'est pas suffisamment maligne pour ce genre de choses.

Déborah s'adossa au mur. Il n'existait qu'un seul moyen de le savoir : interroger Fully en personne. Il n'y avait que lui pour organiser un tel concours, surtout depuis sa prestation. Si cela s'avérait exact, alors oui, le Cœur du Réacteur, le rebelle le plus recherché de l'empire, souhaitait entrer en contact avec elle. Car qui d'autre pourrait être au courant de ce genre de choses ?

— À quoi tu penses ? demanda Stéphanie.

— Je pense que je vais directement aller me renseigner à la source. Mon grand-père discute justement avec Fully, en ce moment.

— Tu n'as pas peur qu'il te soupçonne ? s'inquiéta Ludivina. Si un tel concours doit avoir lieu, tu ne crois pas qu'il l'aurait déjà annoncé ?

— Tu as peur que je sois accusée d'espionnage ?

Ludivina et Stéphanie hochèrent la tête à l'unisson.

— J'en doute énormément. N'oubliez pas que je travaille pour lui et qu'en tant que telle je suis amenée à fouiller dans certains programmes informatiques incluant les systèmes de sécurité.

Ses amies étaient peu convaincues. Leur regard montrait distinctement leur inquiétude.

— Ayez confiance, assura-t-elle. Promis, dès que j'en sais plus, je vous avertis.

※※※※※

Le laboratoire de monsieur Robinson se situait au sous-sol de son imposante demeure. Bien que petit, ce dernier possédait tout le confort dont un scientifique pouvait rêver. Sas de décontamination, robots nettoyeurs, microscope électronique capable de faire des observations à l'échelle atomique, chambre stérile… Le grand-père de Déborah y passait la majeure partie de son temps pour ses travaux et ceux que Fully lui confiait.

Déborah les retrouva en grande conversation autour d'une machine dont les multiples bras s'agitaient. Elle déposa son sac à dos dans un panier et enfila une blouse blanche.

— Nous pouvons le constater si l'on mélange de l'acide avec des cellules souches, entendit-elle.

Elle s'approcha un peu plus. Fully semblait fasciné par ce que disait son grand-père.

Celui-ci leva la tête lorsqu'il l'aperçut.

— Que puis-je faire pour toi, Déborah ? demanda-t-il, surpris par la présence de sa petite-fille.

— En ce qui te concerne, rien, répondit-elle. J'ai néanmoins une question à vous poser, Majesté, si bien sûr vous me le permettez.

— Je suis tout ouïe !

— Fais vite, exigea Robinson, agacé.

Déborah avisa un tableau blanc caché sous les calculs de son grand-père. Elle le lut attentivement et se saisit d'un chiffon pour effacer quelques chiffres. Puis elle corrigea les erreurs. Robinson tremblait de rage d'être ainsi humilié devant l'empereur en personne.

— Tu as oublié le sigma ainsi que quelques puissances, dit-elle en écrivant. Voilà qui est mieux.

Elle recula pour constater les résultats à présent juste. Déborah reboucha le feutre et le reposa. Elle se tourna ensuite vers Fully.

— Je voulais savoir, Altesse… J'ai cru comprendre que vous alliez organiser un concours dans un mois. Je vous avouerais qu'il m'intéresse beaucoup. À quel moment auront lieu les inscriptions ?

— Un concours ?

— Un concours de skate et de rollers.

Fully se gratta la tête, semblant rechercher dans les parcelles de son cerveau la réponse à la question de son interlocutrice.

— Oui, oui… Mais… comment as-tu eu cette information, sachant que je n'en ai parlé qu'avec ma femme ? s'étonna-t-il.

— Oh… euh… j'ai eu accès à une caméra de surveillance l'espace de quelques secondes, pour l'un de vos programmes, hésita Déborah. C'est comme cela que j'ai appris pour le concours. Je vous prie de m'excuser, j'ai du travail.

Sans plus attendre, elle s'éclipsa.

Alors qu'elle ôtait sa blouse, Ombre passa non loin d'elle pour rejoindre Fully et son grand-père. La chair de poule recouvrit sa peau lorsqu'il lui adressa un sourire. Elle baissa vivement la tête pour cacher ses joues rosies. Pourquoi le désirait-elle autant… ? Déborah soupira d'agacement avant de retourner dans sa chambre.

※

Ombre l'observa s'en aller, aussi troublé qu'elle. Son attitude fuyante était-elle un signe ou bien juste la réaction à son statut ? Le cobaye avait du mal à croire à la seconde option. Il fronça les sourcils, hésitant. Finalement, Déborah ressentait-elle la même chose que lui ?

— Il faudrait que je fasse un peu plus attention la prochaine fois, réfléchit Fully en se grattant la tête.

Savoir que Déborah avait pu avoir accès à la caméra de sa chambre le mettait mal à l'aise.

— Enfin, te voilà ! clama Fully en apercevant Ombre. Nous avons une foule de choses à t'expliquer !

— Avant de reprendre, intervint Robinson, j'aimerais vous demander un service, Ombre.

— Quel genre de service ?

Robinson soupira à fendre l'âme, puis il secoua la tête.

— C'est au sujet de Déborah. Depuis quelque temps maintenant, ma petite-fille est, comment dire… étrange, elle ne me parle plus beaucoup, nous qui sommes pourtant si complices ! Elle est soucieuse, méfiante… À chaque fois que j'essaie de m'expliquer avec elle, elle se referme un peu plus.

— Vous souhaitez que je lui parle ? devina Ombre sans mal.

— J'ai cru comprendre que vous vous étiez rapprochés. Peut-être aurez-vous plus de chance !

— Je ne vous promets rien, mais je peux essayer.

Robinson hocha la tête pour le remercier. Il se tourna pour attraper un tube à essai. Un sourire mauvais se dessina sur son visage ridé. Déborah allait indirectement tout lui dévoiler !

8

Ivan

L'homme, grand et mince, fronça les sourcils lorsque les résultats lui parvinrent.

— Non, ce n'est pas encore ça, grommela-t-il en chiffonnant le papier.

Il le jeta dans la corbeille proche de son bureau. Il attrapa ensuite dans la poche de sa blouse blanche un tube avec un échantillon de sang. D'un doigt, le scientifique remonta ses lunettes rondes. Il caressa son menton carré. Ses yeux gris sombre observèrent le contenant, dubitatif.

Derrière lui, s'approcha dangereusement un prédateur à tête rousse. Deux mains se levèrent pour s'abattre sur les épaules de l'homme concentré.

— Ah !

Son cri de peur s'éparpilla en écho dans le laboratoire. Paniqué, il jongla avec le tube jusqu'à l'attraper fermement. Il se retourna, rouge de colère, les bras le long du corps.

— Ludivina ! gronda-t-il.

La jeune femme, complètement hilare, l'imita en prenant une voix aiguë. L'air renfrogné de son ami la fit rire encore plus.

— Ne fais pas cette tête, Ivan ! calma-t-elle. Promis, je dirai à personne que tu hurles comme une petite fille !

Elle repartit de plus belle, incapable de s'arrêter.

Ivan abdiqua en levant les bras au ciel. Il retourna à sa contemplation, mais même cet interlude ne lui permit pas de trouver une solution. Il reposa alors le tube sur un support en bois. Il ouvrit ensuite le tiroir de sa servante pour en tirer deux pièces en cuivre. Il passa une main nonchalante dans ses cheveux mi-longs, songeur.

— Qu'est-ce que tu regardes ? demanda une Ludivina très curieuse qui prit place sur une chaise.

— Les pièces aztèques que j'ai trouvées, répondit-il concentré. Par ailleurs, tu remercieras Déborah pour son document, il m'a beaucoup appris !

— Je transmettrai ! En attendant, Debbie m'a envoyée ici à cause de ça.

Ludivina sortit de la poche de son perfecto le message que son amie avait reçu. Ivan le regarda attentivement. Il attrapa une loupe pour mieux l'observer. Le grammage ainsi que l'encre lui donnèrent immédiatement la réponse.

— Le papier est fin et l'encre… dit-il en se frottant le menton. Oui, sans nul doute. Il est d'origine rebelle.

— Déborah avait raison. Le Cœur du Réacteur a pris contact avec elle.

— Le Cœur du Réacteur ? fronça Ivan.

— Oui. J'ai cru comprendre qu'il était le centre névralgique de l'organisation rebelle et qu'il était l'homme le plus recherché de tout l'empire.

— Elle a donc réussi… Déborah, tu m'étonneras toujours !

Ivan émit un petit rire. Il connaissait la jeune femme depuis très longtemps. Elle lui avait souvent parlé de cet homme. Un vieil ami d'Arakin. Qui de mieux pour prendre la tête de l'organisation rebelle ?

Ivan lut attentivement la missive en fronçant les sourcils. Un concours de skate et de rollers ? Il se frotta le menton. Cela tombait sous le sens ! Le Cœur du Réacteur souhaitait voir Déborah à l'œuvre. Une performance contre son appui et Fully allait sans doute concocter un circuit à la mesure de sa folie.

— Je parlerai à Déborah. Il va lui falloir la plus grande prudence. Fully est un homme fou. Il m'est d'avis que ce concours sera à la mesure de sa démence. Je suppose qu'il n'a pas été encore annoncé ?

Ludivina se redressa, stupéfaite.

— Les rebelles en savent plus qu'on ne le pense, répondit Ivan à la question muette de son amie, et c'est ce qui agace notre mégalomane d'empereur. D'autre part, on en aurait entendu parler.

Ludivina allait réagir, mais l'argument était imparable. Elle soupira longuement.

— Déborah doit en avoir le cœur net ce soir. Fully est chez son grand-père. Elle doit voir cela avec lui.

Elle se leva pour faire tourner sa chaise et l'enjamber. Elle posa les coudes sur le dossier.

— Alors, tu as découvert quelque chose avec ces pièces ? désigna-t-elle, pour changer de sujet.

— Selon les nombreuses recherches que j'ai pu faire, je peux déjà les dater d'environ deux mille cinq cents ans.

— Deux mille cinq cents ans ? s'étonna Ludivina. Mais attends… Si je ne m'abuse, c'est pas une civilisation plus… euh… moderne, genre les conquistadores.

— Si… Ce qui est assez étrange. Toutefois, la question n'est pas là ! À cette époque, la tribu Akuitela était en guerre avec une autre beaucoup plus puissante, celle des Poztoleks. La raison de ce conflit serait une femme.

— Fille de chef qui aurait fait trop de galipettes avec fils de l'autre chef ? avança Ludivina, malicieuse.

— Ludivina !

Ivan fit retomber son visage dans la paume de sa main avec un soupir de condamné. Le sourire de son amie l'exaspéra encore plus. Il reprit avec sérieux :

— Le fait est que les deux meilleurs guerriers de chaque tribu se sont battus pour réinstaurer une certaine paix entre les deux peuples. Pour prouver leur foi, ils décidèrent de sacrifier chacun un de leurs enfants.

— Charmants… lâcha platement la jeune femme.

— Le dieu de la guerre, fort satisfait de ce sacrifice, ordonna la fin des combats en apparaissant aux peuples des deux tribus. Pour avoir ramené la paix, la récompense de ces deux guerriers fut les deux pièces que tu vois là. L'une représente la magie du soleil et l'autre celle de la Terre. Elles ont, selon la légende, le pouvoir de décupler la force de celui qui les a dans la main !

Ivan ouvrit grand les bras, un sourire idiot peint sur son visage mal rasé. À son tour, Ludivina poussa un profond soupir.

— C'est tout ce que tu sais ?

— C'est tout ce que je savais ! Jusqu'à ce que ma petite fleur rose m'envoie la vidéo. Le pouvoir de ces pièces ne peut être déclenché que par une forte émotion, ou plusieurs liées, ce qui, dans ce cas, peut doubler le décuplage de la force de son possesseur ! exulta le scientifique à bout de souffle.

— Le décuplage ? répéta Ludivina, sceptique quant à l'existence de ce mot.

— Et ce n'est pas tout ! continua-t-il, enthousiaste. J'ai également appris que les pièces ont été données aux guerriers par Huitzilopochtli en personne !

— Huitzilopoquoi ?

— Huitzilopochtli, le dieu tribal de la guerre et du soleil chez les Aztèques. Une autre légende raconte même que si deux âmes pures s'unissent pour une noble cause, alors le pouvoir des pièces prêterait le corps du dieu afin que la volonté des deux personnes soit faite ! Arakin et Sullivan, le rebelle que recherche Fully — le fameux Cœur du Réacteur si j'en crois ce que tu m'as dit — ont un jour essayé d'utiliser ce pouvoir. Le fait est qu'il leur manquait, semble-t-il, quelque chose. Quoi ? C'est à déterminer, éluda Ivan, en se tenant le menton, les yeux en l'air. Bref !

— Bref comme tu dis ! conclut Ludivina en se levant. Merci pour ces infos ! Si nous avons du nouveau, nous t'avertirons dès que possible !

— J'en ferai de même !

Ludivina lui offrit son plus beau sourire avant de quitter le laboratoire secret.

Une fois dans la rue, elle se dirigea vers un petit parc traversé par un ruisseau. Accoudée au parapet, la tête posée sur ses bras, elle gloussa comme une enfant. Cela faisait un moment qu'elle n'avait pas revu Ivan. Les cours et la peur de se faire attraper pour rébellion la forçaient à demeurer discrète. Ludivina observa l'horizon ainsi que le soleil rouge qui se couchait entre deux immeubles. Ce spectacle était particulièrement romantique. Les rayons de l'astre descendant éclairèrent partiellement les arbres nus aux reflets orange. Ils donnèrent au parc une dimension extrêmement mélancolique.

Ludivina soupira en imaginant sans peine Ivan l'enlacer. Là, dans le creux de ses bras, plus rien ne pourrait lui arriver. Elle oublierait tout, sa rébellion, son quotidien pesant… Le son de sa voix la rassurait comme le baiser qu'il lui offrirait. Ludivina ferma les yeux et essaya de l'imaginer. Lorsqu'elle les rouvrit à la lueur rougeoyante du soleil, elle soupira à nouveau, la mine subitement sérieuse.

Rêver… Un luxe qu'elle pouvait s'octroyer comme bon lui semblait quand d'autres essayaient de trouver des moyens de survivre au régime de Fully.

Dans ce quartier riche, qu'à la fois elle aimait et haïssait, elle avait essayé d'imaginer son avenir. Mais à chacune de ses tentatives, il se dessinait dans une noirceur sans espoir. Amoureuse d'Ivan depuis qu'ils se connaissaient, Ludivina le considérait comme cette étoile invisible dans le ciel : présent, malgré la distance et l'abîme qui l'entourait.

Lorsque le soleil étendit ses rayons dans l'horizon lointain, la jeune femme se résolut à rentrer chez elle, entre résignation et mélancolie.

❌❌❌❌❌

Déborah se connecta au réseau sécurisé qu'elle partageait avec ses amies. Une fenêtre au bord vert s'afficha. Sur la première ligne, le pseudo de Ludivina apparut, puis celui de Stéphanie.

STEPHANIE : Coucou les gonz' ! Rien à signaler pour ma part.

LUDIVINA : J'ai vu avec Ivan concernant le papier. Il est bien d'origine rebelle. Autrement, il te remercie pour les documents sur les pièces aztèques. Il m'a également dit qu'il devait te contacter au sujet du concours. Et toi, ma belle ? Du nouveau ?

Déborah hésita avant de répondre.

DEBORAH : Un concours doit bien avoir lieu, mais, accrochez-vous les filles, il n'en a parlé qu'avec son épouse. Donc aucune annonce officielle ou officieuse. Je me suis sentie mal lorsqu'il m'a demandé comment je le savais.

La vision de ses amies lui était tout à coup apparue. Déborah avait alors pris la pleine mesure du risque que Ludivina et Stéphanie encouraient en la suivant dans son combat. Si Fully venait à découvrir sa véritable identité, grand-père ou non, elles seraient les premières à être interrogées et pas de la meilleure manière. La petite-fille de Robinson soupira : elle devait les mettre à l'abri. L'homme qu'elle avait aimé était déjà mort à cause d'elle, elle ne voulait pas perdre ses deux complices. À aucun prix.

DEBORAH : J'ai pris une décision, les filles.

Nouvelle hésitation. Était-ce une bonne chose ?

DEBORAH : Je veux que vous arrêtiez. Cela devient trop dangereux pour vous. Je me fiche de ma propre sécurité, je me moque de savoir ce qu'il peut m'arriver. Mais pas vous, j'ai perdu Dave, car il a essayé de me suivre dans une guerre qui n'était pas la sienne. Il en est mort par ma faute.

LUDIVINA : Attends une seconde, tu te fiches de nous ? >:-(

STEPHANIE : Ouais, tu plaisantes ? >:-O

Déborah fronça les sourcils.

LUDIVINA : Alors là, ma belle, lis bien ce que j'écris. Quand tu as truqué les résultats de Stéphanie l'année dernière, est-ce que tu t'es demandé si c'était dangereux ? Et quand tu as renfloué les comptes de ma mère avec la fortune de Fully en faisant passer ça pour une tentative de piratage, tu t'es demandé si c'était dangereux ?

DEBORAH : C'était mon choix !

STEPHANIE : Comme c'est le nôtre de te suivre dans tes conneries :-) Ce n'est pas que TON combat, il s'agit aussi du nôtre. J'en ai marre de vivre sous la tyrannie d'un scientifique mégalo. J'en ai marre de voir mon père pleurer chaque soir parce que la bonne bourgeoisie cireuse de botte de Fully estime que ses tableaux ne valent rien. J'en ai assez de réfléchir à chaque mot que je prononce. Des décisions, j'en ai pris, trop à mon goût, et à chaque fois je tremblais en pensant aux conséquences. Pas celle-là. Je m'en moque. Parce que je suis certaine que c'est la bonne.

LUDIVINA : Tout pareil. Ma mère est malade comme un chien et ces bâtards de médecins demandent à chaque fois plus d'argent pour la soigner alors qu'on croule sous les dettes. J'suis comme Stéphanie, écœurée. Je suis fatiguée par ces injustices. Donc, maintenant, tu arrêtes de dire des conneries. C'est notre choix à toutes les deux.

Déborah secoua la tête, touchée au plus profond de son âme d'avoir des amies aussi loyales et fidèles. Une larme, puis deux glissèrent sur ses joues. Elle reprit d'une main tremblante.

DEBORAH : Vous en êtes certaines ?

STEPHANIE : On te manquerait ! ;-)

LUDIVINA : Non, mes blagues vaseuses te manqueraient ! Nuance ^^

DEBORAH : En ce cas, promettez-moi d'être prudentes et de ne prendre aucun risque inutile.

LUDIVINA : C'est juré, maman ! **xD** !

Déborah gloussa, puis éteignit son ordinateur après avoir souhaité une bonne nuit à ses amies. Elle enfila un tee-shirt avant de se glisser sous la couette. Après quelques minutes à se retourner, elle avisa la photo sise sur sa commode. Elle s'assit en tailleur et la détailla. Ses doigts effleurèrent le visage de Dave, son ami, son amant, son amour. Son portrait était une représentation parfaite de ce qu'il avait été : espiègle et rebelle. Elle s'allongea, le cadre contre son cœur, avec l'espoir de retrouver la sensation de son étreinte.

Elle repensa à Ombre. Déborah l'imagina près d'elle, son souffle chaud contre la peau nue de son épaule. Elle se retournerait pour mieux se serrer contre lui. Un rire amer sortit de sa bouche. Elle se trouvait complètement ridicule. Ombre était un homme dangereux qui la forçait bien malgré elle à plus de prudence. Déborah se résigna. Elle n'avait jamais été libre. Le cobaye n'était qu'un boulet de plus à sa cheville.

Ses épaules se soulevèrent et ce fut les yeux emplis de larmes que Déborah trouva le sommeil.

9

Ombre vs Déborah

L'annonce du concours eut lieu quelques jours plus tard. L'effervescence avait été palpable lorsque la garde impériale avait affiché la récompense : une somme d'argent astronomique en plus d'un statut spécial et d'un logement dans le centre de la capitale. Les inscriptions affichèrent complet une heure après la mise en ligne. Il fallut même faire du tri dans les participants.

Le stade formait une boucle de plus de trois kilomètres. Un parcours de rollers et de skate, sorti tout droit d'un jeu vidéo, s'étendait en son centre. Loopings, pentes, crevasses, jets de flammes et autres pièges en tout genre, Fully et ses ingénieurs s'étaient amusés comme des fous à sa création, surtout l'empereur. Le Tout-Crazevilla s'était déplacé dans le but d'assister au spectacle. Les places s'étaient vendues en un rien de temps.

Les gradins commençaient à se remplir. Fully ne cessait de sourire. Ce concours était une véritable réussite ! Il ricana en posant les mains sur la rambarde de sa luxueuse loge. Il jeta un coup d'œil alentour, puis opina du chef, satisfait. La sécurité avait été calculée au millimètre près, à la millième de seconde près. Que les rebelles essaient de passer ! Fully avait prévu tellement de capteurs qu'avant même qu'une bombe ne soit armée, son poseur se ferait aussitôt arrêter.

Cela n'avait pas échappé à l'ombre encapuchonnée qui le regardait à travers ses jumelles. Pour l'heure, cette dernière n'était pas venue pour piéger les gradins ; quoique, cela aurait pu partir en un véritable coup d'État ! Elle attendait patiemment la démonstration d'une candidate fort prometteuse qui s'était manifestée en la contactant sur internet. Un exploit qui avait attisé sa curiosité. L'homme caressa sa barbe tout en souriant.

— Nous allons voir ce que tu as à nous offrir.

✳✳✳✳✳

Dans les vestiaires, chacun se préparait, ajustait protections, patins ou amélioration de planche. Le prix en valait la peine. Il équivalait à plusieurs vies dans l'opulence.

Assise sur un banc, Déborah chaussait ses rollers : une paire noire aux reflets bleus, cadeau de son défunt petit ami. Elle sourit se remémorant avec tendresse le jour où elle les avait reçus. Elle enfila le roller droit qui, au contact de son pied, se referma comme un coquillage. Déborah essaya de se concentrer au maximum jusqu'à ce que la vision de son grand-père ne vienne la perturber. Elle se rappela leur violente dispute, l'opposition qu'il avait montrée à cette participation. Elle mettait sa vie en danger et il n'aimait pas ça. Cela avait valu à Déborah une correction dont elle avait encore les marques.

Une sonnerie la fit sursauter. C'était le signal. Elle se dirigea comme tous les autres vers la sortie. La foule en liesse les acclamait déjà. Certains se prenaient au jeu en les saluant. Le brouhaha incessant heurta les tympans de Déborah. Elle dut se boucher les oreilles pour préserver son ouïe.

Soudain, une silhouette apparut, mince et élancée. La jeune femme reconnut Ombre.

— Je ne pensais pas que vous participeriez, lança-t-elle en souriant.

Déborah sentit ses joues virer au rouge tomate quand elle vit son torse nu. Elle parcourut la ligne de ses pectoraux, celle de ses abdos, de son bas-ventre qui formait un « V » puis ses bras fins. Elle ressentit quelques menues décharges parcourir sa poitrine. Les yeux bleu marine d'Ombre l'observèrent avec un certain amusement teinté de malice.

Ils sont magnifiques ! pensa-t-elle.

Elle baissa la tête lorsque l'acolyte de l'empereur s'approcha d'elle. Avec une grande douceur, il lui releva le menton. Déborah tressaillit à son contact. Son pragmatisme lui hurlait de rester sur ses gardes, son corps lui suppliait d'en avoir plus.

— En effet, répondit Ombre. Mais lorsque j'ai appris que la petite-fille d'un certain scientifique avait envoyé son inscription, la tentation fut plus grande que la raison. Et surtout, j'avais envie de m'amuser un peu. Pour une fois que j'ai un adversaire à ma taille !

Déborah gloussa.

— J'espère, en ce cas, que je ne vous décevrai pas !

— Je ne vois pas pourquoi, sourit Ombre. Je te recommanderais simplement de me suivre sur les premiers cent mètres. Je tiens à ce que cette course se joue entre nous.

Déborah afficha sa surprise sans pour autant comprendre. Alors qu'ordre fut donné de se rendre sur la ligne de départ, elle se plaça à côté d'Ombre.

— Prête ? demanda-t-il à voix basse.

Elle acquiesça. Déborah prit position. Le poing serré, le buste légèrement incliné, Ombre regarda un point de l'horizon. Le public, entre pudeur et exaltation, gardait un silence religieux.

L'alarme retentit sans crier gare. Le cobaye partit en trombe, suivi de très près par Déborah. Ombre l'attrapa par la taille et bondit au-dessus d'un fil de câble tiré en travers. La jeune femme en eut le souffle coupé.

Tout à coup, la piste craquela puis s'effondra sous les pieds des participants dans un fracas infernal. L'abîme les engloutit, disloquant, empalant leur corps sur des pointes et des rocs. Les plus chanceux retombaient sur ceux déjà morts.

✖

Du haut de la tribune, Fully Craze riait comme un dément.

— Quelle bande d'imbéciles ! jubila-t-il. Parce qu'ils croyaient que cette piste se ferait sans danger ? Ils ont dû oublier durant toutes ces années que mon plus grand plaisir est de voir des idiots tomber dans mes pièges !

— Ombre et la petite-fille de Robinson s'en sont sortis, mon cœur, remarqua Igrène.

— Ombre me connaît bien et je n'ai aucun doute concernant les aptitudes de Déborah. Sa démonstration de la dernière fois en est la preuve.

Fully repartit dans un rire machiavélique.

— J'ai hâte de savoir qui sera le gagnant !

✖

Si Ludivina avait pu voir sa meilleure amie, elle lui aurait dit qu'elle ressemblait à un poisson hors de l'eau. Bouche grande ouverte, Déborah constata avec horreur le machiavélisme de l'empereur. Ce concours n'était qu'une vaste supercherie où les concurrents avaient déjà été sélectionnés. Le trophée avait été un appât idéal pour attirer les mouches vers les plantes carnivores.

— Comment avez-vous su ? souffla Déborah, bien qu'elle en eût une idée.

— Fully n'est pas du genre à faire des cadeaux, lâcha-t-il platement. Cette situation était évidente. Je pense que beaucoup ont oublié qui il est vraiment et ce qui l'amuse. Maintenant, c'est entre toi et moi. Si tu es capable de refaire le jeu de Belzébuth , alors ce parcours ne te posera aucun problème.

Le ricanement d'Ombre glaça le sang de Déborah. Il se retourna et s'en fut. Elle esquissa un sourire de satisfaction. Défi relevé ! Elle aussi allait s'amuser et ce fut en peu de temps qu'elle rattrapa le cobaye.

Déborah passa un champ de bosses plus ou moins grosses, puis se concentra sur les slaloms dont les mouvements avaient été calculés au millimètre près. Ombre et Déborah patinèrent sur une longue ligne au bout de laquelle se trouvait un premier looping. Déborah accéléra du mieux qu'elle put et devança son adversaire, pour se retrouver quelques secondes plus tard la tête à l'envers. Elle souffla, pensant s'en être sortie, jusqu'à ce qu'elle aperçoive des robots armés postés un peu plus loin. Bien que chaussée de rollers, elle pouvait ressentir la vibration du sol à chacun de leurs pas.

— Tu n'as pas osé, Fully ? dit-elle, acide.

Pourtant, lorsque la première machine balança sa masse, Déborah ne put compter que sur son agilité, bien que son cœur bondît plus d'une fois dans sa poitrine. L'un des robots lui barra le passage. Elle devait réfléchir et vite. Elle n'en eut toutefois pas le temps. Ombre déboula, enfonça sa main dans la taule et en tira une poignée de fils. La machine s'écroula avec un bruit grinçant. Le cobaye continua sa course. Déborah profita de son avance pour ne pas affronter les soldats de métal. L'obstacle passé, elle patina de plus belle, rattrapant sans effort son adversaire. Elle slaloma entre des pointes, sauta par-dessus une crevasse, puis grimpa en haut d'une tour. Déborah s'accrocha ensuite à une poulie qui la fit redescendre rapidement.

Une nouvelle série de robots lui barra le passage.

— Inutile de compter sur moi ! lança Ombre, en la dépassant.

Déborah grogna tandis que l'homme aux cheveux blonds se contentait de les éviter sans peine. Arrivé au bout de cet obstacle, il s'appuya, dos à un poteau, les bras croisés, un sourire arrogant sur le visage.

— Je rêve ou il me nargue ?

Il lui fit un signe avant de repartir, triomphant. Une machine leva son pistolet, le canon aussi gros que la tête de Déborah. Une lumière jaillit, l'adolescente eut tout juste le temps de bondir. À son tour, elle sourit. Elle n'allait certainement pas se laisser faire !

Elle attira l'attention du premier robot. Puis elle patina jusqu'au second, qui à son tour pointa son arme dans sa direction. Les deux machines se détruisirent simultanément.

Déborah recommença ce tour, sous la clameur des spectateurs ravis. Elle reprit ensuite sa course et rattrapa Ombre. L'acolyte de l'empereur semblait le premier surpris. Déborah aperçut une ligne droite, la dernière avant l'arrivée. Ombre lui jeta un regard de défi. Elle comprit le message. Corps en avant, les bras se balançant de droite à gauche, elle patina comme une folle, son adversaire sur les talons. Il s'en suivit un jeu dans lequel les deux duellistes se dépassaient et se rattrapaient. Ombre tourna la tête pour jauger Déborah. Concentrée, elle ne faisait plus attention à lui, la ligne d'arrivée dans son viseur. L'ancien cobaye redoubla d'efforts pour passer devant. Il sourit de toutes ses dents. La victoire était désormais sienne ! Jusqu'à ce qu'une fusée aux cheveux blancs ne lui dérobe la première place… au dernier moment.

✖✖✖✖✖

Les cris de joie du public, cette clameur assourdissante qui lui vrillait les tympans… La sueur qui coulait le long de son visage… Son cœur qui tambourinait dans sa poitrine… Cette douleur comme la pointe d'un poignard… Le monde autour d'elle tourna soudain trop vite.

Un rire sarcastique retentit dans son cerveau, souvenir d'une dispute violente. Violente comme la pointe qui transperça subitement sa respiration.

Une voix appela Déborah. C'était celle d'Ombre, mais elle semblait venir de loin, de très loin.

✖

Ombre s'approcha doucement. Déborah ne semblait pas l'entendre. Main agrippée à sa poitrine, elle vacilla, puis elle s'effondra.

— Déborah !

✖

Son cœur ne battait plus, elle en avait conscience sans en comprendre la raison ni même comment cela pouvait être possible. Une punition ? Cela devait être ça…

Tout autour d'elle, on se précipitait. Les ordres s'amoncelaient. La jeune femme sentait une pression sur ses doigts.

Reviens, je t'en supplie…

Cette voix… Ombre ! Une décharge souleva son corps mince.

10
La Noire

D éborah ouvrit les yeux à la faible lueur d'une lampe à l'abat-jour noir. Elle tourna la tête à gauche et à droite pour comprendre son environnement. Le cadre posé sur une table de chevet la mit sur la voie.

— Enfin, tu te réveilles, dit Robinson agacé. Nous avons rendez-vous dans moins de deux heures. Prépare-toi !

La voix de son grand-père était tout sauf agréable. Et le ton cassant qu'il avait employé lui donna un indice sur son humeur de dogue. Encore un peu perdue, Déborah osa demander :

— Mais, nous n'étions pas au concours ?

— Si ! Nous y étions ! hurla Robinson en postillonnant, hors de lui. Tu savais que tu mettais ta vie en danger et pourtant tu as quand même fait ce concours stupide !

Déborah se tut. Inutile d'en rajouter. Son grand-père avait ouvertement montré son hostilité quant à sa participation. Encore une fois, elle lui avait désobéi et, cette fois-ci, avec l'approbation de l'empereur qui l'avait inscrite en personne. Encore une nouvelle humiliation pour Robinson.

— Que vais-je faire de toi ? se lamenta-t-il.

Tue-moi, cela ira plus vite ! pensa Déborah.

— J'ai toujours été à tes petits soins, Déborah. Je te traite comme une princesse. J'ai cédé à tes caprices. Tous sans exception !

Il secoua la tête en inspirant.

— Et toi, mon enfant ? As-tu eu un jour la courtoisie de me renvoyer mes cadeaux ? Réponds.

La jeune femme conserva le silence.

— Je t'ai dit de répondre ! s'énerva Robinson, en la giflant. Tu n'es qu'une ingrate ! Alors, pour une fois dans ta vie, tu feras ce que je te demande.

Il lança sur le lit une housse noire.

— J'ai cru comprendre que tu avais de l'affection pour Ombre. C'est bien, très bien ! Pour une fois qu'un prétendant te plaît.

Déborah essaya autant que possible de rester stoïque, mais ses joues rouges attirèrent la satisfaction de son grand-père.

— Tu épouseras cet homme, que tu le veuilles ou non. Tu écarteras les cuisses quand il te le demandera. Tu te mettras à genoux, parfaitement soumise, quand il l'exigera. Après tout…

Robinson s'assit sur le lit. Il glissa sa vieille main sous le déshabillé de sa petite-fille pour caresser son sein.

— Tu es excitante, susurra-t-il. Certains jeunes emploieraient même l'expression bandante.

Il le serra plus fort, faisant grimacer Déborah qui, parfaitement impuissante, ne pouvait que le laisser faire.

— J'envie Ombre. Oui, je l'envie.

Il attrapa Déborah par sa nuisette et la rapprocha de lui.

— S'il exige de toi d'être salope, tu le seras également, murmura-t-il en caressant son entrejambe. Tu sais pourquoi je te demande tout cela, n'est-ce pas ?

Elle hocha vigoureusement la tête en essayant d'éviter l'haleine mentholée de Robinson.

— En aucun cas, Fully ou Ombre ne doivent avoir des soupçons nous concernant.

Il se leva et commença petit à petit à se déshabiller.

— En attendant, ma petite-fille va sagement s'occuper de son grand-père comme elle sait si bien le faire depuis toujours.

Déborah secoua vigoureusement la tête, tout en reculant.

— C'est encore trop tôt... balbutia-t-elle au bord de la panique. Pas maintenant ! Tu connais les conséquences de ta précipitation. Tu... tu t'affaibliras et...

Cette tentative désespérée fit rire son grand-père aux éclats. Il s'approcha d'elle, le visage déformé par un rictus pervers. Déborah se débattit, hurla ! En vain. Les murs épais de sa chambre couvrirent ses cris.

✕✕✕✕✕

La limousine se gara devant l'imposante entrée du palais décorée à cette occasion de sculptures végétales et de fleurs blanches immaculées.

D'un geste sûr et maîtrisé, un groom ouvrit la portière du somptueux véhicule. Robinson en sortit tout sourire, suivi de Déborah, dont les yeux voilés par la fatigue trahissaient la douleur qu'elle avait endurée. La jeune femme ne fit pas attention à son environnement, beaucoup trop préoccupée. Même la salle de bal, pourtant de toute beauté, la laissa indifférente.

Illuminée par de fausses chandelles, son atmosphère se voulait intime et délicate. Une table, sur laquelle avaient été déposés de nombreux petits fours, flanquait l'un des murs gris de l'espace. En face, des fenêtres à carreaux diffusaient une lumière très douce aux nuances blanches et bleu cobalt.

La musique elle-même se voulait lente, suave et soyeuse. Les violons, la contrebasse et la harpe remplissaient à merveille leur rôle, tandis que, dans un coin, les cuivres, les percussions et le piano attendaient sagement leur tour de scène.

Le brouhaha de la pièce assourdit les oreilles de Déborah. La foule était en grande discussion ou éclats de rire, dont l'hypocrisie se devinait sans peine. Absolument tout le grappin de Crazevilla s'était réuni, vêtu de ses plus beaux atours.

Monsieur Robinson et Déborah saluèrent quelques connaissances avant d'être interpellés par un vieil homme en costume gris.

— Monsieur Robinson !

— Monsieur Hirschstein !

Les deux scientifiques entamèrent une « passionnante » discussion sur les molécules et quelques théories abordées par l'éminent savant qu'avait été un certain Einstein.

Déborah soupira, jusqu'à ce que deux meringues fassent leur apparition. Elle les héla à son tour.

— Tu sais ce qu'elles te disent, les deux meringues ? rouspéta Ludivina.

Les amies rirent en cœur. Cette soudaine légèreté calma un peu la nervosité de Déborah qui détailla les tenues de ses complices. Pour ce gala, égale à elle-même, Ludivina avait opté pour un ensemble confortable. Une robe courte vert émeraude qu'elle avait assortie avec d'adorables chaussures blanches et d'une pochette aux bords dorés. Poupée de porcelaine au caractère bien affirmé. La robe-sirène sombre de Stéphanie, dont la dentelle refermait les manches évasées, faisait des émois auprès de la gent masculine. Son maquillage bleu électrique lui conférait un air sauvage accentué par les nombreux anneaux de ses oreilles.

— Vous êtes magnifiques, les filles ! s'exclama Déborah.

— J'en connais une qui va faire un malheur auprès des mecs ! plaisanta Ludivina.

— Ou auprès d'UN mec, souligna Stéphanie avec un clin d'œil.

— De qui parlez-vous ? interrogea Déborah.

— Devine ! sourit la rousse.

Déborah fronça les sourcils, peu certaine de comprendre. Jusqu'à ce qu'il apparaisse dans son champ de vision. Un prince parmi ses gens. Ses cheveux blonds retombaient sur sa longue veste bleu nuit tandis que sa chemise, ouverte de quelques boutons, permettait d'apprécier la courbe de ses pectoraux. Ombre discutait avec un haut fonctionnaire d'état, ses mains gantées de blanc accentuant la conversation.

✳

— Il est nécessaire que cette politique devienne notre priorité, disait le cobaye.

— Cela va de soi, Monseigneur. Si je puis me permettre, il semble qu'une demoiselle vous attend.

Lorsque Ombre se retourna, son cœur manqua un battement.

Entre confusion et admiration, il fut bien incapable de détacher ses yeux de Déborah, que le regard charbonneux essayait vainement de fuir. Il la détailla, de son visage jusqu'au pli de sa robe noire qui dissimulait des chaussures hautes. Il remonta ensuite, pour mieux s'arrêter sur son décolleté en « V ». Il gonflait artificiellement sa poitrine, la partie sensible de son entrejambe aussi, rendant son pantalon tout à coup très inconfortable.

— Je vous laisse, annonça son interlocuteur avec une mine amusée.

Ombre se ressaisit, se racla la gorge et rejoignit Déborah.

— Heureux de constater que tu vas mieux, sourit-il.

— Je me suis reposée et mon grand-père s'est occupé de moi.

C'était une façon de parler. Mais il était hors de question d'en référer à Ombre. Les paroles de Robinson percutèrent sa mémoire, promesse de plus de souffrances si elle avouait. Elle grimaça en détournant inconsciemment la tête.

— Certaine ? insista Ombre.

Déborah rouvrit les paupières et plongea dans ses iris irréels. Que n'aurait-elle pas donné pour se blottir contre lui et laisser s'exprimer sa mélancolie ?

— Certaine, se ressaisit-elle, je suis encore un peu fatiguée. Cela va passer.

— As-tu tout de même un peu de force pour m'accorder cette danse ?

Ombre tendit son bras replié. La jeune femme observa ses amies qui, en signe d'approbation, lui sourirent en hochant la tête. Déborah inspira et attrapa le coude de son cavalier. Elle lança un coup d'œil à ses deux chipies de copines qui levèrent toutes les deux leurs pouces.

Le centre de la salle se vida rapidement, pour faire place à une valse qui débuta sur une note de douceur. Jamais Déborah n'avait imaginé Ombre aussi bon danseur.

Elle qui était une parfaite maladroite trouva vite ses marques. Deux petits pas, une ronde et deux cercles bleus qui la fixaient avec sérénité. Sa main soutenant la sienne, son bras autour de sa taille, Déborah se sentait légère comme une plume. Le sourire d'Ombre effaça sa mélancolie rapidement. Tout à coup, la musique cessa, pour laisser place à quelques notes orientales, colorées, de percussions et de violons.

— Connais-tu cette chanson ? demanda Ombre.

— Non, c'est la première fois que je l'entends.

— *Dancing in a hurricane*[1] est l'une de mes mélodies favorites. Souhaites-tu la partager avec moi ?

— Avec plaisir.

✕

Robinson aimait ce qu'il voyait. Il lut clairement du désir dans les yeux de sa petite-fille. Il n'en sourit que davantage. Ce rapprochement allait lui être favorable sur de nombreux points, notamment sa pérennité au sein de l'empire de Fully.

✕

La voix soprano de la chanteuse appelait la sérénité. La valse également. Déborah sentait une certaine tension monter peu à peu. Les pas lents l'emmenèrent dans un univers qu'elle ne connaissait pas, jusqu'à ce qu'Ombre ne lui adresse un sourire malicieux.

— Es-tu prête ? demanda-t-il alors que les cuivres annonçaient une cadence plus endiablée.

Déborah n'eut pas le temps de répondre, la mélodie s'emporta. Son cavalier l'entraîna dans un tourbillon tellement intense qu'elle crut être dans l'œil d'un ouragan. Les plis de sa robe se tendirent, dévoilant

---

[1] Dancing in a hurricane, The Holographic Principal – EPICA

une fleur noire qui se déploya avec une majesté sans égale. Les cheveux de la jeune femme virevoltèrent tandis qu'elle tournait sur elle-même, emportée par l'élan de son cavalier. Elle n'eut pas le temps de reprendre son souffle : Ombre la plaqua contre lui. Leurs pas furent vifs et rapides. L'acolyte de l'empereur l'entraîna dans une ronde endiablée.

Le rythme de la chanson imposa à nouveau une transe beaucoup plus calme, au grand soulagement de Déborah. Son cavalier gloussa, satisfait d'avoir décoiffé sa cavalière.

— Et cela vous fait rire ? pouffa-t-elle. Savez-vous combien de temps j'ai mis à faire ma coiffure ?

— Je n'en ai pas la moindre idée et je m'en moque !

De nouveau cette tension, avant l'éclatement.

— Prête ? demanda-t-il mutin alors que la mélodie annonçait une nouvelle ronde.

À peine eut-elle le temps de sourire que le rythme endiablé ouvrit à nouveau sa robe en une splendide corole. Ses cheveux blanc neige volèrent autour d'elle, obstruant l'espace d'un instant sa vision. Son rire s'entendit malgré la musique. Elle posa la main sur l'épaule de son cavalier, nouveau tourbillon qui se termina par un rapprochement brusque.

Un bras autour de son cou, les siens autour de sa taille. Les autres danseurs disparurent aussi sûrement que leur environnement. Plus rien n'existait, si n'était ce contact, ce regard et cette envie qui étreignait la poitrine de chacun. Leurs lèvres se frôlèrent. Déborah pouvait sentir le souffle d'Ombre, Ombre le sien.

Jusqu'à ce qu'une ovation ne vienne interrompre cette transe. Le cobaye recula d'un pas avec regret et sa cavalière se ressaisit maladroitement.

Un sourire pour masquer sa gêne, Ombre se courba, puis déposa un doux baiser sur la main délicate de la jeune femme.

Soudain, douze coups retentirent. Déborah se tourna vers l'horloge sise au-dessus de l'entrée.

Cendrillon devrait faire attention à la mise en garde de sa marraine la bonne fée.

— Il faut que je parte, murmura-t-elle.

Elle attrapa le tissu de sa robe pour s'enfuir. Ombre la retint.

— Où cours-tu ? interrogea-t-il, surpris.

— Il faut… il faut que je me rende aux toilettes ! prétexta-t-elle maladroitement.

La crut-il ? Elle en doutait beaucoup. Elle lui adressa un sourire de circonstance avant de s'échapper comme une voleuse.

✖✖✖✖✖

Déborah pressa le pas, manquant parfois de se tordre la cheville du haut de ses talons. Au détour d'un couloir, une main attrapa son bras pour l'attirer dans un cul-de-sac. Devait-elle être surprise ou non ? Ses deux complices l'attendaient en compagnie d'une serveuse, qu'elle reconnut bien vite : l'expéditrice du message.

Déborah la détailla silencieusement. Elle devait avoir un peu plus de quarante ans. Remontés en un chignon strict, ses cheveux noirs mettaient en évidence deux iris marron et sombre. Des rides apparaissaient sur le coin de ses yeux et lui conféraient un regard dur. Un grain de beauté surmontait sa lèvre et quelques cicatrices témoignaient d'une vie dans la rue.

— Vous avez eu mon message, commença l'inconnue.

— Sinon, je ne serais pas ici, rétorqua Déborah. Je vous trouve tout de même culottée de me proposer un rendez-vous au sein du palais. Un lieu connu pour être une véritable forteresse, sans jeu de mots, bien sûr.

— Me pensez-vous assez stupide, mademoiselle Robinson, pour ne pas avoir fait le nécessaire ?

Déborah ricana. Bien sûr que si. Stéphanie et Ludivina se turent. Elles avaient déjà vu leur amie dans maints états, sauf celui-ci. Ses yeux prirent une teinte sombre. Son visage se ferma comme jamais auparavant. Son sérieux fit peur à Ludivina et Stéphanie qui se rappelèrent, bien malgré elles, que la petite-fille de Robinson était avant tout une rebelle.

De plus, cette rencontre, loin d'être anodine, allait permettre à Déborah de faire connaître son projet à l'homme le plus recherché de tout l'empire de Fully. Une aubaine ? Non, une nécessité. Le désir de pouvoir enfin s'ouvrir à une autre personne qu'Ivan, quelqu'un en mesure d'accueillir ce secret qu'elle protégeait tant.

— Sachez que mon ami est très curieux. Votre contact ne l'a pas laissé indifférent. Surtout lorsqu'il s'agit de la petite-fille de Robinson, l'un des hommes les plus riches de l'empire de Fully. Que l'on soit bien clair, cependant. Il a besoin de garanties valables pour vous faire confiance.

— Quel type de garanties ? interrogea la jeune femme.

— Les petits bourgeois comme vous et vos copines ne se rendent jamais au-delà de la Frontière Interdite.

— Donc, pour vous prouver ma bonne foi, je dois aller de l'autre côté ?

— Pas n'importe lequel.

Déborah comprit. Il s'agissait de celui où le chaos et l'anarchie régnaient en maîtres absolus.

— Le Joyeux Secteur, conclut-elle. Un nom cynique pour un enfer intégral.

— Tel est le prix à payer.

Déborah hocha la tête. À côté de ce qui l'attendait, le jeu de Belzébuth semblait faire pâle figure.

— Bien, je m'y rends, et ensuite ?

— Ensuite, vous avisez. Tout le monde se connaît là-bas. Si vous survivez, alors peut-être vous prêtera-t-il une oreille.

Déborah soupira. Elle n'avait pas le choix. Elle comprenait le rebelle pour elle-même avoir décuplé sa prudence ces derniers temps.

— Dites-lui que je ferai le nécessaire. Je me rendrai au Joyeux Secteur.

Son interlocutrice hocha la tête.

— Une dernière chose, pouvons-nous connaître votre nom ?

— Est-ce utile ?

— J'aime savoir à qui j'ai affaire.

— Appelez-moi simplement La Noire.

Sans plus attendre, elle partit.

— Déborah, c'est quoi le Joyeux Secteur ? interrogea Ludivina une fois seules.

— Un endroit qui...

— Non, ne dis rien ! coupa-t-elle. Je préfère ne pas savoir.

— Je pense connaître ta réponse, reprit Stéphanie, mais est-ce vraiment nécessaire ? J'ai entendu parler de cet endroit. Les rumeurs disent que même Fully n'y envoie plus ses soldats.

— Il nous faut un appui. Si j'avais le choix, je ne serais pas passée par là.

Elle soupira et son visage grimaça.

— Ma protection sera bien maigre face aux hordes de robots de Fully. Lorsque l'empereur apprendra son existence, il fera tout pour le retrouver. Mon laboratoire sera alors un bien mince bouclier. Ce rebelle a su se cacher pendant des années. Son abri est plus sûr que le mien.

Ludivina et Stéphanie hochèrent la tête à l'unisson. Leur amie avait raison.

— Je vous jure, les filles ! s'exclama soudainement Ludivina. J'ai jamais été aussi en colère !

Déborah et Stéphanie l'observèrent un instant, jusqu'à ce que les pas d'Ombre leur fassent comprendre son changement d'attitude.

— Je suppose que tu lui as collé une baffe ? feignit Déborah avec un sourire pour entrer dans son jeu.

— Et pas qu'une, tu peux me croire !

— Pardonnez-moi de vous déranger, mesdemoiselles, fit Ombre. Déborah, ton grand-père te cherche.

— J'arrive tout de suite, assura-t-elle. Nous continuerons cette discussion plus tard.

Avec un sourire entendu, elle salua ses amies et rejoignit Ombre
.

11

Je suis une rebelle !

L'écho, grave et puissant, se répercuta dans le monde entier, qu'importe le jour ou la nuit noire. L'alarme retentissante sonnait l'heure fatidique d'une humiliation extrême.

Partout, des statues à l'effigie de l'empereur attendaient d'être saluées, clamées comme l'idole d'un dieu. Femmes, hommes et enfants de tous âges… Les populations se devaient de donner de leur personne, de montrer leur absolue dévotion au maître du monde. Le manquement était la promesse d'une mort atroce ou, avec un peu de chance, une centaine de coups de fouet. Fully y veillait personnellement.

Sur le haut d'un monticule, Déborah regarda l'horizon et avisa la place centrale qui se détachait du paysage malgré la distance qui les séparait. Elle doutait arriver à temps.

— Cela va être serré, grinça la jeune femme qui comprit que la punition allait être inévitable pour elle. Il me reste à peine deux heures…

Elle tressaillit. Que la correction vienne de l'empereur ou de son grand-père, elle paierait très douloureusement son absence.

Déborah patina aussi vite qu'elle le put, jusqu'à ce qu'une pancarte ne lui rappelle la zone dans laquelle elle se trouvait :

« Bienvenue au Joyeux Secteur ! »

L'écriture était peinte en rouge. Peut-être même avec du sang. De nombreuses poupées borgnes et désarticulées décoraient l'ensemble agrémenté de quelques clous rouillés, eux-mêmes enduits d'une substance visqueuse dont la rebelle ignorait la provenance. Nouvelle inspiration. Elle ferma ses beaux yeux. Sa concentration atteinte, ses sens aux aguets, elle pénétra dans cet univers post-apocalyptique. Déborah ne savait pas exactement quoi faire. Cette étrange femme, la complice de l'homme recherché par Fully, ne lui avait rien dit de plus. Jamais elle ne s'était aventurée dans cette partie de la Frontière Interdite qu'elle connaissait pourtant sur le bout des doigts. Et en même temps, pourquoi s'y rendre ? Comme beaucoup de rebelles, elle avait eu vent des atrocités qui se déroulaient dans ce secteur en proie à l'anarchie la plus absolue. Si l'enfer avait un endroit sur Terre, il se trouvait là, dans ces ruines dégoulinantes de débauche et de cruauté.

Déborah patinait avec lenteur dans les rues délabrées. Quelques personnes la fixaient, hagardes. Leurs yeux fous, preuves irréfutables de leur consommation de drogue, avaient quelque chose d'extrêmement dérangeant. Elle essaya autant que possible de les ignorer.

Soudain, son regard trouva une réponse à sa question. Un drapeau représentant l'insigne des rebelles flottait sur le toit d'un bâtiment situé en plein centre du conglomérat de ruines. Des espions devaient sûrement l'attendre là-bas.

※

Caché parmi les décombres, l'homme à barbe rousse ajusta la lentille de son engin. Déborah lui fit un signe de la main. Il sourit.

— Tu n'imagines pas le nombre de questions que j'ai à te poser. C'était décidé : il allait la rencontrer, plus curieux que jamais.

※

Déborah avait réussi à rejoindre à temps le quartier riche. Il ne lui restait plus que quelques kilomètres pour gagner la place des prosternations. L'alarme retentit de nouveau, son grave aux accents mélancoliques et autoritaires. Déborah regarda l'horizon, inquiète. Plus qu'une heure…

— C'est pas gagné.

Elle devait tenter le tout pour le tout. Elle devait au moins essayer.

Elle patina aussi vite que possible, bondissant et esquivant les obstacles qui se dressaient devant elle. Elle sauta sur une rambarde d'escalier et plia les jambes pour gagner en vélocité, jusqu'à ce que son patin percute une barre en fer.

Elle perdit l'équilibre et chuta lourdement quelques mètres plus bas. Son corps roula comme une balle, puis son dos tapa le soutien de la rambarde suivante. Déborah gémit, encore sonnée.

Un pied s'abattit sur son dos douloureux. Plaquée cruellement au sol, elle essaya avec peine de distinguer ses agresseurs. Les visages balafrés qui l'observaient ne la rassurèrent pas, les ricanements qui parvinrent à ses oreilles encore moins.

Une main ferme attrapa ses cheveux pour la soulever. Les siennes l'agrippèrent aussitôt.

— Alors la bourgeoise, on vient visiter notre domaine sans venir nous faire un petit coucou ? railla celui qui semblait être le chef de la bande. C'est pas correct ça. Et quand c'est pas correct, on fait quoi, les gars ?

— On punit ! s'exclamèrent-ils.

— Bah voilà… Et j'ai une punition à la hauteur de ton impolitesse.

Il la détailla. Sa paume gauche passa sur le renflement du sein droit de la jeune femme. Elle grimaça.

— Tu vas être gentille avec moi et mes potes, hein ?

Le visage étrangement lisse du punk des rues s'approcha du sien. Ses lèvres effleurèrent sa peau, la pointe de sa langue redessina avec lenteur la courbure de son cou. Son souffle devint rauque. Déborah frémit de dégoût.

— Vous allez me la tenir, les mecs.

Il glissa la main dans son pantalon.

— Ouais, toi et moi, on va passer un petit moment ensemble.

Loin de vouloir se laisser faire, Déborah se débattit, tant et si bien qu'elle frappa l'un de ses agresseurs avec un patin. Son pied écrasa les parties intimes d'un autre et elle en assomma un troisième. Une poussée d'adrénaline lui octroya la force nécessaire pour fuir.

✖✖✖✖✖

— Vous en êtes certain ? s'enquit Ombre.

— Son grand-père est là, mais pas elle, indiqua prudemment le garde.

Ombre serra le poing. Il avait dû arriver quelque chose.

— Peu importe l'excuse. Elle servira d'exemple.

Fully sourit au regard noir que son acolyte lui lança. Les règles étaient les règles. Déborah allait être fouettée comme n'importe quel absent.

— Altesse ! se pressa un autre soldat. On signale l'intrusion d'habitants du quartier pauvre dans la ville.

— Comme chaque jour ! s'énerva Fully, exaspéré par ce retard qui lui gâchait son plaisir. Les unités doivent déjà être en route !

— Altesse, ils poursuivent Déborah Robinson.

Ombre écarquilla les yeux. Ils avaient maintenant l'explication.

✖✖✖✖✖

Déborah patinait sans relâche. Elle ne faisait plus attention aux insultes et aux menaces que ce gang lui lançait à tout va. La jeune femme était au bord de l'épuisement, son cœur se serrait à chaque foulée. Ses jambes ne la tenaient presque plus et son corps endolori lui suppliait d'arrêter sa course.

Au loin se profila une silhouette qu'elle connaissait bien. Sa fatigue lui jouait-elle des tours ? Non, c'était bien lui ! Elle tendit le bras, avec le vain espoir de l'atteindre.

— Ombre !

Ce que Déborah crut être un cri ne fut qu'un murmure. Une chaîne entoura son cou et la propulsa en arrière. Elle retomba lourdement sur le dos, tiré comme une poupée de chiffon. Le souffle coupé, un rire tonitruant éclata dans ses oreilles. Le lien d'acier se rompit.

— Qu'est-ce que…

Le voyou n'eut pas le temps de finir sa phrase. Il put toutefois apercevoir très distinctement son corps retomber sans sa tête.

Ombre s'agenouilla près de Déborah, qui eut un hoquet de stupeur.

Une aura noire dessinait les contours du cobaye et un blanc crémeux teintait ses yeux. Il suintait par tous les pores de sa peau un liquide gris et visqueux. Ses longs cheveux en dégoulinaient.

Son nom prit soudain sens lorsque Déborah constata, un battement de cil plus tard, qu'il avait disparu.

La jeune femme n'entendit ensuite qu'un rire fou s'extirper de la gorge de Fully et des hurlements de terreur. Quand tout devint silencieux, deux mains gluantes la soulevèrent. Elle put alors apercevoir distinctement ce qu'il restait de tous ses poursuivants : des morceaux de corps rongés par l'acide.

Deux soldats de fer attrapèrent l'unique survivant, puis, sur un signe de tête de l'empereur, ils l'emmenèrent.

Déborah perdit connaissance.

❊❊❊❊❊

Les draps de soie rouge ressemblaient à la caresse d'un amant. Doux, sensuel. Déborah se réveilla peu à peu. L'encens qui brûlait près d'elle la détendit durant de longues minutes. Elle se laissa porter dans un voyage des sens inédit pour elle. Lorsque, enfin, elle trouva la force de se lever. Elle prêta attention à son corps fin, soigné par les machines de Fully. Il n'y avait plus aucune trace de coups.

Après un soupir, elle se rhabilla. Ses vêtements, posés sur une commode, avaient été lavés.

Déborah se demanda, l'espace d'un instant, combien de temps elle était restée évanouie et surtout, comment elle allait pouvoir expliquer son absence ainsi que la présence des voyous dans le quartier riche. Elle tressaillit en imaginant la morsure du fouet. Fully n'allait lui faire aucun cadeau.

— Comment te sens-tu ? demanda une voix.

Ombre, planté devant la baie vitrée de sa chambre, la fixait à travers la paroi transparente, transformée en miroir par l'obscurité de la nuit. Interdite, Déborah balbutia un long moment.

— Je… je vais bien, merci, répondit-elle en baissant la tête.

Elle s'approcha timidement de lui, mal à l'aise. Une foule d'excuses se bousculaient sur le bord de ses lèvres.

— Pour le jour des prosternations… commença-t-elle, gênée.

— C'est arrangé, coupa Ombre. Fully a pu constater de lui-même la raison pour laquelle tu n'es pas arrivée à l'heure.

Déborah soupira de soulagement jusqu'à ce qu'il reprenne.

— Je trouve tout de même curieux que tu te sois fait attaquer par ces personnes. Comment la petite fille du conseiller scientifique de Fully a-t-elle pu se retrouver dans cette situation ? Que faisait-elle dans une zone comme celle-ci ? Hum ? Réponds-moi.

Ombre se tourna d'un quart pour jauger la réaction de son interlocutrice avant que l'horizon noir ne le passionne à nouveau.

Déborah sentit un profond malaise s'accaparer de son cœur. Il battit à tout rompre. Elle déglutit avec peine. Alors qu'elle allait se justifier, Ombre reprit.

— Je te fais surveiller depuis quelque temps. Mes espions et de nombreuses caméras prouvent que tu te rends un peu trop souvent de l'autre côté de la Frontière Interdite. Qu'est-ce qu'une jeune femme, riche et promise à un grand avenir, peut trouver derrière cette frontière ? C'est tout de même curieux.

— Je ne savais pas que vouloir aider les miséreux était un crime, rétorqua Déborah en croisant les bras.

— Est-ce cela qui te rend si triste et distante ? Tu te sens coupable de faire partie de l'élite ? Pauvre petite lycéenne riche !

Lorsque Déborah daigna affronter ses iris bleu marine, Ombre posa sur elle un regard dur.

— La place qui t'est due ne te conviendrait-elle pas ? Serais-tu malheureuse, Déborah Robinson ? Malheureuse de te voir octroyer autant de privilèges ? Malheureuse de dormir dans un lit chaud et de manger à ta faim ? Est-ce donc ce qui t'oblige à aider les miséreux ? Parce que tu te sens coupable ? Mais, dis-moi, quelles sont les choses que tu fais pour aider ces gens ? Ces choses doivent… peut-être… être contraires aux règles, non ? Qu'est-ce qu'une gamine telle que toi essaie de se prouver ? Ha ! Tant de questions dont toi seule connais les réponses ! À moins que cela ne soit caché dans ce que les jeunes femmes de ton âge appellent un journal intime.

Déborah enrageait face à ses piques. Elle serra les poings, sur le bord de l'implosion.

— Qui croyez-vous que je suis ? s'énerva-t-elle. Pour qui me prenez-vous, Ombre ? Me connaissez-vous suffisamment pour me juger comme vous le faites ? Et sur quoi ? Sur mes allées et venues entre les deux zones ? Combien de gens se rendent dans le quartier des pauvres ? Considérez-vous aussi qu'ils puissent être malheureux de leurs privilèges ? Vous voyez, j'ai moi-même de nombreuses questions. Peut-être trouverai-je leur réponse dans votre journal intime, Ombre.

Le cobaye s'approcha si soudainement de Déborah qu'elle eut un mouvement de recul.

— Je me moque des autres, susurra-t-il. Je me moque de ce qu'ils font, de ce qu'ils pensent. Celle qui m'intéresse… c'est toi et uniquement toi ! Tu es bien trop active pour une jeune femme comme toi et, surtout, beaucoup trop maligne. Peut être que je devrais interroger Ludivina et Stéphanie. Je suis certain d'en apprendre beaucoup sur toi par leur intermédiaire.

— Laissez-les en dehors de tout cela ! Vous l'avez dit vous-même. Il n'y a que moi qui vous intéresse.

Ombre la dévisagea. Son regard perçant semblait sonder l'âme de Déborah. Elle tressaillit à cette impression d'être mise à nu. Ils se jaugèrent, se cherchèrent, essayant soit de fuir l'insistance de l'un ou la curiosité de l'autre. Finalement, Déborah tourna les talons pour s'éloigner de lui. Elle avait peur, Ombre le sentait.

Pourquoi tu ne veux pas parler, Déborah ?

— Je dois rentrer, conclut-elle. Mon grand-père va commencer à se poser des questions. À moins que ce ne soit lui, l'instigateur de cet interrogatoire.

Elle ricana en secouant la tête. Le silence de son vis-à-vis la mit sur la voie.

— Il s'inquiète pour toi, Déborah, reprit Ombre. Quel grand-père ne s'inquiéterait pas pour sa petite-fille ? Surtout lorsque celle-ci se retrouve confrontée à des hommes dangereux venant d'un quartier formellement interdit d'accès.

— Pour qui s'inquiète-t-il réellement ? s'interrogea Déborah, dubitative. Pour lui ou pour moi ?

— Pour toi, cela va de soi ! Tu es sa seule famille, non ? Ou alors, c'est encore un secret.

— Ne vous aventurez pas sur ce chemin-là, Ombre. Restez en dehors de cela. Ce n'est ni une menace ni une recommandation, mais un avertissement.

Ombre, immobile, la fixa, interdit. Comment osait-elle lui parler sur ce ton ? Il fronça les sourcils.

Déborah se demanda si elle n'était pas allée trop loin. Si elle n'avait pas été trop dure. Elle n'aurait jamais dû proférer de telles menaces. Et s'il devinait… ?

※※※※※

Le retour se passa en silence, perturbé uniquement par le ronronnement du moteur. Déborah évitait soigneusement de regarder Ombre. La réciproque était aussi vraie.

Le véhicule s'arrêta devant le portail de l'imposante demeure des Robinson.

Déborah n'attendit pas le chauffeur, elle se précipita à l'extérieur de la limousine suivie de près par Ombre.

À peine posa-t-elle la main sur la poignée, que le cobaye la retint. Elle se débattit. Elle ne voulait plus l'affronter, affronter ses yeux inquisiteurs, ses questions absurdes. Elle voulait, elle voulait… !

Déborah craqua. Ses sanglots lui parurent grotesques et inutiles.

— Laissez-moi tranquille ! le repoussa-t-elle. Vous ne savez pas qui je suis !

— Alors, dis-moi, Déborah Robinson ! gronda Ombre, excédé. Cesse tes caprices et dis-moi ! Je te l'ordonne !

— Je suis une rebelle ! cria-t-elle. Je suis une rebelle…

C'était sorti, sans filtre, sans aucune formule pour le tromper. Avouer sa position lui ôta malgré tout un poids. Une partie de ses craintes envolées, d'autres vinrent les remplacer. Qu'allait-il à présent advenir d'elle ? De ses amies ?

Déborah n'arrivait plus à contrôler le torrent de larmes qui se déversait sur ses joues. Lorsque Ombre la prit dans ses bras, un cocon de douceur calma son énervement. Elle ne se débattit plus. À la place, elle posa la tête sur son torse, trouvant dans cette étreinte un exutoire à ses peurs et à ce stress qui ne la quittaient plus. Déborah voulait se ressaisir de cette proximité contre nature. Elle n'en avait pas le droit, pas avec lui. Pourtant, sentir ses bras l'envelopper, la serrer contre lui était sans doute la chose la plus douce qu'elle eut connue jusqu'à présent, même avec Dave.

Ombre savait maintenant. Elle venait de confirmer ses doutes. Quel fardeau portait-elle ! Elle, si proche de Fully. Elle à qui on demandait l'excellence. Il ne la serra que davantage avec cette envie irrépressible de vouloir à tout prix la protéger. Pourquoi ? Qu'avait Déborah que ses autres prétendantes n'avaient pas ? Il s'écarta un peu d'elle et lui releva le menton. Ses yeux embués de larmes lui donnèrent la réponse. Déborah l'avait capturé corps et âme. Elle l'avait enchaîné de la plus délicieuse des manières. Comme Soline, à moins que ce ne soit quelque chose de plus fort. Une chose qu'Ombre n'avait jamais connue. Ses lèvres s'approchèrent de celles de Déborah. Il les butina d'abord avant de s'en emparer complètement.

Il était assoiffé d'elle. Il la voulait pour lui. Lui seul ! Il attrapa sa nuque pour prolonger son baiser.

Ombre devait la protéger. Si Fully venait à apprendre ce qu'elle était vraiment, il la lui arracherait sans aucune pitié, comme les dirigeants mondiaux avec Soline. Il accentua son étreinte.

Déborah glissa ses mains sous sa veste pour mieux le toucher. Elle sentait sa langue s'emmêler à la sienne dans un ballet désordonné, empressé. Elle ne devait pas se laisser aller. Non… ce n'était pas raisonnable ! Encore une fois, cette relation était… contre nature. Pourquoi, dans ce cas, prenait-elle autant de plaisir à palper ses muscles, à l'embrasser comme si sa vie en dépendait ? Quelle était cette logique qui la poussait à commettre l'irréparable ?

Ombre s'écarta d'elle, à bout de souffle.

— Ombre, je…

— Je me tairai, murmura-t-il en la serrant tout contre lui. Fully n'en saura rien.

— Si tu ne dis rien, tu fais acte de trahison envers l'empereur. Il te le fera payer au prix fort.

— Je ne le laisserai pas t'arracher à moi comme on m'a arraché à Soline. Je ne le supporterai pas, avoua-t-il son front contre le sien.

— Ombre…

Déborah l'embrassa à nouveau avec la même ferveur. Elle non plus ne saurait survivre à une nouvelle séparation. Cette simple pensée la fit grelotter.

Ombre sourit.

— Nous nous verrons bientôt, répondit-il à sa question muette. Rentre chez toi. Tu as froid.

Déborah ne le contredit pas. Elle était frigorifiée.

Après un baiser furtif, elle se précipita dans le manoir.

✳✳✳✳✳

— Je crois rêver, ma petite-fille suit mes consignes ! s'enthousiasma Robinson. C'est une première. Tu te rends compte que la prochaine étape est son lit.

Il ricana. Déborah l'ignora pour gagner sa chambre. Peu importe ce que son grand-père avait entendu.

Une fois la porte verrouillée, elle se jeta sur son lit. À plat ventre, son oreiller serré contre sa poitrine, sa main trouva le tiroir de sa table de nuit. Elle l'ouvrit puis, s'asseyant en tailleur, détailla le cadre photo qu'elle avait pris. Déborah passa délicatement les doigts sur le visage d'un homme aux cheveux noirs et rouges.

Dave, murmura-t-elle.

Elle se souvenait encore de cette journée, belle, idyllique. Une journée de printemps où la senteur des arbres en fleurs affluait agréablement. Le ciel était d'un bleu vif tandis que le soleil étendait ses rayons. Déborah et Dave chahutaient, se poussaient, faisaient la course, éclataient de rire comme deux grands enfants.

Déborah se souvint de cet instant où, la tête sur l'épaule de l'autre, ils regardaient les nuages passer, formes cotonneuses et blanches.

— *Déborah,* avait-il commencé.

Son visage, pourtant si jovial, s'était tendu. À ce moment-là, Déborah comprit. Message très silencieux que celui-ci. Dave avait été comme elle un rebelle, un rebelle qui fut longtemps recherché par Fully.

— *C'est la dernière fois.*

Je sais.

— *Me pleure pas. Cela ne servirait à rien. Je veux juste que tu continues le combat. Un jour, Fully tombera. Plus d'injustice, plus de couvre-feu, plus de jour des prosternations. Nous serons débarrassés du tyran et de son acolyte. Il fera ce qu'il faut, comme auparavant. Souris, gueule, ris comme une débile, mais par pitié, vis.*

Déborah avait résisté comme elle avait pu. Cependant, lorsque ses amies lui avaient appris que plus jamais elle ne pourrait entendre sa voix, son cœur s'était fissuré pour laisser passer une douleur qu'elle n'aurait jamais cru connaître.

Allait-il en être de même avec Ombre ? Cette relation était-elle également vouée à l'échec ? Sans le moindre doute. Même si son grand-père, sous ses airs doucereux, lui promettait le contraire.

Déborah rangea le cadre dans le tiroir de sa table de chevet. Après avoir enfilé un pyjama, elle se glissa sous sa couette et adopta une position fœtale. La mélancolie la prit d'assaut. Quand est-ce que son cauchemar s'arrêterait ?

12

Visite
impromptue

Tu travailles trop, Déborah, reprocha Ivan en buvant son café avachi sur sa chaise de bureau. Ta tête va finir par exploser. Je peux savoir pourquoi tu te presses autant ?

Elle ignora sa question, concentrée sur ses recherches.

Tu t'enfonces dans une paranoïa conjonctive du travail acharné et sans répit, lui avait-il dit plus tôt.

— Tu m'écoutes, ma fleur ?

Elle ne répondit pas, continuant inlassablement ses allées et venues. Ivan en avait le tournis.

Déborah s'affairait. Elle mélangeait les produits, écrivait des calculs sur un grand tableau noir et observait ses invisibles résultats au microscope.

Ivan essaya d'attirer son attention à plusieurs reprises, l'index bien haut. Agacé, il attrapa son amie par les épaules et la força à s'asseoir. Alors qu'elle allait se remettre debout, Ivan la cloua sur sa chaise.

— Il faut que je retourne travailler ! grogna-t-elle.

— Pas question ! Qu'est-ce qui t'arrive ? Nous avons encore du temps ! Ne gâche pas tout dans la précipitation.

Elle releva la manche de sa blouse pour lui montrer la boursouflure écarlate qui ornait son bras. Ivan n'en crut pas ses yeux.

— Dans quelques mois, si ce n'est moins, la mutation atteindra sa finalité. Il n'a pas voulu attendre que sa précédente transformation se termine. Si je ne finis pas mon projet maintenant, je crains que... qu'il soit trop tard.

Soufflé, Ivan se posa sur une chaise et réfléchit en se frottant le menton. Il roula jusqu'au plus proche clavier.

Sa souris partit trouver un dossier, puis un fichier. Ce dernier, une fois ouvert, montra un tableau composé d'une multitude de formules mathématiques ainsi que de nombreux graphiques.

Déborah visualisa le tout, ses lèvres remuèrent sans qu'un son ne sorte. Elle passa son doigt sur l'écran, ses yeux s'arrondirent comme des soucoupes. Pourquoi n'y avait-elle pas pensé plus tôt ?

L'ADN µp3 était la solution préconisée pour récupérer les molécules d'une odeur dissipée. Son processus de création était cependant long et contraignant. La formule qu'elle souligna de son index allait l'accélérer par dix en ajoutant simplement quelques globules blancs. Déborah poussa un cri et sauta dans les bras de son ami.

— C'est pour ça que je t'adore, Ivan !

Il voulut s'expliquer sur sa découverte, puis finalement renonça, un sourire peint sur son visage mal rasé. Déborah imprima le tableau et se remit tout de suite au travail.

— Je voulais attendre avant de te montrer ça. Je ne suis pas très sûr des résultats, tu sais, se sentit-il obligé de signaler.

— Pourtant, tes tests sont concluants ! assura-t-elle. J'ai toute confiance en toi !

Ivan secoua la tête et gloussa. Après avoir repoussé ses lunettes sur son nez avec son majeur, il se remit lui aussi au travail.

※

Blouson en cuir sur le dos, Déborah tenait nonchalamment ses patins sur son épaule, coude et main gauche repliés, l'autre dans la poche de sa veste.

Un sourire se dessina sur son visage. Elle pouvait à nouveau espérer. Elle posa ses rollers et s'approcha de l'imposante bonbonne de verre qui trônait au milieu de son laboratoire.

Dans le liquide bleu-noir s'élevèrent soudain des bulles avec un léger ronflement. Les boutons de son socle encadraient un écran sur lequel un point rouge traçait une ligne de vie par intermittence. Déborah tapota contre la paroi. Nouveau rejet de bulles. Un œil noisette apparut, puis disparut sans demander son reste.

Une main se posa sur le verre froid du cylindre. Déborah se tourna légèrement pour apercevoir La Noire qui, yeux grands ouverts, analysait l'immense contenant.

— Vous ne verrez rien, avertit Déborah. Ce qui s'y cache ne se montre qu'en ma présence ou celle d'Ivan, en fonction.

La Noire grimaça, essayant autant que possible de ne pas montrer sa déception. Elle était très curieuse de savoir ce qui se dissimulait dans le liquide opaque. D'un geste ample, elle repoussa la tresse qui chatouillait son cou.

— Je trouve que votre laboratoire est beaucoup trop accessible pour un endroit censé rester caché, changea-t-elle de sujet.

Déborah ricana.

— Sachez qu'actuellement des monstres de ma conception vous surveillent.

La Noire fronça les sourcils et son visage afficha une certaine crainte lorsqu'elle entendit des grognements sourds ainsi que des cliquetis. Les bruits venaient-ils du plafond ou du sol ? Impossible de le déterminer. Elle déglutit, peu envieuse d'être attaquée par surprise.

— Pas que je n'apprécie pas la technologie, mais je la trouve plus faillible que mes bébés. Puis-je savoir la raison de votre présence ?

La visiteuse essaya autant que possible de se détendre. Elle prit ses aises et s'assit sur une chaise, le coude posé sur le dossier.

— Notre connaissance commune vous a vue. Il a été impressionné.

— J'ai espoir que cela l'ait convaincu. J'ai risqué ma vie et celle de mes amies.

La menace qu'Ombre avait proférée à leur encontre pesait sur sa tête comme une dalle en acier.

— Il a été convaincu de vous rencontrer en personne.

Juste une rencontre ? L'énervement de Déborah était palpable. Elle retint pourtant une répartie cinglante.

— Soit ! Quand ? Où ?

— Il vous contactera, répondit rapidement La Noire en se levant.

Un ange passa. Des secondes qui parurent une éternité.

— Vous devez, je crois, une fière chandelle à votre ami, reprit-elle. D'autant que cette mutation semble progresser très vite.

Déborah la dévisagea, sans aucune expression lisible sur son beau visage en forme de cœur.

— Vous nous avez espionnés. Est-ce bien prudent ?

— Je ne fais que mon devoir envers…

— Votre devoir ? coupa Déborah, amusée. C'est surtout votre curiosité que vous comblez ! Ni plus ni moins. Je vous intrigue, vous et votre partenaire. C'est vrai ! Comment une petite lycéenne a-t-elle pu contacter sans la moindre difficulté un homme tel que Sullivan : Le Cœur du Réacteur ? Une ruse ? Je vous assure que non. Je ne travaille en aucun cas pour Fully. Je doute d'ailleurs que cet imbécile sache réellement qui je suis. N'essayez même pas de tirer les vers du nez de Stéphanie ou de Ludivina. En dehors de mon grand-père, seul Ivan connaît mon identité et il m'est d'une loyauté exemplaire.

— Ludivina et Stéphanie sont vos complices et amies les plus fidèles. Il est bien étrange que vous ne leur fassiez pas confiance.

— Elles courent déjà un grand danger en tant que rebelles.

Déborah posa sa main à plat sur le verre. La Noire hoqueta de stupeur lorsqu'elle en aperçut une autre se coller à la paroi.

— Si la loi ne vous est pas inconnue, vous savez le châtiment des traîtres, continua Déborah sur un ton corrosif.

— Quel est le rapport avec cette mutation ?

— Plus que vous ne l'imaginez, murmura la jeune femme. Et aucune.

Déborah dévisagea La Noire, glaciale. Elle prit son sac et lui tourna le dos. Son interlocutrice soupira aussi fort que possible, irritée par autant de secrets. Elle aurait pu au moins être mise dans la confidence pour comprendre les tenants et les aboutissants d'une telle collaboration.

Le ricanement de Déborah la sortit de ses réflexions.

— Sachez que mes bébés attaquent sans prévenir quiconque pénètre dans ces lieux sans ma présence ou celle d'Ivan. Souhaitez-vous courir le risque ?

La Noire grimaça et s'empressa de la rejoindre lorsqu'elle entendit des grognements sourds se rapprocher.

13
La main de Huitzilopochtli

Ivan observa les schémas de l'évolution de sa petite chose, debout devant sa bonbonne. Dubitatif, il grimaça et poussa un langoureux soupir.

— Faut que j'augmente la dose, sinon tu ne vas pas grandir assez vite !

Pour la réveiller, il tapota la paroi en verre avec le bout de son index. Deux yeux noisette s'ouvrirent.

— Un peu de musique ?

Il crut distinguer l'ombre d'un sourire sur le visage émacié de l'être.

Ivan s'était offert le luxe d'un vieux tourne-disque, objet devenu rare avec les technologies de Fully. Avec un grésillement, *La lettre à Élise* entama ses premières notes de piano.

Le jeune homme se détendit. Assis sur sa chaise, les jambes étendues devant lui et les bras derrière la tête, il attendit la fin du morceau. Puis il s'étira comme un chat en faisant craquer quelques articulations. Il devait se remettre au travail et finir son rapport au plus vite.

Déborah n'était plus revenue au laboratoire depuis plus d'un mois. Elle avait insisté sur sa présence auprès de son grand-père et auprès de Fully. Ses absences répétées et injustifiées devenaient dangereuses pour sa position, celle d'Ivan et de ses amies de toujours. Sans oublier ses études. Celle qu'on surnommait La Noire ne s'était plus montrée et la jeune femme n'avait plus eu de contact avec le rebelle recherché activement par Fully. Sa tentative de faire exploser un sommet avec les principaux représentants du monde avait été avortée par Ombre. Les journaux parlaient d'un homme qui était passé entre les mains de l'empereur, sans entrer dans les détails. Pour quoi faire ? Chacun savait le sort réservé aux prisonniers dans un cas comme celui-ci. Peut-être détenait-il des informations capitales qu'il avait révélées à Fully, obligeant ainsi le rebelle à se tenir tranquille.

— Je me demande parfois pourquoi je suis là, moi, se plaignit Ivan en imaginant les tortures infligées au pauvre homme.

Il soupira. Il attrapa sa pipe, coincée entre deux dossiers, et la bourra de tabac frais et pur. Un autre luxe qu'il s'offrait. Les taxes étaient tellement élevées sur ce produit que seuls les plus fortunés se permettaient ce petit plaisir. Sans oublier la pollution et les différents ingrédients toxiques qui composaient la marchandise de contrebande. Déborah lui en achetait de temps à autre et il appréciait ce geste.

Ivan se ressaisit. Il était grand temps pour lui de se mettre au travail. Assez rêvassé ! Après avoir tourné sa chaise face à son écran, ses mains s'activèrent sur son clavier. Sa détermination et sa position faisaient vaguement penser à un personnage de dessin animé.

Au terme de deux longues heures à composer un dossier scientifique, il s'octroya une pause durant laquelle il se servit un café noir. Il tira ensuite le tiroir de sa servante pour prendre les deux pièces de cuivre qu'il avait montrées à Ludivina. Ce fut par un heureux hasard qu'il les trouva dans une boutique d'antiquités. Il se souvenait encore de cette odeur singulière de poussière, de renfermé et de vieux bois. Il avait inspiré à fond cet effluve d'un autre temps qui l'avait fait se sentir comme chez lui. En fouillant dans les divers objets mis à la disposition des clients, il mit la main sur une vieille boîte en ferraille remplie d'une multitude de pièces de monnaie.

Il gloussa en se souvenant qu'il avait longuement hésité à l'acquérir. Sa curiosité l'avait amplement récompensé lorsqu'il en avait détaillé le contenu.

Aujourd'hui, sa petite fleur rose lui avait envoyé un dossier complet concernant ses magnifiques trouvailles ! Dossier qui, malheureusement, ne lui avait pas apporté plus de réponses que ce qu'il connaissait déjà.

Machinalement, il lança une des pièces de cuivre avec le pouce, il la rattrapa puis recommença. Manquant son coup au troisième essai, il jongla presque pour la récupérer en grimaçant. Elle atterrit sur son bureau, tourna sur elle-même un instant et s'immobilisa. Ivan poussa un soupir de soulagement en passant la main sur son front.

Il plissa soudainement les yeux. Il se saisit de la loupe posée sur sa servante et observa attentivement le détail apparu à la lumière de sa lampe : un petit symbole enchâssé dans l'écriture aztèque.

À première vue, il s'agissait d'une fleur de lys. Ivan consulta ses ouvrages. Rien dans ses livres ne lui apporta une réponse claire et précise.

Il s'affala sur son siège, dépité. Il poussa un grognement sourd, le pouce sur sa joue, son index sur les lèvres. Il visionna les images en sa possession. L'une des iconographies représentait deux hommes, les deux guerriers de la tribu Akuitela et Poztolek qui se serraient la main. Le second portait un bracelet sur son poignet gauche… ressemblant étrangement au signe enchâssé dans l'écriture aztèque. Un nouvel indice ?

— Possible… marmonna Ivan.

Il attrapa son chapeau melon et rangea pièces et illustration dans la poche intérieure de son manteau avec l'idée d'interroger une vieille connaissance.

❈❈❈❈❈

L'imaginaire général voulait que l'autre côté de la Frontière Interdite soit un monde de chaos où ses habitants vivaient comme des animaux. La population manquait cruellement de certaines denrées, de matériels médicaux et leur quotidien se résumait à un mot : débrouillardise. Pourtant, ceux que l'on croyait démunis avaient instauré un certain ordre. Organisés en clans, chacun d'eux possédait un territoire et des marchandises spécifiques qui alimentaient le marché. La monnaie, composée de clous et de vis de différentes tailles et formes, permettait d'acquérir ce dont on avait besoin. L'espace lui-même avait été aménagé en districts, ces derniers contrôlés par un chef de clan parfois plus tyran que le tyran lui-même. Ivan en avait un jour fait la désagréable expérience.

La rue dans laquelle il passait appartenait au district du Rugissant. Il devait son surnom aux grondements qui s'échappaient des tuyaux plantés dans le sol. D'où provenaient-ils ? Le mystère restait entier.

Ivan s'arrêta devant un établissement à la porte close. Du bruit et de la musique sortaient d'une grille d'aération. Il frappa trois coups et donna un mot de passe. On le laissa entrer.

L'ambiance s'apparentait à celle d'un saloon. Des joueurs de cartes, des crachoirs, un homme en costume trois-pièces qui essuyait ses verres, un robot-pianiste et, pour finir, de jolies filles.

Ivan évita de peu la bagarre qui éclata dans son giron. Il déglutit avec peine lorsqu'il entendit une chaise craquer, à moins que ce ne soit des os.

Il s'assit au comptoir et commanda un verre de whisky. Il se pencha en avant lorsque le barman lui servit sa boisson.

Ce dernier attrapa un vieux téléphone à fil et composa un numéro. Sa conversation fut brève. Il hocha la tête en direction de son client.

Ivan attendit à peine trente minutes. Un étrange inconnu se posa à côté de lui, son visage ridé camouflé par une capuche. Il commanda un verre de bourbon qu'il but d'un trait.

— Vous avez les informations que j'ai demandées ? commença Ivan.

— Tout dépend du prix que vous êtes prêt à mettre.

Il fit glisser une bourse en cuir jusqu'à son interlocuteur. Celui-ci observa le contenu. S'il semblait surpris par la somme, il n'en fit rien, se contentant de ranger la bourse dans la poche intérieure de sa veste. Il sortit ensuite d'une autre poche un carnet noir qu'il garda près de lui. Ivan lui montra le dessin ainsi que la pièce. Son interlocuteur hocha la tête.

— Ce sigle représente la main de Huitzilopochtli, expliqua-t-il. Les pièces ne peuvent fonctionner sans cet artefact.

— Comment ça ? Je ne comprends pas.

— Le gantelet sert de passerelle entre le monde des mortels et celui des dieux pour pouvoir lier les deux porteurs ou le porteur. S'il n'y a qu'un seul porteur, ses capacités physiques et intellectuelles augmenteront en même temps que sa force. S'il y en a deux comme la légende, alors il invoque la divine puissance du dieu de la guerre.

— Pour que ce dernier se batte à leur côté, conclut Ivan.

Le vieil homme ricana. Il avala d'un trait son verre et en demanda un nouveau. Le barman le servit.

— Huitzilopochtli prend possession de leur corps et de leur capacité.

Ivan but une gorgée de son whisky.

— C'est pour cette raison que le gantelet choisit son porteur.

— Il choisit son porteur ?

L'homme hocha la tête. Ivan ne s'était pas attendu à une telle information. Comment aurait-il pu ? Elles étaient assez vagues et la victoire de Fully avait brûlé un nombre conséquent de bibliothèques.

— Bien sûr, tout ceci n'est qu'une légende, même si nombre de chasseurs de trésors sont partis en quête du Graal.

Avec les destructions massives qui ont eu lieu ces dernières années, autant chercher une aiguille dans une meule de foin ! constata Ivan, amer.

— Où peut-on trouver ce fameux gantelet ? demanda-t-il sans trop d'espoir. Enfin, selon la légende.

Le vieil homme ricana à nouveau lorsqu'il lut distinctement l'envie d'Ivan de partir à sa recherche. Il écarta un pan de son manteau pour dévoiler une prothèse en fibre de carbone. Sa main droite ôta son gant gauche.

— Quand j'ai commencé l'archéologie, mon professeur d'espagnol m'avait proposé de le suivre sur un site au Mexique, tout juste découvert. Il était fasciné par la main de Huitzilopochtli. C'était un aventurier aguerri et pourtant... il en est mort. En ce qui me concerne... il a fallu que je sacrifie une partie de moi-même pour rester en vie, comme vous pouvez le constater.

Les Aztèques n'étaient pas assez fous pour laisser un tel artefact à la portée du premier imbécile en quête de pouvoir. Quand je suis revenu, j'ai appris que certains des hommes qui nous avaient accompagnés avaient sombré dans la démence. Allez savoir pourquoi !

Ce carnet, pointa-t-il, regroupe les découvertes et les notes de mon enseignant. Il vous sera des plus utiles. Rappelez-vous ceci, Ivan. Détrousser les dieux n'est pas une chose facile, surtout quand ce sont eux qui ont créé le temple. Je pense qu'ils m'ont laissé en vie comme preuve.

Le vieil homme but d'un trait son verre et se leva.

— Vous me découragez et pourtant, vous me donnez ce carnet. Pourquoi ?

Il ne lui répondit pas. Il lui tourna le dos, inspira, puis finalement haussa les épaules.

— Peut-être qu'un fou comme vous sera plus en mesure de le retrouver.

— Peut-être qu'un homme aussi désespéré cherche à me subtiliser le trésor une fois trouvé.

Son interlocuteur émit un rire sans joie.

— J'ai failli y laisser ma peau et je ne souhaite pas affronter à nouveau ce que j'ai vu.

— Et qu'avez-vous vu ?

— Ce que vos pires cauchemars peuvent vous renvoyer.

L'homme s'en alla, sans plus de cérémonie. Ivan, dubitatif, attrapa le carnet. Il le feuilleta en plissant les yeux. Il connaissait ce langage, du latin dans lequel s'étaient glissés des mots d'espagnol et de français.

— Je sens que je vais m'amuser, marmonna-t-il.

14

Encore faut-il convaincre Fully !

J e comprends mieux pourquoi Arakin et Sullivan n'ont pas réussi, soupira Déborah en se tenant le menton. Il leur manquait le gantelet.

Ivan était plongé dans ses pensées. Son récit n'avait pas beaucoup plu à Déborah, que l'idée de laisser son laboratoire sans surveillance mettait mal à l'aise. Ses bébés seraient là — certes ! — elle doutait cependant de leur suffisance. La jeune femme secoua la tête. Elle s'approcha de la grande bonbonne et tapota deux fois sur la vitre. Une mâchoire claqua dans le vide.

— As-tu réussi à traduire le livre que cet homme t'a donné ? demanda-t-elle en se tournant vers lui.

— Une bonne partie. Son rédacteur a pris ses références dans de nombreux ouvrages médiévaux ainsi que les recherches archéologiques qui ont été effectuées à l'époque. De ce que j'ai compris, la découverte du temple est due au hasard et rien d'autre que le hasard.

— Que veux-tu dire ?

— L'enseignant explique que tous leurs outils de mesure se sont détraqués en même temps. Même les boussoles sont devenues folles. Les porteurs auraient hurlé à la possession démoniaque en entendant des voix. Tu te doutes bien que les scientifiques présents se sont penchés sur le phénomène. À force de chercher leur chemin, ils sont tombés sur le temple.

— Le retrouver relève donc de la chance, désespéra Déborah.

Ivan lui lança un sourire narquois.

— Il a laissé des indices ! s'extasia-t-elle, ce à quoi il hocha la tête.

— La grande inconnue demeure l'intérieur. Il n'en est jamais ressorti. Il semble cependant qu'il avait déjà une idée sur le sujet. Je n'ai pas fini la traduction, mais nous ne devrions pas être aveugles longtemps.

— Tant mieux ! J'aime pas tourner en rond ! lança Ludivina.

Elle s'approcha, Stéphanie sur ses talons, et posa son sac à dos sur le bureau.

— On a reçu le message, reprit-elle. C'est quoi cette histoire de gantelet ?

Ivan expliqua à nouveau l'entretien qu'il avait eu avec le vieil homme. Ludivina et Stéphanie l'écoutèrent avec attention.

— Ce qui m'inquiète, c'est la sécurité du laboratoire, relança Déborah.

— Tes bébés seront suffisants, argua Ludivina.

— Je suis d'accord avec elle, appuya Stéphanie. Maintenant, ce qui m'interpelle, c'est comment on va pouvoir s'y rendre avec peu de moyens et sans attirer l'attention de Fully. Parce que je suppose que le temple en question, si on parle des Aztèques, est au Mexique.

Ivan se laissa retomber sur son siège, abattu. Lui qui se faisait une joie de quitter un peu Crazevilla. Il se tint le menton et réfléchit quelques instants. Il attrapa son mug de café et but une longue rasade.

— Elle a raison, confirma-t-il. Écoutez, restez à Crazevilla. Je me rendrai seul là-bas.

— Hors de question ! contesta Déborah. On t'accompagne.

— Dans ce cas, que faisons-nous ?

— Tu as dit, Ivan, commença Ludivina énigmatique, que non seulement le temple était une création divine, mais qu'en plus il y avait quelques méchantes bestioles qui se baladaient dans le coin, c'est bien ça ?

— C'est en effet ce que l'on m'a dit et ce que le livre explique. Pourquoi ?

Ludivina sourit de toutes ses dents. Soudain, Déborah comprit.

— Oh toi ! Tu as une idée derrière la tête. Et elle me plaît ! Il faut maintenant le convaincre de nous suivre.

— T'en fait pas, ma biche ! Je m'occupe de tout ! s'extasia Ludivina.

Comme pour appuyer son propos, elle tapa dans la main de son amie avec une complicité non feinte.

✖✖✖✖✖

Fully Craze se frotta le menton, peu convaincu. Le visage d'Ombre était si stoïque qu'il n'aurait su dire s'il approuvait ou non. Robinson fulminait, dardant sur sa petite-fille un regard lourd de reproches.

— J'entends votre incertitude, s'inclina Ivan. Néanmoins, je détiens un guide qui me permettra de retrouver cet artefact. C'est la pièce manquante de… de… hésita Ivan. De ma collection !

— Et je comprends votre empressement, confirma Robinson bouillonnant de colère. Je ne vois cependant pas la relation avec les études de ma petite-fille.

— En fait, c'est très simple ! intervint Ludivina.

Elle tendit un cahier au grand-père de Déborah qui le feuilleta sans grand intérêt.

— Notre professeur d'histoire nous a demandé d'étudier une civilisation disparue et d'en faire un dossier. Étant donné qu'Ivan doit partir, nous nous sommes dit que cela serait une occasion en or pour compléter notre devoir. De plus, les Aztèques possédaient des connaissances scientifiques en matière d'astronomie. Ce serait génial, pardon, idéal pour Déborah d'étudier cette matière, vous ne trouvez pas ?

Robinson regarda tour à tour Ludivina et Déborah, les sourcils froncés.

— Puis-je savoir pourquoi vous avez besoin d'Ombre ? intervint Fully, aussi dubitatif que le vieux scientifique.

— Une chose que je n'ai pas dite, Votre Altesse, reprit Ivan cérémonieux, c'est que l'artefact en question possède le pouvoir de décupler les capacités de son porteur. Il serait fâcheux que cela tombe aux mains des rebelles présents sur place.

L'argument était irréfutable pour Fully. Mieux valait qu'Ombre veille au grain. Malgré sa force de frappe colossale, il était hors de question que l'ennemi entre en possession d'une telle arme.

Fully ronchonna de plus belle tandis qu'Ombre sourit de toutes ses dents. Il approuvait visiblement cette excursion.

— Bon… Je ne vois aucun inconvénient à cette petite expédition, décréta l'empereur. Il y aura cependant une condition non négociable.

Ludivina, Ivan, Déborah et Stéphanie retinrent leur souffle.

— Si ce que vous me racontez est vrai concernant la puissance de ce gantelet alors ce dernier devra me revenir. Je le mettrai en sûreté dans ma collection personnelle.

Un silence pesant s'installa. Le sourire d'Ombre se fit malicieux. Il observa Déborah mal à l'aise. Quelque temps auparavant, il aurait bien été incapable de déchiffrer l'expression de son doux visage. À présent, il y lisait une profonde inquiétude.

— Eh bien… commença Ivan, bien sûr ! J'admets que pour la sécurité de la nation, il vaut peut-être mieux que cet artefact soit en sûreté chez vous.

— Parfait ! Vous partirez dans une semaine, le temps pour moi de tout organiser dans les règles de l'art.

❊❊❊❊❊

— On a un putain de problème ! s'exclama Ludivina, en entrant en trombe dans la chambre. On fait comment maintenant pour récupérer le gantelet ? Parce que j'imagine que la collection de Fully est superbement cachée derrière trente mètres de blindage avec une sécurité du feu de Dieu, lasers et compagnie ! Mais quelle idée j'ai eue de…

Bras ballants, la jeune femme fixa un point invisible, en se laissant tomber sur le lit de Déborah. Ivan ne sut que répondre. Ludivina avait raison. Ils auraient dû se douter que Fully aurait réclamé le gantelet. Ce qui le rassurait néanmoins était que la main de Huitzilopochtli nécessitait la présence de deux pièces pour fonctionner, pièces qu'il n'avait bien sûr pas mentionnées. Sans oublier que le gantelet choisissait son porteur. Fully avait très peu de chances d'être un élu du dieu du soleil.

— Que fait-on alors ? demanda finalement Stéphanie, brisant ainsi un silence de plomb.

Devait-elle dire qu'Ombre avait deviné sa position de rebelle ? Et qu'il était sans doute un allié de poids ? Déborah hésitait, elle hésitait beaucoup, car elle ne savait pas si Ombre tiendrait parole. Malgré tout l'amour qu'elle ressentait à son égard, elle se méfiait.

— Nous demanderons à Ombre, intervint Déborah.

— Quelle excuse nous lui donnerons ? s'enquit Ivan.

— Aucune, je m'en occupe.

Ludivina bondit du lit et se planta devant la jeune femme, dont le regard fuyant lui mit la puce à l'oreille.

— Il y a un truc que tu ne nous dis pas. C'est quoi ? exigea-t-elle.

Elle avait été démasquée. Déborah souffla, puis fixa son amie. Elle ne pouvait plus garder ce secret pour elle.

— Ombre sait pour moi, lâcha-t-elle.

— Il sait ? s'étrangla Ludivina. Il sait quoi exactement ?

— Il connaît ma position de rebelle.

— Comment ça, il connaît ta position de rebelle ? Déborah, je veux que tu me répondes ! C'est toi qui lui as dit ?

Nouveau silence de plomb. Le malaise était palpable, la peur et la colère aussi.

— Déborah ? essaya Ivan, en posant une main sur l'épaule tremblante de son amie.

La jeune femme se laissa tomber sur son lit.

— Je ne lui ai rien dit, il a tout découvert par lui-même, déplora-t-elle.

— C'est pas possible ! explosa Ludivina. On est cuits ! Tous autant que nous sommes… on va… on va… on va se retrouver de l'autre côté de la Frontière Interdite, on va… !

— On va rien du tout ! tempéra Stéphanie. Ombre avait la possibilité de tous nous arrêter, il ne l'a pas fait.

— Stéphanie a raison, intervint Ivan. Ludivina, l'occasion était trop belle.

— Je connais ta crainte, conforta Déborah. Je l'ai chaque jour pour vous tous. Mais Ombre m'a juré de ne rien dire. Et je le crois. Je sais qu'il dit la vérité.

— Comment peux-tu en être si sûre ? demanda Ludivina, impuissante.

Déborah se gratta la tête, un peu nerveuse. Finalement, elle sourit.

— J'ai oublié de te raconter un truc, du reste, ce qu'il s'est passé quand il m'a emmenée dans sa chambre…

— Quoi ? Je veux tous les détails !

Ludivina avait bondi devant Déborah, le doigt sur sa poitrine. Envolée son inquiétude, son naturel était revenu au galop. S'en rendant compte, elle prit sa meilleure amie dans les bras.

— T'es une chieuse, doublée d'une sale emmerdeuse, chuchota-t-elle, mais je t'aime quand même. Je te crois pour Ombre. Je ne sais pas pourquoi, mais je te crois. Promets-moi juste de ne pas faire de bêtises ou des bêtises que tu peux me raconter en détail !

Déborah et Stéphanie éclatèrent de rire. Ivan sourit à son tour face à cette légèreté bienvenue, bien qu'il sache que récupérer le gantelet allait être périlleux.

Et il ne pensait pas à Ombre.

15

L'orphelin

Fully avait presque dépêché une armée entière pour Déborah et ses amis. Une trentaine de robots de combat, des dizaines de scientifiques, de médecins... sans oublier Ombre, que la jeune femme ne quittait pas des yeux. Sa voix rauque résonnait dans ses oreilles comme une agréable mélodie. Son autorité la rendait fébrile.

Elle grimaça, se demandant l'espace d'un instant si leur baiser n'avait pas été un leurre pour mieux la faire parler. Une chose était certaine, cela avait marché. Elle se morigéna intérieurement pour sa faiblesse. Elle sursauta quand deux puissants bras l'enveloppèrent.

— Ce n'est que moi, sourit Ombre.

Elle se détendit en serrant imperceptiblement ses avant-bras.

— Je sais à quoi tu penses, chuchota-t-il à son oreille. Je ne t'ai pas embrassée pour te faire avouer. Mais parce que cela me démangeait. C'est un crime d'avoir des lèvres aussi appétissantes sans pouvoir y goûter.

Il déposa un baiser dans son cou, puis rejoignit l'un des scientifiques, laissant à la jeune femme un grand vide. Elle soupira niaisement, s'attirant le regard amusé de son amie Ludivina qui l'imita grossièrement. Déborah lui tira la langue.

Le vaisseau de Fully parcourut le ciel à vive allure. En bas se profilait la péninsule du Yucatan, étrangement gardée intacte malgré la guerre. Des ronds turquoise aux bords blancs transperçaient l'étendue verte. L'horizon bleu ajoutait une touche de couleur dans cette palette sauvage.

La machine continua d'avancer dans les terres dont les bombes avaient ravagé l'aspect. Dans certains cratères, une végétation opaque cachait une population animale dense tandis que d'autres, remplis d'eau douce, abritaient une faune marine créée de toutes pièces par de dangereuses radiations.

Tout à coup, une piste d'atterrissage aux tons gris se dessina dans le paysage chaotique. Elle s'étendait dans l'espace vert en une pointe qui se perdait dans l'horizon.

Un bruit de compression aigu annonça la fin du voyage. Le vaisseau se posa avec délicatesse. Le sas arrière s'ouvrit et on se pressa à descendre tout le matériel.

La zone sécurisée impressionna les jeunes femmes et Ivan. Stéphanie compta un peu plus d'une dizaine de miradors armés de canons au diamètre démesuré. En leur sommet, guettaient pas moins de cinq hommes et cinq robots dont les bras mitrailleurs donnaient des sueurs froides.

La planification de la mission eut lieu peu de temps après l'installation.

✖

La nuit tomba très rapidement, recouvrant le fort de Fully d'une pénombre épaisse.

Assise sur une caisse en métal, Déborah observait le ciel noir où scintillaient un millier de points lumineux. Elle avisa Ombre un peu plus loin, le regard perdu dans le firmament. Les yeux de son amant brillaient de chagrin. Immobile, la pleine lune découpait sa silhouette féline en une ombre peu rassurante. Le vent souffla dans ses cheveux blonds, une légère brise pour accentuer cet instant à la fois paisible et mélancolique. Au passage d'une étoile filante, le cobaye ferma ses paupières et Déborah put distinctement apercevoir une strie d'argent barrer la joue d'Ombre.

※

C'était un jour semblable à celui-ci. Ombre regardait les étoiles, pensif, accoudé à la rambarde d'un haut balcon. Soline le hélait depuis une bonne minute. Lorsqu'il daigna enfin lui accorder toute son attention, elle lui tendit une série de clichés. Après avoir repris son souffle tant bien que mal, un sourire peint sur son visage jovial, elle s'était exclamée :

— *Lisa est revenue de ses vacances ! Regarde !*

Elle lui avait détaillé, avec une joie non feinte, de nombreuses photographies de paysages tous aussi somptueux les uns que les autres. Des étendues sauvages aux mégalopoles en passant par de pittoresques petits villages.

Les commentaires de Soline l'avaient fait rire. Elle lui avait exposé ses rêves les plus fous, les aventures qu'elle aurait aimé vivre et les lieux qu'elle aurait aimé visiter. Car dans cette prison aseptisée, de laquelle elle ne pouvait sortir, le monde avait été pour elle une inconnue. Ombre avait adoré l'écouter juste pour y apercevoir les milliers d'étincelles de son regard. Son sourire et entendre sa voix lui manquait.

— *Un jour, Soline, on ira tous les deux visiter ces pays,* lui avait-il promis.

Si seulement les dirigeants mondiaux ne s'en étaient pas mêlés.

Alors Ombre aurait tenu sa promesse. Il aurait vu l'émerveillement sur le visage de sa protégée, de son amie.

Peu à peu, sa peau suinta d'un liquide acide, même ses cheveux en dégoulinaient. La colère grondait en lui, insidieuse, mauvaise, tandis que les images de Soline, l'odeur et le goût de la vengeance prenaient peu à peu possession de lui. Les quelques gouttes qui tombaient sur le sol formèrent des cratères fumants.

※

— Ombre ? s'approcha Déborah.

Le changement physique fut si brutal que Déborah en eut un sursaut.

Le cobaye s'empressa de l'enlacer en enfouissant sa tête dans son cou. Elle se figea, ne s'attendant pas à un tel élan de tendresse. Pourtant, lorsqu'elle sentit son étreinte, paradoxalement douce comparée à la force qu'il pouvait dégager, elle se laissa aller, resserrant la sienne.

Pour la première fois de sa vie, Ombre avait enfin quelqu'un sur qui il pouvait se reposer. Ses muscles se décontractèrent peu à peu. Lorsque sa compagne releva la tête, il plongea dans ses iris roses et s'y perdit. Il rapprocha ses lèvres des siennes, les butina pour au final en forcer le passage avec sa langue. Ombre le sentit, Déborah n'était plus qu'une coquille vide que des frissons emplirent peu à peu.

Il joua, longtemps, tout en maintenant ce langoureux contact. Il respirait son odeur sucrée, s'enivrait de sa présence. Plus rien en cet instant ne comptait qu'elle et lui.

À regret, il décida de rompre cet échange intime. Encore tout près d'elle, ses doigts fins caressèrent la pommette de Déborah qui le dévora des yeux.

— Tu devrais aller dormir, dit-il dans un chuchotement.

— Je n'y arrive pas, avoua-t-elle à demi-mot.

Ombre releva son visage avec son index replié.

— Tu sais que tu peux me parler.

Non, elle ne pouvait pas. Elle ne pouvait pas se confier sur ses peurs et ses doutes. Même si elle en mourait d'envie pour libérer sa conscience.

— Ce n'est rien, sans doute le voyage, le stress, un lit différent…

Ombre n'était pas dupe, c'était autre chose. Avec douceur, il la serra contre son cœur. Déborah l'entendit battre à un rythme si régulier qu'elle s'endormait presque.

— Câlin nocturne ? lança une voix amusée. Si jamais je vous entends, je veux un rapport détaillé !

— C'est glauque, Ludi ! s'exaspéra Stéphanie en pyja-short noir. Moi, je ne veux rien entendre et rien savoir.

Ombre s'écarta sensiblement de Déborah, gêné d'avoir été surpris dans une telle promiscuité. Son amante lui sourit et l'embrassa sur la joue.

— Pas de rapport et sans jeu de mot, précisa-t-elle à l'intention de Ludivina qui gloussa peu discrètement.

— Réunion nocturne ? bâilla Ivan en pantalon à carreaux et débardeur blanc.

Ludivina ouvrit des yeux ronds en le découvrant bras nus et sans ses lunettes. Il passa une main nonchalante dans ses cheveux mi-longs. Quelques mèches retombèrent ostensiblement devant ses iris gris, tandis que sa position décontractée dévoilait une fine et non moins élégante musculature.

— Alors ? De quoi parliez-vous ? demanda-t-il en bâillant de nouveau.

Ludivina le dévisagea. Il fallut que Stéphanie lui donnât un coup de coude pour qu'elle s'extirpe de sa contemplation.

— De... de... enfin de... bégaya-t-elle. Si Debbie et Ombre allaient enfin... tu vois ce que je veux dire.

— Tu es sûre que cela va, Ludivina ? fit-il en fronçant les sourcils. Je te trouve bizarre.

— Non, ça va, je t'assure.

Le malaise de Ludivina transpirait par tous les pores de sa peau. Elle se dandina ne sachant quelle position adopter s'attirant ainsi l'hilarité d'Ombre et de ses complices qui eurent toutes les peines pour la contenir.

— Retournons nous coucher, lança Ombre pour briser la gêne de Ludivina. Une longue journée nous attend. Bonne nuit à tous !

Ivan se gratta la tête, dubitatif, en les observant s'éloigner peu à peu.

— Mais qu'est-ce qui leur arrive ? interrogea-t-il.

— Rien du tout, bonne nuit !

Les doigts d'Ivan agrippèrent le bras de Ludivina, rouge comme un poivron.

— J'ai l'impression que tu me caches quelque chose, lui dit-il.

— Non, je ne vois pas de quoi tu parles !

Son contact la transperça et atteignit son cœur. Il fondit comme neige au soleil, brûla comme un volcan, puis finit par éclater en une multitude de petites bulles colorées.

— Ludivina, je sais quand tu mens, sourit-il en remontant machinalement les lunettes qu'il avait laissées dans ses quartiers. S'en apercevant, il reprit :

— Je commence à te connaître !

— Je suis juste fatiguée et quand je suis fatiguée, j'ai pas les idées claires !

Ludivina se libéra de son emprise et courut rapidement se réfugier dans sa chambre. Ivan pouffa lorsqu'il comprit enfin. Ainsi donc, ce qu'il ressentait à son égard était réciproque ?

✕✕✕✕✕

La nuit se déroula dans le calme.

Le lendemain, parés pour l'aventure, Déborah et ses amis attendaient que les différents scientifiques terminent de vérifier leurs appareils. Ivan avait bien essayé d'expliquer que cela ne servait à rien. À peine fut-il considéré. Certains murmurèrent même leur irritation. Les réflexions se voulaient discrètes, mais elles furent bien vite arrêtées par Ombre, dont l'agacement commençait à se faire ressentir. Déborah comprit alors, sans vraiment en connaître la raison, que l'acolyte de l'empereur faisait bien plus confiance à son ami qu'à cette armada de mathématiciens. Sans doute était-ce dû à leur relation.

Nez dans son ouvrage, Ivan relisait avec concentration les premières instructions qui indiquaient la présence du temple.

— Donc, il faut prendre par là… réfléchit-il à voix haute, puis… Il se tourna vers le sud.

— Alors ? interrogea Ombre.

— Alors, si mes estimations et mes traductions sont exactes, nous devons prendre par le sud, toujours tout droit. Les indices apparaîtront ensuite par eux-mêmes.

— Bien.

— Ombre, si je puis me permettre, commença-t-il prudemment, dès que nous pénétrerons dans la zone du temple, tous les appareils électriques deviendront fous. Je ne pense pas que tout ceci, montra-t-il du doigt, soit réellement nécessaire.

Un nombre important de caisses métalliques avaient été empilées sur un chariot à coussins d'air. Nonobstant quelques petits outils, certains scientifiques se baladaient avec un gros sac à dos. Ivan trouvait cette situation particulièrement ridicule.

— Dans ce cas, ils nous suivront jusqu'à cette zone. Puis nous nous en remettrons à toi, Ivan.

Le jeune homme déglutit avec peine, comprenant que le moindre faux pas de sa part pouvait non seulement amener à la perte de ses amies, mais également à la sienne. Il inspira profondément avant de retourner à sa lecture. Quelques instants plus tard, la troupe pénétra dans la jungle dense. Ils marchèrent une bonne heure dans une luxuriante végétation qui ne leur laissa aucun répit. Serpents et autres cris de singes en faisaient sursauter plus d'un. Les insectes étaient légion, plus particulièrement les moustiques qui prirent Ludivina pour cible. Elle pleurait, tant ses démangeaisons étaient douloureuses.

L'air lourd et humide trempa les vêtements de chacun. Les formes des trois amies ne laissèrent aucun des hommes indifférents. Ombre et Ivan avaient droit au même traitement. Si le cobaye n'en avait cure, Ivan cacha bien maladroitement son malaise.

— Qu'est-ce que… ?

L'un des scientifiques tapa sur sa machine avec la paume de sa main. Tous les appareils électriques commencèrent à montrer des signes de faiblesse. Certains s'éteignirent, même.

— Seigneur Ombre, héla l'un d'eux, nous ne pouvons pas avancer davantage. Nos détecteurs ne fonctionnent plus.

— Dans ce cas, restez ici ! Je vais continuer avec Ivan, Déborah et ses amies.

— Il me semble que Sa Majesté Fully Craze a…

Ombre l'attrapa à la gorge et le plaqua contre le tronc d'un arbre imposant. Nouveau changement physique flagrant.

— Je suis la voix de Fully. Mettez-vous cela dans le crâne. À moins qu'il ne me soit nécessaire de vous rafraîchir la mémoire.

— Non, Monseigneur… s'étrangla l'homme.

Lorsque Ombre le relâcha, le scientifique, encore sous le choc, se massa le cou.

— Bien. Ivan ?

— On devrait avoir des indices prochainement.

— Ivan ! J'ai trouvé quelque chose ! appela Stéphanie.

La statue se composait de trois têtes en pierres sculptées. L'une hurlait, l'autre tirait la langue et la troisième grimaçait, menaçante. Sur deux faces s'entremêlaient des serpents.

— Le voici ! s'extasia l'archéologue.

Il s'en approcha, puis l'examina sous toutes ses coutures.

— C'est un avertissement, expliqua-t-il. Mais également la direction à suivre.

Ivan passa le bout de ses doigts sur une gravure. Il fronça les sourcils et hocha la tête.

— Il faut à présent qu'on prenne à l'ouest ! Toujours tout droit.

— Restez ici, ordonna Ombre aux scientifiques, nous reviendrons.

Il s'arma d'une machette et marcha dans la direction indiquée par Ivan.

⌘⌘⌘⌘⌘

Robinson lisait son journal avec une profonde concentration. Soudain, il le referma et le replia soigneusement. Un rapide coup d'œil à sa montre et il se leva pour quitter le salon, non sans une grimace de douleur.

— Il faudra que je dise à Déborah de faire quelque chose, se plaignit-il main sur le dos en montant l'imposant escalier du vestibule.

L'intruse attendit quelques instants avant de se lancer à sa suite. Elle avisa un corridor un peu plus étroit que les autres. Intriguée, elle s'élança. Au bout, une grande porte en bois dont les moulures avaient été peintes en prune. Elle l'ouvrit.

— La chambre de Déborah, sourit-elle en découvrant un escalier décoré de tableaux excentriques.

La Noire monta prudemment les marches, à l'affût. En son absence, la jeune femme avait dû les piéger. Pourtant, aucun mécanisme ne trahit sa position. Alors, elle observa le plafond à la recherche d'une caméra de surveillance. Il n'y avait rien. Le champ était étrangement libre.

La porte s'ouvrit sans un grincement sur une chambre aux tons prune et blanc. Un immense lit trônait contre le mur, tandis qu'un grand bureau muni de deux écrans faisait presque office de table de chevet.

— La chambre d'une gosse de riche, grogna La Noire.

Elle s'installa sur la chaise à roulettes et alluma l'imposante tour sise sous le meuble.

— Que caches-tu, Déborah Robinson ?

La jeune femme était-elle si sûre d'elle pour ne pas avoir mis de mot de passe sur sa session ? La Noire fouilla dans les fichiers informatiques sans trouver la moindre piste. Des cours, des photos de ses amies, rien qui ne valait la peine.

Elle s'adossa, les bras croisés, puis se laissa retomber sur le bureau. Tout ce chemin pour rien !

Lorsqu'elle releva la tête, la flèche de la souris mettait en évidence un dossier. Prudemment, La Noire la dévia un peu. Plus rien. Elle sourit, victorieuse.

Elle double cliqua sur l'icône cachée. Apparut alors une fenêtre sur lequel elle lut « mot de passe ». Logique. Elle réfléchit et tapa tout ce qui lui vint en tête. Sans résultat. Elle regarda autour d'elle à la recherche d'une information, de la solution. La Noire ouvrit le tiroir de la table de nuit. Elle découvrit une photographie : celle de Déborah et d'un jeune homme aux cheveux noirs et rouges. Elle retourna le cadre : « Dave ». Non, c'était trop facile ! Elle tapa le nom. L'icône d'une vidéo apparut. *L'orphelin*, s'appelait-elle. Après avoir inséré une disquette dans la fente, elle cliqua sur la petite caméra.

※

Déborah, dans un laboratoire bien moins évolué que celui qu'elle connaissait, s'affairait à soigner un petit garçon, sans doute victime, comme beaucoup, d'un bombardement. La rebelle essayait de rassurer autant que possible l'enfant. Elle lui bandait la jambe.

— Cela ira mieux maintenant.

— Où sont papa et maman ?

Elle secoua la tête.

— Ils sont partis pour un monde meilleur.

Déborah s'assit à côté de lui et entoura ses épaules avec son bras gracile.

— Je vais retourner dans la rue ?

— Non. Je ne vais pas t'abandonner.

— Pourquoi tu es gentille avec moi ? insista le petit garçon.

Déborah ne répondit pas immédiatement.

— Parce que je ne suis pas comme ceux qui ont attaqué ton village. Je me bats pour une autre cause. Eux, c'est uniquement dans le but de faire le mal.

— Tu te bats pour quoi alors ?

— La liberté.

L'enfant sembla méditer ses paroles.

— Donc, si on se bat pour la liberté, les méchants ne poseront plus de bombes ?

— C'est exact ! Et tous les papas et toutes les mamans du monde resteront avec leurs enfants. Pour toujours.

— Alors je veux moi aussi me battre pour la liberté ! Mais avant, je peux avoir un goûter ?

Déborah éclata de rire. Elle caressa doucement sa joue ronde.

— Tu auras un goûter ! confirma-t-elle. Sache, cependant, reprit-elle avec sérieux, que la vie et le combat que je te propose sont semés d'obstacles. Il faudra être discret et respecter de nombreuses, très nombreuses règles.

Le petit garçon hocha énergiquement la tête.

— Je suis prêt ! affirma-t-il.

— Bien. Première règle. Je ne veux pas de madame ou de mademoiselle. Appelle-moi simplement Déborah. D'accord ?

— D'accord !

— Et toi ? C'est quoi ton nom ?

— *Ivan.*

✳

La Noire ne sut que dire, les yeux fixés sur l'écran. Avait-elle bien entendu ?

Déborah devait à peine avoir dix-huit ans. Comment pouvait-elle avoir connu Ivan à un âge aussi bas, lui qui semblait plus vieux qu'elle ? C'était incompréhensible…

Et impossible ! souffla-t-elle.

— Qui es-tu vraiment, Déborah ?

✳✳✳✳✳

Sa main rugueuse attrapa une clé de douze pour resserrer un boulon. L'autre caressa la carrosserie de son engin avec une affection toute particulière. Il sourit, posa son outil sur un chariot métallique et s'empara d'un chiffon. Il frotta la carcasse avec sensualité.

— Je n'aurai plus qu'à faire quelques essais et tu seras prête, ma beauté. Prête à montrer ce que tu as dans le ventre.

— Je comprends pourquoi toutes les femmes te courent après ! Si tu leur parles avec ce ton….

— Cécile ! Cela fait un bail ! Je désespérais te revoir et entendre ta voix autrement que dans une radio.

— Je me balade à droite à gauche, éluda-t-elle en marchant dans l'atelier. Je prends quelques renseignements utiles à notre cause.

— Vraiment ?

Elle soupira d'agacement et se retourna, la mine renfrognée.

— Ne me dis pas que tu crois à ces rumeurs complètement ridicules ?

— Je ne te vois pas pendant plusieurs mois et certains de mes espions me rapportent des relations intimes avec des gens de la haute. Sans oublier quelques dénonciations fallacieuses.

Cécile ricana et secoua la tête.

— Je grappille mes informations comme je le peux.

Ce fut au tour de Sullivan de rire.

— Et je te rappelle que je suis autant recherchée que toi, Sullivan, souligna Cécile.

L'homme soupira. Il alla vers un hublot de son garage pour admirer les étoiles blafardes.

— Penses-tu que cette Déborah est fiable ? demanda-t-il soudain.

— Je ne saurais te répondre à cent pour cent. Cependant, nombreux sont les indices qui poussent à le croire. Elle est loin d'être stupide. De quoi as-tu peur ?

— De ma propre faiblesse, avoua-t-il à demi-mot. Je suis prêt à voir l'espoir en chacun en omettant toute prudence. Mais cette femme, cette Déborah… elle a été capable de me retrouver !

— Qu'en déduis-tu ? s'enquit Cécile.

— Soit elle est effectivement comme nous une rebelle et dans ce cas, son concours nous sera plus que nécessaire. Seule une personne avec une intelligence aussi grande que celle de Fully est en mesure de me trouver. Soit…

— Soit c'est une espionne.

Selon Cécile, une telle chose était impossible, à moins que son laboratoire et ses agissements ne soient qu'un vaste écran de fumée. Ce qu'elle peinait beaucoup à croire en l'état actuel.

— Il n'y a qu'en la rencontrant que tu sauras. Le mieux, si réellement tu as peur, est de lui proposer un rendez-vous dans un endroit neutre.

— Il n'existe aucun endroit neutre, Cécile, remarqua Sullivan excédé. Peu importe où nous nous rendrons.

— Es-tu si désespéré pour ne plus y croire, pour ne plus prendre de risques ?

Le rictus de Sullivan indiqua clairement à Cécile qu'il avait peur. Cela, le chef rebelle ne pouvait le nier. Du reste, pas à elle qui le connaissait depuis longtemps. Cela faisait maintenant presque deux décennies que Sullivan se battait ; il s'était consacré corps et âme à la rébellion sans avoir le moindre résultat. Fully lui avait pris son ami le plus précieux, emportant avec lui ses rêves et ses espoirs.

— Tous ceux qui se sont présentés, ce sont soit défilés, soit ils nous ont trahis en dénonçant d'autres rebelles ! s'énerva Sullivan. Cette Déborah dit vouloir nous rejoindre, mais à quel prix ? À quel prix dois-je lui faire confiance ? Tu me l'as dit toi-même : elle connaît Ombre et elle rencontre souvent Fully. Qu'est-ce que cela cache ?

Sullivan grogna. Main posée sur le rebord de sa fenêtre, il rentra la tête à l'intérieur de ses épaules. Il était incertain et surtout perdu.

— Nombreux sont ceux qui nous ont quittés, Cécile. Je... je ne sais plus quoi penser de notre combat.

Il se retourna, dos au mur avec un rire sans joie.

— Si seulement Arakin était encore là !

— Si Arakin était encore là, il te dirait que ce n'est pas en restant dans ton atelier que l'on gagne une guerre. Tu te plains que les rebelles se retournent contre nous, mais as-tu une seule fois participé ne serait-ce qu'à un sabotage ? Tu ne te montres jamais, Sullivan. Beaucoup pensent que tu n'es qu'une invention de Fully destinée à leur donner une faible lueur d'espoir pour aussitôt la reprendre. Alors, cesse de te plaindre et ouvre les yeux. Cela fait des années que tu as abandonné le combat. Ne me dis pas le contraire !

— C'est faux !

— Non, c'est la vérité ! hurla Cécile. C'est la stricte vérité. Les rumeurs courent dans ce camp concernant ta destitution. Voilà où nous en sommes aujourd'hui, Sullivan. Voilà où nous en sommes. Décide-toi ou alors cours à ta perte !

Sans lui laisser le temps de s'exprimer plus, Cécile quitta l'atelier. Sullivan se laissa tomber, dos au mur. De rage, il balança une clé anglaise. Le vacarme qui s'ensuivit ne fut que le reflet de ses doutes. Cécile avait raison. Il avait abandonné le combat en s'emprisonnant dans une cage plaquée d'or. Ses épaules se soulevèrent. Il cacha bien maladroitement son désarroi dans le pli de son coude. Il avisa la photo sur le mur de son atelier. Sullivan se leva pour prendre le cadre.

— Si seulement tu étais là, Arakin. Si seulement !

16
Le temple des dieux

Bon, et maintenant, on fait quoi ? lâcha platement Ludivina.

Ombre, Déborah et ses amis avaient marché plus de deux heures sous une chaleur étouffante. Ils avaient affronté la végétation dense et bataillé avec des insectes et des animaux tous aussi gros les uns que les autres. Ivan avait suivi les instructions à la lettre, emmenant ses comparses sur des chemins parfois escarpés, pour finalement arriver devant un monticule surmonté d'une immense pierre sculptée.

— Je cherche, répondit Ivan à Ludivina.

Il lut une page complète et se frotta le menton.

— Il semblerait que nous ayons trouvé.

— C'est ça, le temple divin ? grimaça Ludivina. Je m'attendais à quelque chose de plus, enfin, de plus…

— Imposant ? termina Ombre, avec un sourire.

— Ouais, c'est ça.

— Le temple a plusieurs dizaines de siècles, Ludivina ! remarqua Ivan. Il a dû être recouvert de végétation avec le temps, tu sais !

— Super !

— Comment fait-on pour y entrer ? demanda Déborah, sous l'œil approbateur de Stéphanie.

Ivan replongea dans son livre, son doigt glissa sur les lignes.

— Je suis la nuit, l'obscurité est mon domaine. Je suis le représentant du nord et j'ai pourtant donné le feu aux hommes. Protecteur des guerriers, je châtie, puis je pardonne. Trouvez mon miroir fumant et découvrez mon dessin. Ici, on parle de Tezcatlipoca.

— Bonjour l'énigme à rallonge ! se plaignit Ludivina.

— Par où on commence ? demanda Stéphanie.

— Comme le stipule l'énigme, il faut trouver le miroir fumant ou du moins une chose qui y ressemble. Il doit s'agir de l'entrée du temple.

Sans attendre, Déborah se lança à la recherche d'indices. Elle fit le tour du monticule de terre et aperçut, en contrebas, une cascade dont la brume remontait en une volute épaisse. Elle s'approcha prudemment. Déborah tendit la main vers le mur d'eau jusqu'à ce que son reflet n'apparaisse.

— Le miroir fumant, chuchota-t-elle.

Elle avisa, dans le fond de la petite rivière, une pierre sculptée et ronde. Une multitude de signes s'entrelaçaient, entourant un personnage noir. Déborah n'aurait su dire ce que représentaient les autres notes de couleurs. Les ondulations de l'eau brouillaient le dessin.

— Le miroir cache sans doute une porte. Mais je suppose qu'il faut interagir avec cette plaque.

Main sur le menton, elle prit un temps de réflexion. Elle se mit à genoux et plongea son bras jusqu'au coude. À peine se pencha-t-elle que la pierre l'engloutit.

La jeune femme retomba lourdement sur un tas d'os et de crânes qui se brisèrent sous sa chute.

Elle essaya avec peine de se relever, légèrement assommée. Déborah se frotta la tête, puis elle balaya du regard les lieux. Ils étaient sombres et humides. Elle entendait par intermittence des gouttes d'eau tomber sur le sol. Un mouvement furtif la mit en alerte.

— Ivan ? C'est toi ?

Son pouls s'accéléra lorsqu'une présence arriva derrière elle. Un long frisson parcourut son échine.

— Ombre ?

Elle se retourna lentement pour apercevoir huit cercles rouges l'observer avec gourmandise. Elle hurla.

※※※※※

— Déborah ! appela Ombre, sa torche balayant les lieux sombres.

— Par ici !

Le cobaye se précipita à la rencontre d'Ivan qui tenait un morceau de tissu.

— À moins que les Aztèques eussent déjà des techniques pour le tissage du polyester, ceci appartient à Déborah.

Les amis avaient réussi à trouver une entrée sur le flanc du monticule : une entrée qui s'était ouverte comme par magie. Lorsque Ivan pointa sa torche sur le plafond de la grotte, il remarqua un cercle lumineux. Il comprit.

— Ingénieux… Pour que la porte s'ouvre, il fallait faire une offrande. Déborah a dû jouer ce rôle.

— Oui, mais où est-elle, à présent ? demanda Ludivina, peu rassurée.

Des cliquetis passèrent derrière elle. Son dos se tendit et la chair de poule envahit rapidement ses bras. Un crâne roula sur le sol jusqu'à elle. Un monstrueux perce-oreille sortit de l'une de ses orbites. L'amie de Déborah déglutit avec peine.

— Est-ce qu'on peut se dépêcher, s'il vous plaît ?

Une substance gluante retomba sur son épaule. Ludivina grimaça, puis releva la tête. Elle n'eut pas le temps d'appeler à l'aide.

— Une minute, Ludivina ! rouspéta Ivan. Je sais bien que tu n'es pas très courageuse, mais…

Il pointa sa torche vers la jeune femme.

— Ludivina ?

Ombre s'agenouilla pour toucher la tâche de glue du sol. Lorsqu'il écarta les doigts, des filaments laissèrent quelques petites bêtes grimper sur son bras. Pris de panique, le cobaye s'empressa de les retirer d'un geste. Il utilisa même son pouvoir pour être certain de ne pas en avoir plus sur lui. Ses esprits retrouvés, il balaya à nouveau la vaste cavité. Il s'avança un peu plus près des filaments blancs qui pendaient comme un linceul fantomatique.

— Dites-moi que c'est une plaisanterie ? déglutit-il avec peine.

— Ombre ! Ivan ! appela Stéphanie.

Ils accoururent vers la jeune femme qui pointa deux cocons. Ombre reconnut le visage de Déborah.

Il se précipita pour libérer son amante.

— Attention aux araignées... murmura-t-elle une fois dans les bras d'Ombre.

— Quelles araignées ? s'enquit l'archéologue.

— Derrière toi, Ivan ! avertit Stéphanie.

Une patte velue l'expédia à l'autre bout de la grotte. Il se releva avec difficulté, secondé par Stéphanie.

— Rassure-moi sur un point, Ivan. Ne me dis pas que ces trucs sont le châtiment ?

— J'en ai bien peur...

Sans attendre, Ombre s'élança. Une substance visqueuse dégoulina par tous les pores de sa peau, puis son poing traversa le bulbe en pierre du monstre dont le cri strident déchira l'air. Le cobaye se tint entre Déborah et la horde d'arachnides.

— Je m'occupe de ces bestioles, dit-il. Mets-toi à l'abri, Stéphanie. Ivan, trouve le pardon !

— Le pardon ?

— Je châtie, puis je pardonne, lui rappela Ombre en courant au-devant du danger.

Ivan évita de peu les mandibules d'une araignée prête à l'empaler. Il avisa un os en pointe et la menaça. Il se renvoya sa propre image et se mit à rire nerveusement. N'était-il pas ridicule avec sa misérable arme et le monstre de pierre qui lui faisait face ? Il jeta un œil sur Ombre. Évidemment, il avait beaucoup plus de panache !

L'araignée s'approcha de lui, ses pattes cliquetant sur le sol rocheux.

— Tout doux, ma belle, susurra Ivan.

Elle bondit sur le jeune homme qui retint de peu ses dangereuses mandibules. Au prix d'un gros effort, il parvint à la repousser quelques secondes, juste assez pour lui enfoncer son os en pointe dans la bouche. Elle recula derechef pour partir se cacher dans un trou sombre. Ivan reprit ses investigations en courant dans les moindres recoins de la grotte. Tout à coup, Ombre se retrouva en mauvaise posture. L'un des monstres le maintenait allongé à plat ventre.

— Réfléchis, Ivan ! Réfléchis ! On parle de Tezcatlipoca.

Soudain, la solution lui apparut sous la forme d'une faible lueur dans une petite cavité. Son pied buta contre une arête. Il reconnut le glyphe qui se dessinait sous sa chaussure. Il sourit de toutes ses dents.

— Je l'ai ! Ombre ! appela-t-il. Attirez les araignées au centre !

— C'est pas trop tôt ! grogna le cobaye qui repoussa avec force son assaillant.

Ivan évita de peu l'un des monstres et courut à l'autre extrémité de la grotte pour enfoncer son bras dans une cavité.

— Partez, Ombre !

Il ne discuta pas cet ordre et s'empressa de rejoindre son compagnon. Ivan abaissa le levier et des gueules de singes vomirent des flots de lave en fusion. Des cris stridents s'échappèrent du cercle dont l'auréole rouge puis orange disparut peu à peu, remplacé par le sol rugueux de la grotte.

Ivan se laissa tomber, haletant, tenant encore dans sa main le levier en bois représentant le dieu aztèque. Il rit nerveusement.

— C'était moins une…

⌘⌘⌘⌘⌘

Les compagnons délivrèrent Ludivina, restée prisonnière du cocon. Déborah et son amie à tête rousse recouvrèrent peu à peu leurs esprits.

La troupe s'hydrata et mangea quelques barres de céréales. Les émotions leur avaient creusé l'estomac.

Elle repartit ensuite, Ombre en tête. Alors qu'Ivan lisait son journal, Ludivina lui demanda avec sérieux :

— Rassure-moi sur un point, et dis-moi que nous n'allons pas croiser d'autres bestioles comme ces araignées !

— Je ne peux malheureusement pas t'en faire la promesse, se contenta de répondre le jeune homme.

La troupe traversa un immense couloir coloré. Des fresques des légendes aztèques ainsi que des plantes et des fleurs exotiques décoraient ce lieu étrange jonché de temps à autre d'ossements. Quelques ouvertures donnaient une vue imprenable sur la jungle. Ils descendirent des escaliers en colimaçon durant dix longues minutes, avec la crainte à chaque pas de tomber.

Ombre s'arrêta. Il fronça les sourcils lorsqu'il entendit du bruit, comme le frottement d'une pierre contre une autre.

— Des araignées ? interrogea Déborah, peu rassurée.

Il secoua la tête et continua son chemin.

Ils entrèrent dans une salle aux murs recouverts de petits trous alignés. Au sol se succédaient des carrés sur lesquelles était gravé un symbole. De l'autre côté, une sortie.

— Qu'est-ce qu'on fait ? s'enquit Stéphanie.

Ludivina chercha une pierre. Une fois en main, elle lança le projectile sur les plaques. Une volée de flèches répondit à sa provocation.

— C'est charmant ! déglutit-elle avec peine.

Ivan, nez dans son cahier, lisait une ligne écrite en espagnol.

— Si tu es un soldat de l'armée étoilée, alors suis la marque de ton général.

— C'est-à-dire ? voulut savoir Déborah.

Ivan l'ignora, bien trop concentré sur son texte.

— J'ai ! Il parle ici de Coyolxauhqui, la sœur de Huitzilopochtli et déesse de la lune.

Le jeune homme avisa une plaque dont le symbole représentait un croissant entouré d'étoiles. Il confia son livre à Ombre et s'agenouilla.

— Puis-je compter sur l'un de vous si jamais…

Déborah l'attrapa par la ceinture de son pantalon, prête. Son ami inspira et appuya. Il ferma les yeux. Rien ne se produisit. Mais lorsque la pression disparut, la pierre se retourna… ainsi que toutes les autres !

— Finalement je préférais les araignées, confirma Stéphanie.

Déborah observa les dalles en fronçant les sourcils. Et si… Main sur le carré sculpté, elle appuya à nouveau, encore et encore. Elle hocha la tête satisfaite, prit du recul et sauta sur la pierre centrale.

— Déborah !

Elle ignora l'appel de son ami, plus concentrée que jamais sur sa tâche. Elle attendit un peu avant de bondir sur une autre dalle. Attente, nouveau bond, attente, nouveau bond. Elle continua ainsi jusqu'à arriver sur l'autre bord.

— Réfère-toi au calendrier ! lança-t-elle à Ivan. Combien de jours contient un mois ?

— Une vingtaine… Mais bien sûr !

Il recula à son tour et s'élança. Il rejoignit la jeune femme en peu de temps.

— Ombre ! héla Ivan. Suivez mes instructions !

Le cobaye inspira, peu désireux d'être transpercé par une multitude de flèches. Alors il écouta attentivement les ordres d'Ivan. Puis ce fut au tour de Stéphanie qui faillit à plusieurs reprises perdre l'équilibre. Seule, de l'autre côté, Ludivina avait le souffle court. Elle scrutait dans les moindres détails les trous capables de la tuer.

— Je ne peux pas continuer… gémit-elle au bord de la panique.

— Tu le peux ! Concentre-toi simplement sur ce que je te dis, Ludivina, raisonna Ivan.

La jeune femme respira fort, très fort.

— OK, Ludivina, calme-toi. Doucement, apaisa Déborah. Rappelle-toi que les plaques ne tournent que lorsque tu arrêtes d'effectuer une pression sur elle. Tu as donc tout le temps d'analyser ce que nous allons te dire, d'accord ?

Elle hocha frénétiquement la tête, peu convaincue, le cœur battant à tout rompre, une panique insidieuse se diffusant dans ses veines. Elle inspira pour se donner du courage. Elle suivit avec attention les instructions d'Ivan, se concentrant uniquement sur les paroles de son ami. Jusqu'à ce qu'elle se trompe de dalle. Seule la main tendue d'Ombre lui épargna le pire.

Elle releva la tête vers son sauveur et la hocha en guise de remerciement.

— Merci, Ombre.

— Je t'en prie. Déborah, une explication ? fit-il, en se tournant vers elle.

— Avant que nous partions, je me suis un peu renseignée sur les Aztèques et, tout à l'heure, lorsque Ivan a fait basculer la première pierre, j'ai entendu un bruit, comme une clenche. J'ai testé les plaques et je me suis rendu compte qu'elles suivaient une logique mathématique. Je me suis ensuite souvenue du calendrier des Aztèques qui comptabilisait vingt jours.

— Et moi, j'ai suivi la logique aztèque concernant le cycle du temps et… commença Ivan qu'Ombre coupa sèchement.

— Assez discuté ! Quittons cet endroit.

— Les aspects scientifiques ne concernent pas uniquement les chiffres, vous savez ! contesta Ivan, avec une mine boudeuse.

— Mais tu ne t'appelles pas Déborah, sourit Ludivina en désignant Ombre.

— C'est du favoritisme ! grogna-t-il, vexé d'avoir été interrompu dans ses explications.

Ivan ronchonna durant un moment. Seule la vue d'un immense amphithéâtre lui coupa l'envie de continuer. Les aventuriers s'arrêtèrent au milieu du pont qu'ils traversaient, pour profiter de ce spectacle de toute beauté. Les plantes grimpantes s'entremêlaient avec les arbres et les fleurs. La luxuriante végétation recouvrait partiellement le plafond en pierre. D'innombrables rayons lumineux et diaphanes la transperçaient pour illuminer la place. Oubliée la science, place à la magie de l'instant qui grava dans leur mémoire ce moment enchanteur.

✖

— De surprise en surprise, constata Ombre en observant les statues du plafond quelques instants plus tard.

Elles hurlaient en silence, comme un signe d'avertissement. Leur peau brûlée formait des coulures immondes.

Ensablé, l'espace paraissait gigantesque et se parait de dunes plus ou moins grosses. Un vent invisible manifestait sa présence en tourbillon éphémère.

— C'est quand même vachement glauque, constata Ludivina.

— Je te rejoins, confirma Déborah, qui se frictionna les épaules. Que faisons-nous maintenant ?

— Nous allons devoir nous débrouiller, dit amèrement Ivan en secouant la tête et en tournant frénétiquement les pages de son livre.

— Pourquoi ?

— Parce que le journal s'arrête à l'amphithéâtre. Je pensais que nous avions passé le plus dur et que notre marche nous amènerait à la salle du trésor. J'ai beau relire les dernières notes, je ne vois aucun indice qui serait en mesure de nous guider. Nous allons donc avancer à l'aveugle.

— En espérant ne pas finir comme lui, montra Ombre.

Dans un coin se profilait le squelette d'un homme encore vêtu de ses habits de randonnée. Ivan s'approcha de lui et attrapa les plaques autour de son cou.

— José Garcimore. Le rédacteur de ce journal, constata-t-il. Je comprends maintenant pourquoi nous n'en saurons pas plus.

Les compagnons conservèrent une minute de silence. Déborah observa le fémur droit : cassé. Le pauvre avait dû se vider de son sang. La pointe de l'os avait sans aucun doute percé la peau et l'artère fémorale, ne lui laissant aucune chance de survie.

La conversation qu'Ivan avait eue avec son élève lui revint en mémoire. Il se demanda l'espace d'un instant s'il lui avait raconté toute la vérité. Son enseignant avait-il décidé de continuer seul l'expédition ? Ou bien son interlocuteur l'avait-il simplement abandonné à son triste sort ?

— Ivan, il y a quand même un truc que je ne comprends pas, commença Ludivina après un long silence. Ce bouquin, tu l'as lu. Tu aurais dû te douter que nous allions nous retrouver dans une impasse, non ?

— Pas tant que cela ! Enfin… j'ai supposé que s'il ne parlait pas d'autres salles, c'était parce que le trésor était à portée de main.

— Tu as supposé ? fit-elle sarcastique. J'espère que tu plaisantes ! Tu l'as dit toi-même : ce temple est une création divine ! Comment peux-tu croire un truc aussi stupide ? Et maintenant nous voilà coincés dans un endroit glauque à souhait, sans savoir quoi faire parce que tu as supposé que le trésor apparaîtrait comme par magie ! Je te pensais plus malin que ça.

Ludivina se tint l'arête du nez, exaspérée.

— Tu mériterais que je te sacrifie à tes fichues divinités aztèques !

Elle s'arrêta et prit un temps de réflexion. Lorsqu'elle croisa le regard d'Ivan, un sourire narquois ourla son visage.

— Un sacrifice, dirent-ils en même temps.

— Un sacrifice, cela tombe sous le sens ! continua Ivan, en tapant la paume de sa main gauche avec son poing droit. Pour que les Aztèques obtiennent l'opprobre des dieux, il fallait un sacrifice.

— Oh ! Attendez tous les deux, contesta Déborah, on se calme. Il est hors de question que l'on sacrifie qui que ce soit !

Ivan n'entendit pas son amie et fit les cent pas comme un lion enfermé dans une cage.

— Il ne s'agit pas de tuer, Déborah, mais d'offrir son sang.

— D'accord, mais dans ce cas, il faut un autel, non ?

— Oui.

— Alors où est-il ?

Ivan admit son ignorance en haussant les épaules. Ludivina fit le tour de la salle sans vraiment savoir quoi chercher. Elle remarqua cependant une chose : elle était plongée dans la pénombre malgré leur lampe torche.

— Ivan, on est d'accord que Huitzilopochtli est le dieu du soleil ? demanda Ludivina. Qui dit soleil dit lumière. C'est quand même très sombre ici.

— Elle a raison ! confirma Déborah. Peut-être…

— … que de la lumière…

— … jaillira l'autel des sacrifiés, finit Ombre. La lumière est la serrure de cette porte.

— Et le sang la clé, continua Stéphanie.

Le cobaye pointa sa torche sur l'imposante porte en pierre. Une stèle en forme de colibri remonta à la surface, laissant apparaître des gravures en langue aztèque. Ivan ajusta ses lunettes pour les lire.

— « À toi qui oses pénétrer dans la demeure du soleil, ton sang sera le prix à payer. Porteur de la main de Huitzilopochtli, sacrifie la tienne » Donc, en résumé, il faut que l'un de nous se coupe la main.

Chacun se regarda, inquiet. Ombre ricana.

— Savez-vous pourquoi Arakin me trouvait coriace ?

Ombre s'empara de sa machette et posa son bras gauche sur l'autel. D'un coup sec, il le trancha, à la surprise de ses compagnons. Avec un grognement, il appuya sur son moignon pour que son fluide vital imprègne la stèle.

— Ombre, vous n'auriez pas dû ! contesta Ivan. Nous…

Nouveau grognement. Avec un bruit écœurant, le membre du cobaye repoussa sous les yeux ronds d'Ivan, Ludivina et Stéphanie.

— En voici la raison !

Ombre leur offrit un sourire carnassier, sous l'indifférence de Déborah.

— Ombre est capable de faire repousser les parties de son corps à volonté si ces dernières venaient à être coupées. Seul inconvénient, il faut un temps avant que tu ne puisses à nouveau utiliser ton liquide acide avec le membre coupé.

Ombre la détailla, surpris. Comment avait-elle connaissance de ce détail qu'il gardait précieusement caché, même de Fully ? Il se rappela l'intelligence de la jeune femme. Déborah n'était pas à prendre à la légère. Il venait d'en avoir la preuve.

Tout à coup, un bruit sec sortit Ombre de sa torpeur. Les battants commencèrent peu à peu à s'ouvrir sous une cacophonie assourdissante. Une vague de chaleur happa les aventuriers. Un halo jaune vif les accueillit.

Passé la stupeur, leurs yeux s'accoutumèrent à l'atmosphère étouffante. Ils osèrent s'approcher de cet enfer ardent. À gauche et à droite se dressaient des statues en pierres, représentations des guerriers élus du dieu du soleil. Ils frappaient par intermittence un bouclier avec le rond d'un os et leur pied sur un bloc. Au-dessus de chacun d'eux, une nuée de colibris battait frénétiquement des ailes. L'explosion des bulles de magma accompagnait ce bourdonnement sourd, tandis que le bassin de lave en fusion grondait comme une marmite trop chaude.

Un pont reliait les deux bords, surmontés de quelques statues de serpents, gueule ouverte et dents en avant. Ombre avisa plus loin une colonnade recouverte de mousse. Ivan reconnut immédiatement l'objet qui y était posé.

— C'est le gantelet, affirma-t-il.

— Attendez-moi ici, leur ordonna Ombre.

— Sois prudent, souffla Déborah.

Ombre sourit. Prudent ? Oui, il allait l'être. Il ne voulait pas finir rôti dans la lave en fusion. Mais il allait enfin pouvoir s'amuser un peu ! Surtout quand le parcours proposé regorgeait de pièges ! Le pont présentait d'innombrables fissures et il avait deviné que les soldats de pierres allaient très vite s'animer. Sans oublier les colibris qui n'avaient pas été placés là dans un souci esthétique. Le cobaye avait succinctement repéré leur agitation à l'approche de ses amis.

Sans crier gare, il se mit à courir. Le pont commença peu à peu à s'effondrer et il fallut qu'il bondisse au dernier moment pour atterrir sur un des piliers. Il regarda la scène avec stupéfaction. À peine avait-il posé le pied que l'ouvrage s'était désagrégé. Un mouvement le mit en alerte. Pas le temps de réfléchir, les guerriers de pierre s'agitaient. Ombre accueillit le premier colosse avec son poing droit. La force que dégagea l'impact fissura son torse qui explosa en mille morceaux. Le cobaye attrapa ensuite son imposante tête pour la lancer contre son comparse ; il perdit l'équilibre et tomba dans la lave en fusion. Les autres statues connurent un sort semblable. Ombre les poussa une à une, à grand renfort de coups de pied, dans le magma bouillonnant. Tel un essaim d'abeilles, les colibris entrèrent en scène. Assailli de toute part, Ombre glissa du pilier et se rattrapa de justesse. Il remonta aussi vite que possible, évitant ainsi d'être brûlé vif par une monstrueuse bulle de magma. S'il n'y avait que ces oiseaux de malheur ! Les serpents prirent également vie et vinrent le harceler à leur tour. Le cobaye ne put compter que sur son expérience du combat et son agilité pour s'en dépêtrer. Les reptiles vaincus, il se précipita sur l'autre bord. Il se retourna derechef, s'attendant une nouvelle fois à être assailli par les minuscules oiseaux. À sa surprise, ils reprirent leur vol stationnaire.

Ombre les scruta un moment, sur ses gardes. Bien que peu rassuré, il se tourna vers le gantelet en cuivre aux reflets bleus. Quelques arabesques et une fleur de lys le recouvraient. Il était d'une beauté à couper le souffle.

Ombre observa minutieusement la colonnade sur laquelle avait été posé l'artefact. La main de Huitzilopochtli lui tendait les bras. Il n'avait qu'à le saisir. Un sourire de requin apparut sur le visage d'Ombre. Si Ivan avait raison, alors peut-être serait-il en mesure de destituer Fully et d'aider Déborah dans son combat. Non pas pour aider Déborah, mais pour aider ce murmure qui lui parlait dans une langue qu'il ne connaissait pas. Des images de conquêtes, Fully mit à mal, Déborah, son épouse et sa reine, toute dévouée à lui, uniquement à lui, et les rebelles à ses pieds… Vision suprême, le retour de son amie Soline.

Ombre s'empara du gantelet. Il le fixa comme l'ébauche d'une victoire, d'une promesse qu'il pensait ne jamais pouvoir assouvir… à condition de retrouver sa maîtresse. Celle qui, grâce à ses immenses pouvoirs, lui permettrait de réaliser ses rêves les plus fous. Ombre ajusta la main de Huitzilopochtli sur son poignet gauche et se tourna vers cette impressionnante silhouette à l'aura lumineuse et au visage peint de bleu et de jaune.

— Rejoins-nous, susurra-t-il au cobaye.

⁂

Intrigués, ses amis suivaient ses mouvements sans en comprendre leur signification. Déborah fronça les sourcils. Par quoi Ombre était-il fasciné ? À son tour, elle dirigea son regard vers le coin sombre qu'une lueur baignait d'une légère clarté. Deux yeux blancs l'observèrent, eux aussi. Un sourire carnassier incurva les lèvres de ce colosse.

La vision qu'il offrit à Déborah la fit déglutir avec difficulté. Jusqu'à ce qu'elle se reprenne. Ce cauchemar, cette abomination était tout simplement impossible.

C'est ce qu'on verra ! lui susurra l'homme étrange.

Elle le défia du regard et il ricana.

Nous nous retrouverons, lui lança-t-il avant de disparaître.

⁂

Ombre papillonna, incapable de comprendre son immobilité. Des images lui revinrent. Fully, Déborah, Soline… Mais que lui était-il arrivé ?

Il secoua la tête pour se remettre les idées en place. Il avisa ses compagnons de l'autre côté du pont. Il leva son poignet gauche pour montrer que le gantelet était en sa possession.

Tout à coup, des tremblements se firent ressentir et le plafond commença à s'effondrer. La porte derrière les aventuriers se referma et la lave monta peu à peu. Ombre disparut sans se retourner.

— Il ne va pas nous laisser là ? paniqua Stéphanie.

Ils reculèrent, tandis que le magma manifestait sa présence par d'impressionnantes bulles.

— Je me doutais que… !

— Par ici !

Ombre leur fit signe. Ils le suivirent sans attendre dans un dédale de couloirs. La lave gronda derrière eux, siffla son mécontentement. Le temple sombrait, se disloquait. Au détour d'un coude, une vive lumière apparut.

— Continuez de courir ! ordonna le cobaye.

Leur course les amena sur le haut d'une colline surplombant le sanctuaire... pulvérisé par une formidable explosion. Les amis se recroquevillèrent, évitant de peu les quelques débris expulsés.

Du monument, il ne restait plus rien, hormis un trou béant où coulait une cascade de feu. Déborah crut distinguer dans ce chaos la silhouette de son étrange interlocuteur. Bien malgré elle, elle rechercha la chaleur des bras d'Ombre, peu rassurée.

— On l'a échappé belle, souffla Ludivina à bout de souffle. Un peu plus et on se faisait griller comme des saucisses !

Ombre approuva d'un signe de tête.

— J'y suis ! s'extasia Ivan, son livre à la main.

— Nous sortons vivants d'un temple divin et toi, la seule chose qui te vient à l'esprit, c'est de lire ton fichu livre ? s'énerva Ludivina.

— J'ai enfin réussi à traduire le paragraphe qui me bloquait depuis le début !

— Bien que je puisse avoir des doutes sur son utilité étant donné que nous sommes sortis, que dit-il ?

— Pour faire court, retirer le gantelet amenait l'explosion du temple.

Tout à ses explications quant aux difficultés linguistiques d'un tel texte, il ne prit pas garde à la mine ahurie de ses amis, surtout celle de Ludivina.

La jeune femme essaya autant que possible de rester calme bien que sa rage ne fasse tressauter sa paupière gauche par intermittence. Après avoir pris une profonde inspiration, elle s'approcha d'Ombre et saisit sa machette sous son regard amusé. Elle passa son pouce sur le fil de la lame pour en constater le tranchant. D'un coup sec, elle coupa la première liane qu'elle trouva.

— Stéphanie... Tu le tiens pendant que je m'occupe de lui ?

— Sans problème !

— Il me semble que mon acide sera assez suffisant pour cautériser les plaies, ajouta Ombre avec un sourire sadique.

Ivan se tourna vers eux avec fierté. Fierté qui disparut aussi vite lorsqu'il aperçut Ludivina machette en main.

— Il doit y avoir dans le laboratoire de mon grand-père quelques bonbonnes et du formol, continua Déborah.

— Des bonbonnes et du formol… ? se dandina le jeune homme. Pour quoi faire ?

— Et on confiera lesdites bonbonnes au musée des curiosités de Crazevilla !

Ivan déglutit avec peine et tourna les talons pour descendre la colline.

— Nous devrions… rentrer ! lança-t-il à la cantonade.

Ombre allait rejoindre la troupe lorsqu'une présence invisible le fit se retourner.

Nous nous retrouverons, Ombre, entendit-il.

Il s'en suivit un rire presque démoniaque. Un long frisson parcourut l'échine du cobaye. Fini les retrouvailles des premières promesses. La présence lui transmit la vision d'une éternelle souffrance si sa loyauté restait acquise à Huitzilopochtli.

17
Qui es-tu, Déborah ?

Une ambiance studieuse imprégnait le laboratoire. Tandis qu'Ivan recopiait des formules mathématiques complexes, Déborah se concentrait sur son microscope. Elle attrapa une pipette et un flacon de couleur rouge. Elle mélangea ensuite le liquide à une substance visqueuse avant de secouer vigoureusement la mixture. À l'aide d'une seringue, elle coinça une goutte entre deux plaques de verre et l'observa à la loupe.

Déborah hocha la tête. C'était parfait. Elle reproduisit la texture en plus grande quantité et l'injecta dans la bonbonne de sa petite chose. L'être s'approcha d'elle, une main posée sur la paroi, puis il disparut.

Avec un grognement d'ours, Ivan s'étira à s'en faire craquer les jointures. Il bâilla pour ensuite se tourner vers Déborah.

— J'ai fini, lui dit-il.

— Parfait ! Pourrais-tu faire l'inventaire du matériel qu'il nous reste ? demanda Déborah. Je pense passer commande pour le laboratoire de mon grand-père.

— C'est parti !

Papier en main, Ivan s'attela à la tâche en sifflotant.

— Sans sifflement, Ivan.

— Oui, maman ! taquina-t-il.

Déborah gloussa.

— Au fait, comment va-t-on faire pour le gantelet ? fit le jeune homme en comptant les seringues.

Son amie observa un silence. Lorsqu'elle avait fait référence au gantelet auprès d'Ombre, celui-ci lui avoua qu'il était parfaitement incapable de le retirer. Il avait absolument tout essayé. Même Fully avait tenté de le lui ôter sans le moindre résultat. Ivan admit alors une triste vérité : l'artefact avait choisi son porteur.

— Je ne sais pas, finit par répondre Déborah dépitée.

Elle se frotta le visage avant d'expirer l'air de ses poumons.

— Ombre pense que nous l'avons trouvé uniquement pour aider la rébellion. Il n'a aucune idée du reste.

Déborah n'avait peur que d'une chose : qu'Ombre découvre la vérité sur son combat.

— Je ne peux pas lui en dire plus. C'est impossible. Il ne comprendrait pas. Quelle serait sa réaction s'il savait ?

— Tout ça pour ça, lâcha platement Ivan. Que faisons-nous alors ? Cet artefact nous est vital si nous voulons…

— Vaincre ?

Il acquiesça, triste. Il referma le tiroir de l'armoire, puis y colla sa tête. Un voile mélancolique traversa ses yeux.

— Je vois de plus en plus d'enfants seuls dans les rues, commença-t-il. Tous autant qu'ils sont, l'unique moyen pour eux de survivre est de rejoindre un gang. Et donc de mal finir.

Il descendit de son escabeau et s'assit sur la première marche, coudes sur les genoux.

— J'ai croisé récemment un ancien camarade. On jouait ensemble quand on était gosses. C'était un gamin adorable avec une vision très positive de l'avenir. Il a subi un lavage de cerveau comme j'en avais rarement vu. Oubliée son innocence, place à la haine !

Une larme roula sur la joue d'Ivan.

— Je n'en peux plus, Déborah. Je ne veux plus.

Elle s'approcha de lui et l'étreignit. Il posa sa tête dans le creux de son cou, comme il le ferait avec sa propre mère, car c'est comme cela que Déborah avait agi. Elle l'avait recueilli, soigné et s'était occupée de lui offrir un avenir à la mort de ses parents.

Déborah était l'unique personne à le comprendre, à comprendre les tourments qui empoisonnaient parfois son optimisme et ses espoirs.

Loin d'être un rebelle violent, Ivan préférait la subtilité, en éduquant les enfants du quartier pauvre. Car il estimait que seule la connaissance permettrait un éveil des consciences. Cette forme de bataille n'en était pas moins aussi courageuse que le reste.

— Je le sais, Ivan, assura-t-elle. Je le sais.

— J'aimerais tellement faire plus !

— Ce que tu fais est noble. Tu n'es pas un combattant. Ta rébellion est bien moins visible que d'autres, mais elle existe par tes actes. Tu n'as pas à te sentir coupable. Je te l'ai déjà dit.

Il releva ses iris vers Déborah, essuya ses larmes comme le ferait un petit garçon.

— Remets-toi à l'inventaire, finit-elle.

Il hocha frénétiquement la tête avant de paraître soudainement gêné.

— Déborah ?

— Oui ?

— Merci d'être là pour moi et pour les autres.

Elle lui sourit gentiment et l'embrassa sur la joue.

— Comme c'est touchant ! se moqua une voix au loin.

Ivan eut un hoquet de stupeur en apercevant La Noire pointer sur eux une arme d'un gros calibre. Déborah fronça les sourcils.

— Si vous souhaitez travailler avec nous, il va falloir passer aux aveux. Plus de cachotteries !

La scientifique eut un rire sardonique qui ne rassura que peu Ivan. Elle s'approcha de La Noire, un rictus mauvais sur les lèvres.

— Qu'attendez-vous pour faire feu ?

Devant son hésitation, elle continua, jusqu'à ce que le canon du pistolet toucha sa poitrine. La Noire entendit distinctement des claquements sur le sol et le plafond du laboratoire.

— Tirez ! tenta Déborah. Mais il serait tellement dommage de mettre à mal mon plan ainsi que les espoirs que vous êtes allés porter à Sullivan, le rebelle le plus recherché par Fully Craze. Vous dénoncer dès maintenant ferait de moi une belle héroïne, non ? Après tout, je pourrais refermer les portes de mon laboratoire comme ceci.

Elle claqua des doigts.

— Je connais également un fabuleux sérum de vérité très efficace qui paralyse le bas du corps et qui a une durée assez suffisante pour vous amener au pied d'Ombre et de l'empereur. Il n'aura aucun mal à vous tirer les vers du nez.

— Vous n'oserez pas !

— Comme vous n'oserez pas faire feu, continua plus gravement Déborah. Je ne pensais pas qu'une personne de votre acabit tomberait dans un piège aussi évident.

La Noire perdit sa superbe. La vidéo était donc un leurre ? Un montage peut-être ?

— La vidéo est vraie et aucun montage, clarifia la scientifique. Je n'ai fait que combler votre curiosité malsaine. Quoi ? Vous êtes surprise ? Parce que vous croyez que l'ordinateur d'une informaticienne de ma trempe serait aussi accessible ? C'est me sous-estimer.

Cécile se tassa, baissa la tête de honte. Déborah venait de l'humilier.

— Qui êtes-vous ? supplia-t-elle. Je ne comprends…

— Une personne qui en sait plus qu'il n'en faut sur la chute du projet Eikyu et sur Ombre, coupa Déborah.

La Noire ouvrit de grands yeux. Disait-elle vrai ? Ou est-ce que tout cela n'était que du bluff ? Si cela s'avérait exact, alors ils gagneraient enfin cette guerre ! L'espoir était donc de nouveau permis !

— Vous connaissez les points faibles d'Ombre ? s'enquit Cécile, une lueur dans les yeux. Comment est-ce possible ?

— Parce que j'étais là au moment de sa conception.

Nouveau coup. Cécile recula d'un pas de plus en plus sceptique. C'était tout simplement impossible ! Quelques claquements et un grognement sourd parvinrent à ses oreilles. L'ombre d'une monstrueuse tête apparut.

— Vous croyez tout connaître, alors qu'en fait, vous n'êtes qu'une ignorante concernant les rouages de cette guerre. Moi par contre, si. Ce qu'il va se produire, ce qu'il va arriver dans un laps de temps très court…

— C'est-à-dire ?

— Comme vous devez le savoir, mon intelligence est nettement supérieure à celle de Fully. Ce n'est pas de la vantardise, c'est un constat. Mon cerveau est capable de décoder des milliers de milliards d'équations en un clin d'œil. Bien sûr, je ne suis pas infaillible et si Ivan n'avait pas été là, alors peut-être que je n'aurais pas su trouver la solution à mon problème.

Déborah plongea dans une réflexion que même son ami aurait bien été incapable de décoder.

— Je ne suis qu'une erreur de la génétique, s'accabla-t-elle. Je ne suis qu'une erreur de manipulation. Les évènements s'enchaînent parfois sans que l'on puisse en expliquer la raison. Beaucoup appellent cela le destin. D'autres appellent cela la théorie du chaos. Je ne suis partisane ni de l'un ni l'autre parce que, selon moi, tout a été réglé et calculé à l'avance. Et c'est ce que j'ai fait, j'ai tout calculé à l'avance.

— Que voulez-vous dire ?

— Ce que je veux dire par là, c'est que je sais ce qu'il s'est passé, ce qu'il se passe et ce qu'il se passera parce que j'en suis l'instigatrice. J'ai tout prévu et écrit comme moi, je l'ai souhaité. J'ai fait en sorte que de très nombreuses choses arrivent.

— Vous avez aidé Fully à…

— Fully n'était qu'une erreur de calcul et d'appréciation, expliqua Déborah. Je me suis trompée sur lui. Je pensais qu'Arakin serait en mesure de le vaincre et je comptais sur lui pour…

Déborah se tût, consciente qu'elle en avait trop dit. Elle balaya la pièce du regard à la recherche d'une échappatoire qu'elle ne trouva que dans les yeux d'Ivan. Ce dernier secoua la tête, incapable de lui rendre un soutien.

Oui, Déborah connaissait déjà l'avenir et comment il allait se terminer. Jusqu'à un certain point, car c'était elle qui avait tout mis en place, tout organisé pour qu'Il soit définitivement détruit. Et elle ? Elle le paierait de sa vie. Un rire sans joie s'extirpa de sa bouche. Déborah était condamnée depuis le début, elle ne faisait que repousser l'échéance pour donner une chance aux rebelles de destituer Fully. Ni plus ni moins.

Déborah avait vécu dans la servitude et dans la crainte. Elle ne savait que trop bien ce qu'était la peur et la souffrance. Fully représentait le tortionnaire qu'Il avait été et qu'Il était. Cette image violente, elle ne voulait plus la voir dans le regard de ceux qu'elle croisait et qui lui rappelaient ce qu'un jour elle avait été : une petite chose fragile et sans défense. Elle s'était battue dès lors pour que ces gens aient enfin une personne sur qui compter, un espoir sur qui s'appuyer.

— L'aboutissement de mon projet touche bientôt à sa fin, reprit-elle avec froideur, ainsi que le règne de Fully. Cependant, mes moyens sont limités, comme vous devez vous en douter. Je dois conserver ma couverture auprès de l'empereur et d'Ombre. Je connais vos questions, vous trouverez vous-même les réponses. Retournez voir Sullivan et dites-lui que je souhaite le rencontrer.

Cécile hocha la tête. Déborah avait raison, elle trouverait elle-même les réponses à ses questions.

18

Point de non-
retour

Le soleil commençait peu à peu à décliner. Il était tard et le couvre-feu avait fait rentrer les habitants de Crazevilla.

Depuis que la petite-fille de Robinson avait été attaquée, Fully n'avait cessé de renforcer la sécurité. Des robots patrouilleurs parcouraient les rues à la recherche des retardataires. Aucune permission spéciale. Les machines pouvaient tirer sans sommation.

Déborah s'accouda quelques instants au garde-fou du pont, pensive.

Sullivan l'avait contactée quelques jours auparavant. Son autorité avait fait son office, bien qu'elle détestât employer ce ton froid qui ne lui ressemblait pas.

Déborah ne savait pas à quoi s'attendre avec cet homme, l'un des plus grands amis d'Arakin, selon la rumeur. Et selon La Noire.

Si Ombre apprenait qu'elle allait prochainement le rencontrer dans son quartier général…

— Autant ne pas y penser, soupira-t-elle en calant sa tête dans le pli de son coude.

— Autant ne pas penser à quoi ?

Deux bras puissants entourèrent les épaules de la jeune femme qui eut un sursaut.

— Ombre ! Tu m'as fait peur !

Pour toute réponse, il l'embrassa avant de se réfugier dans le creux de son cou. Elle lui rendit sa tendresse en le serrant plus fort.

Si Ombre connaissait sa position de rebelle, Déborah avait conservé une grande part d'obscurité dans ses activités et plus encore sur son identité. Elle n'était absolument pas prête à la lui révéler. C'était beaucoup trop tôt.

Elle soupira à fendre l'âme. Déborah sentit sur sa paume le cuivre froid du gantelet dont les reflets bleus apparaissaient à la lumière de la lune.

Ombre avait essayé, aussi bien à leur retour qu'en d'autres fois, de retirer ce fichu gantelet. Rien n'y avait fait. Ivan avait raison : il avait choisi son porteur.

— Que de soupirs, ma douce, murmura Ombre. Qu'est-ce qui t'inquiète autant ?

Déborah secoua la tête. Elle refusait de lui parler de ses tourments.

— Rien de grave, je te rassure. Juste un programme compliqué que Fully m'a commandé. Je peine à le terminer.

— Tu y arriveras, comme toujours.

Il lui offrit un chaste baiser sur le front.

Déborah en frissonna. Elle se retourna et le serra un peu plus contre elle, la tête dans le creux de son épaule, respirant à pleins poumons cette odeur qu'elle aimait tant.

Dans l'horizon, ne se dessinait plus qu'une ligne orangée surmontée d'une estampe bleu marine, comme les yeux de son amant. Elle attrapa son visage en coupe et caressa sa bouche avec la sienne. Ombre se prit au jeu et inversa les rôles, dominant ainsi sa compagne de toute sa hauteur. Sa lenteur fit s'envoler des milliers de papillons dans le ventre de la jeune femme. Elle s'écarta soudainement de lui en se mordant la lèvre. Il lui offrit un sourire narquois. Il avait parfaitement compris le message. Déborah recula, encore et encore, jusqu'à complètement se retourner et s'en aller en patinant comme une folle. Le prédateur accentua son sourire. Sa proie allait regretter de s'être échappée !

Il la poursuivit dans les rues, dans les allées et les boulevards. Déborah savait son amant à quelques pas d'elle, elle s'en amusa. Elle se cachait, se montrait, elle patinait tandis qu'Ombre la chassait.

— Viens un peu par ici, petite furie ! l'attrapa-t-il une fois devant la porte du palais. Je te tiens ! En compensation de ton comportement volage, j'exige…

— Comportement volage ? fit-elle, malicieuse. Et donc qu'est-ce que tu exiges ?

Son exigence, il la murmura dans le creux de son oreille avec une sensualité qui la chavira.

✖

Une fois dans sa chambre, Déborah se précipita vers la grande baie vitrée. Nulle vue n'était plus belle que celle qui lui était offerte. Elle observa comme une petite fille émerveillée les lumières de la ville qui se confondaient avec les étoiles du ciel.

L'étreinte de son amant la tira de sa rêverie.

— Cette vue te plaît ? murmura-t-il après un chaste baiser dans le cou.

Elle hocha la tête, puis prit son courage à deux mains pour affronter ses prunelles couleur saphir. Sans qu'elle puisse en comprendre la raison, la timidité la saisit. Une tension absurde envahit son espace. Elle se sentit fébrile, à la merci d'Ombre, sans la moindre chance de pouvoir lui échapper. Ses iris pénétraient son âme, recherchaient des réponses à des questions muettes.

Déborah se mit sur la pointe des pieds, ferma ses paupières pour l'embrasser avec cette peur ridicule de se brûler. Elle osa à peine poser les mains sur son torse. Pourtant, Ombre l'y contraignit en les attrapant avec délicatesse. Il rompit leur échange et remit une mèche de ses cheveux derrière son oreille.

Qu'arrivait-il à Déborah ? Pourquoi était-elle aussi hésitante ? Il ne comprenait pas. Il entreprit alors de la serrer contre lui, de la câliner pour apaiser ses craintes. Elle se détendit aussitôt. Ombre admira ensuite ses iris roses, puis sa bouche, véritable appel à la luxure. Il la butina, l'embrassa longuement.

Déborah n'était plus qu'une guimauve qui se laissait porter par son amant. Les battements frénétiques de son cœur l'avaient rassurée sur un point : lui aussi avait peur. Peur de mal faire ou d'être maladroit, peut-être un peu des deux.

Ombre se montra plus audacieux. Sa langue franchit la barrière de ses lèvres et entreprit un balai sensuel avec celle de Déborah.

Elle comprit tout à coup la raison de cette timidité qui ne lui ressemblait pas : jamais ils n'avaient partagé de moments aussi intimes. La faute à leurs relations et à leurs emplois du temps qui leur interdisaient cette proximité charnelle.

La main de son amant glissa derrière sa nuque pour intensifier cet échange.

Ombre caressa son dos, puis ses fesses, éveillant un sentiment grisant, une sensation de plénitude éphémère.

Quand leur baiser prit fin, leur souffle était court. Front contre front, Déborah osa soulever la chemise et le débardeur de son amant pour enfin toucher sa peau. L'homme ferma les yeux et poussa un soupir d'aise. Il commençait à avoir soif, soif d'elle. Aussi, lorsqu'elle entreprit d'ôter ces morceaux de tissu, il se laissa faire. Il reprit son baiser et l'attira jusqu'à son lit.

À califourchon, Déborah hésita un instant. Finalement, elle goûta à la peau d'Ombre du haut de son cou jusqu'à son nombril. Son souffle saccadé rendit le pantalon de son amant très inconfortable, plus encore lorsqu'elle entreprit d'ôter son tee-shirt. Ombre se releva avant qu'elle le passe au-dessus de sa tête. Il joua avec elle, lui faisant croire qu'à tout moment, il allait à nouveau l'embrasser. Finalement, il jeta le vêtement et, tout en parsemant son cou de baisers, il dégrafa son soutien-gorge. Sa bouche se précipita sur son aréole, la dégusta et la cajola, arrachant quelques gémissements à Déborah. Ombre bascula ensuite pour la dominer de toute sa hauteur. Il baissa le pantalon de la jeune femme ainsi que son dessous, le tout avec mesure. Déborah put sentir la pointe de sa langue sur ses cuisses et sur le bourgeon rose de son intimité. Elle se cambra, succombant à l'exquise sensation que lui procuraient ses gestes. Le cobaye l'observa, satisfait de son effet. Il se releva ensuite, pour ôter avec lenteur son jean puis son boxer. La moue de Déborah le fit rire. Elle le regardait avec désir, son doigt replié entre ses dents.

— Vas-tu me faire attendre longtemps comme ça ?

— Dois-je comprendre que j'ai allumé un brasier ? s'amusa-t-il.

Elle écarta un peu plus les jambes pour l'inviter à la rejoindre, ce qu'il fit sans attendre. Déborah attrapa son visage et en retraça le moindre pourtour.

— Tu es tellement beau, chuchota-t-elle.

Elle se précipita ensuite sur ses lèvres pour camoufler sa subite mélancolie et cette fichue larme qui roula sur sa joue.

Une boule se forma dans sa gorge et une cascade dévala de ses yeux clos sans qu'elle ne puisse la contenir.

— Que se passe-t-il ? s'enquit Ombre, surpris.

— Rien.

Le bout de ses doigts écarta une mèche de cheveux du front de son amant.

— Pourquoi ai-je l'impression que tu me mens ?

— Cela a-t-il vraiment une importance ?

Ombre chassa ses larmes d'un revers du pouce.

— Promets-moi que tu me diras tout.

— Je te le promets.

Le cobaye embrassa Déborah avec le goût de la sensualité. Plus rien d'autre que le plaisir qu'il comptait lui offrir n'avait d'importance. Ce moment leur appartenait. Prisonnière de ses bras, la rebelle murmura :

— Je t'aime, Ombre.

Il s'arrêta quelques instants pour la considérer. Lui aussi l'aimait, il l'aimait comme un fou. Il entrelaça ses doigts aux siens.

— Déborah…

Ombre lui fit l'amour avec une passion dévorante. Chaque geste, chaque mot qu'il prononçait la rendait fébrile, la basculait vers une volupté qu'elle n'aurait jamais cru connaître.

Déborah s'offrit à lui sans aucune retenue, elle qui lui avait tout donné... même la vie.

✖✖✖✖✖

Dans cette atmosphère sombre et pesante, enfumée par quelques bougies rouges et noires, Ludivina posa LA question – la seule et unique ! – celle qui permettrait enfin d'éclaircir ce secret dont elles avaient beaucoup entendu parler.

— Esprit, esprit es-tu là ? demanda-t-elle très sérieusement.

La flèche tourna sur la table de Ouïja.

— Combien de fois Kévin le fait-il dans la journée ?

Lorsque le fantôme pointa le n° 6, les trois jeunes femmes éclatèrent de rire. Se tenant le ventre, elles furent bien en peine d'arrêter leur hilarité.

— Quand je vous disais que ce type avait un problème ! jubila Ludivina.

Elles s'esclaffèrent jusqu'à en pleurer, puis Déborah rangea sa table de Ouija. Elle s'allongea entre ses deux amies et fixa le plafond. Sa main gauche et sa main droite s'emparèrent de celle de ses deux comparses.

Ludivina et Stéphanie avaient pris conscience qu'elles ne pouvaient plus faire marche arrière lorsque Déborah leur avait annoncé que le rebelle Sullivan allait les rencontrer et que sa petite chose avait enfin atteint son stade final. Elles allaient définitivement entrer dans la bataille. Leur disparition mettrait Fully sur la voie et il n'aurait aucune pitié s'il les retrouvait. Non... aucune.

— Nous y sommes presque, déclara Déborah.

— Ouais, nous y sommes presque, continua Ludivina. Presque...

— Si vous souhaitez faire marche arrière, les filles, je ne vous en empêcherai pas. Vous le savez.

— Et tu sais que nous ne te laisserons pas tomber, affirma Stéphanie. Nous sommes allées trop loin pour reculer. Si jamais Fully nous soupçonne, il ne fera aucune différence. Nous sommes et nous resterons des rebelles à ses yeux.

Déborah acquiesça. Stéphanie avait raison.

— Et pour Ombre ? demanda tout à coup Ludivina. Il sait ?

— Non, il ne sait rien. Je ne lui ai rien dit, avoua-t-elle.

— Pourquoi ? Ne te soutient-il pas ?

— Ombre a connaissance de ma rébellion, mais pas de mon projet. De toute manière, il le saura bien assez vite, vous ne croyez pas ?

Ludivina et Stéphanie hochèrent la tête à l'unisson. Un ange passa. Le silence plongea les trois amies dans une réflexion qui leur était propre.

Ludivina repensa à sa mère et à son frère. Elle avait été leur espoir et leur seule issue face à la politique de Fully. Elle s'interrogea l'espace d'un instant. Qu'allaient-ils devenir sans elle ? Elle soupira. À travers son geste, c'était son égoïsme qui parlait. Elle s'en voulait beaucoup, bien qu'elle sût pertinemment que le combat qu'elle allait mener déclencherait un réveil des consciences.

Stéphanie essaya de ravaler son amertume. Comme Ludivina. Elle était le point d'ancrage de son père, la promesse de ne pas finir à la rue, humilié par ses semblables. Elle lui avait laissé un mot avec l'espoir qu'il lui pardonnât son départ et avec la promesse de revenir le chercher.

Déborah inspira et serra les mains de ses amies. Ludivina et Stéphanie risquaient gros.

— Certaines, les filles ? demanda-t-elle.

— Pose encore une fois la question et tu devras me raconter en détail ta nuit avec Ombre, sourit Ludivina.

Elle s'esclaffa à la boutade de son amie. Elle croisa les yeux de Stéphanie qui hocha la tête pour faire bonne mesure, bien qu'elle y lût beaucoup de craintes.

— Alors, allons nous reposer. La journée sera rude demain.

— On t'aime toutes les deux, Déborah, tu le sais au moins ?

— Je le sais, murmura-t-elle. Je le sais.

19

Le renard à deux queues

Confortablement installé contre le dossier du canapé en cuir, Fully Craze écoutait avec attention les propositions de Robinson sur la sécurité de l'empire. Renforcement des effectifs robotiques à la Frontière Interdite, création d'une brigade de cyborgs pour patrouiller de nuit comme de jour dans Crazevilla. Sans oublier les idées ingénieuses de Robinson concernant l'utilisation des nanotechnologies en matière d'armement et de surveillance.

— Hum… cette idée est à mettre en place dès que possible, dit Fully. Et si en plus, Déborah est capable de me concocter un programme de surveillance via ces petites particules, alors nous sommes certains d'arriver à un contrôle total de la population. Il va falloir lancer une production à grande échelle. Les expériences que nous avons menées sont plus que concluantes et les cobayes ont parfaitement répondu aux ordres psychiques qui leur avaient été donnés, qu'ils soient simples ou complexes.

Fully réfléchit quelques instants, mains sur le menton. Un large sourire mangea son visage fou.

— Avec ce que je prépare, je ne pense pas que les rebelles seront en mesure de me résister. D'autant que l'application de la nanotechnologie et de la cybernétique me seront extrêmement favorables.

L'empereur ricana.

— Le monde finira par m'appartenir et être sous mon contrôle le plus total ! Avec nos génies réunis, Robinson, nous allons devenir les maîtres.

— Sullivan est aussi malin que toi, remarqua Ombre. Je pense qu'il aura vite fait de trouver une parade.

— Malin, mais seul, contra le scientifique fou. D'autant qu'il n'a pas accès à toutes mes ressources.

— Les siennes sont importantes. Sinon, comment aurait-il fait pour te résister durant toutes ces années et mettre à sac tous tes projets ? Le sous-estimer, c'est le début de l'échec. Sinon, il y a bien longtemps que ton emprise sur le monde aurait déjà enfoncé ses racines.

Fully grogna ; il devait cependant admettre que son acolyte avait raison. D'où la nécessité d'éliminer ce rebelle qui apportait de l'espoir aux populations et donc l'augmentation des partisans dans le monde. Nouvelles peu réjouissantes de ses états généraux : si au début, la révolte se montrait timide, elle commençait à prendre une tout autre dimension et une ampleur qui n'étaient pas pour lui plaire. Fully devait impérativement calmer les foules d'une manière ou d'une autre, quitte à ce que cela finisse en bain de sang.

— Dépêchez-vous, les filles ! ordonna une voix. On va être en retard !

Deux têtes passèrent furtivement dans l'encadrement de la porte pour saluer l'empereur.

— Je vous rejoins tout de suite ! leur indiqua Déborah, chaussée d'imposantes rangers noires.

Ludivina et Stéphanie acquiescèrent et quittèrent la demeure.

— Puis-je savoir où tu te rends, Déborah ? demanda son grand-père.

— Nous avons organisé un concert avec des amis, expliqua-t-elle. Je ne dormirai pas ici ce soir.

— Mademoiselle ! appela sa Nourrice. Mademoiselle ! Vous avez oublié ton sac pour dormir !

La grosse dame le lui tendit, Déborah s'en empara et mit l'anse sur son épaule.

— J'ai également caché dans votre poche quelques biscuits pour le petit creux !

La jeune femme lui sourit gentiment. Nourrice allait beaucoup lui manquer. Elle l'avait créée de toutes pièces pour répondre à ses besoins et ceux de son grand-père. Déborah aurait pu prendre une humaine, mais les altercations avec Robinson étant légion et parfois violentes, elle avait préféré garder un contrôle sur ce que percevait la machine domestique. Effacer quelques séquences de sa mémoire à distance était, de fait, un jeu d'enfant.

— Merci, fit-elle en posant une main sur son bras.

— J'ai fait plein de petits gâteaux, Monsieur ! Souhaitez-vous une tasse de thé pour les déguster ?

— Avec plaisir, Nourrice.

Le robot s'en alla en chantonnant. Déborah se tourna ensuite vers Ombre.

— Puis-je te parler, Ombre ?

L'homme hocha la tête et quitta le salon pour suivre Déborah dans un couloir étroit. Elle referma la porte et se jeta sur Ombre. Elle plaqua ses lèvres contre les siennes et en força le passage. Amusé, le cobaye ne résista pas à son assaut et inversa la prise.

La jeune femme profita de cet échange, de cette proximité. Elle respira son odeur, caressa chaque parcelle de son corps, ses cheveux...

Ombre...

Déborah s'imprégna de son amour, de chacun de ses gestes, et de la force que dégageait son amant. Elle goûta ses lèvres, marqua au fer rouge sa passion, son visage d'ange.

— Si je m'attendais à cela ! s'exclama Ombre. Que me vaut ceci ?

— Je pars quelque temps et j'ai cru comprendre que toi aussi. Comme nous n'allons pas nous voir avant un moment, je voulais juste... enfin...

Ombre l'interrompit avec un nouveau baiser passionné auquel elle se raccrocha pour masquer sa tristesse. Déborah plongea une dernière fois dans les iris de l'homme qu'elle aimait, puis s'en alla, sans un regard en arrière.

Pardonne-moi, Ombre, murmura-t-elle.

※

Ludivina et Stéphanie attendaient leur amie, assises sur un muret. La mine contrite de Déborah retint la mauvaise plaisanterie de la première.

Lorsqu'elle croisa le regard de ses complices, la jeune femme essaya de se ressaisir bien qu'une bile amère menaçait de la faire craquer.

Compatissante, Ludivina cercla ses épaules et lui offrit un sourire dont elle seule avait le secret. Puis elle l'embrassa sur la joue.

— On est là avec Steph, OK ?

Malgré elle, la tristesse fit fi de toute sa bonne volonté. Des larmes dévalèrent ses joues creuses et elle renifla. Elle souffla, retint sa respiration et renifla à nouveau. D'un revers de main, elle effaça les stries salées qui barraient son visage.

— Faut que je me ressaisisse, se convainquit-elle la gorge nouée.

— Il vaut mieux que tu craques maintenant, Debbie, assura Stéphanie. Je l'ai fait avant de venir. Maintenant cela va un peu mieux. Enfin, façon de parler.

Elle hocha la tête et remercia ses deux amies pour leur présence.

— Nous devons nous rendre de l'autre côté de la Frontière Interdite, reprit-elle avec un peu plus d'aplomb.

— Nous allons enfin savoir comment tu te rends là-bas sans te faire prendre si je comprends bien ?

— Oui et non, contra Déborah. Seule, c'est beaucoup plus simple et surtout plus dangereux.

— Seule plus simple ? s'étonna Ludivina. Comment ça ?

— Tu utilisais les moyens de transport de Fully ? devina Stéphanie.

— Oui. C'est pour ça qu'Ombre savait où je me rendais. Je prétextais mes travaux pour me rendre là-bas.

— D'accord, mais, nous ? Comment on va faire ? s'enquit Ludivina.

— Faites-moi confiance, j'ai la solution.

— Debbie, j'aime pas ton sourire. Tu prépares quoi, encore ?

Elle lui fit un clin d'œil. Elle déverrouilla les roues cachées dans les semelles de ses chaussures.

Ludivina se jeta sa planche qui se mit à léviter au-dessus du sol et Stéphanie enfourcha un vélo à roues ioniques.

— En avant !

Déborah avait étudié leur parcours pendant des mois. Le moindre recoin, le moindre repli, la moindre rambarde, rue… Elle guida ses complices qui la suivaient sans poser de question. Elle savait par où passer et les endroits à éviter pour perdre le moins de temps possible. Car, dans cette course folle, une erreur pouvait leur être fatale.

Déborah s'arrêta. Elle enjoignit ses amies à faire de même. Elle leur montra un passage étroit et lugubre. Elles l'empruntèrent non sans hésitation. Pas de robots patrouilleurs, pas de caméras. Juste quelques rats et de pauvres hères à la capacité mentale limitée.

Ce quartier avait été l'un des plus réputés au début du règne de Fully, jusqu'à ce qu'une catastrophe ferroviaire ne vienne tout détruire et rendre les lieux dangereux. Les habitants l'avaient abandonné au profit d'une autre partie de la ville. Déborah s'interrogea un instant. Fully avait-il oublié cet incident ? Elle haussa les épaules. Peu lui importait.

Un grondement alerta les trois amies. Le mur d'un vieil immeuble venait de s'écrouler.

— Qu'est-ce qu'on fait, là ? s'enquit Stéphanie.

— Tu me demandais, Ludivina, comment nous allions traverser la ville.

— Oui, mais je prie intérieurement pour que ce ne soit pas ce que j'pense.

Le sourire de Déborah lui fit faire un signe de croix.

— Petit Jésus, veillez sur nous ! Debbie, t'es au courant que si ce quartier a été déserté, c'est à cause de cette machine qui ne s'est pas arrêtée à temps ? Tu en as conscience, j'espère ?

— Parfaitement ! J'ai effectué quelques réglages et les simulations m'indiquent que nous n'avons rien à craindre !

Ludivina soupira, vaincue.

— Et tu comptes nous emmener dans cette rame pourrie ?

Un grincement strident attira le regard de Ludivina. Une voiture flambant neuve entra dans la gare délabrée. Avec un nouveau grincement, les portes métalliques s'ouvrirent.

— Ha oui ! Il ne faut pas oublier que depuis le temps le rail a dû être recouvert d'obstacles ou… !

— Fais-moi confiance, Ludivina, gloussa son amie. Je sais ce que je fais.

— Il faudra vraiment que tu nous expliques comment tu fais, lâcha platement Stéphanie. À ce propos, où devons-nous nous arrêter ? Si ma mémoire est bonne, ce train dessert pas mal de stations.

— La dernière.

Déborah s'engouffra dans la rame avec ses complices. Puis la voiture se mit en suspension pour quitter la station à vive allure. À la surprise de Ludivina, le rail principal et ses sécurités avaient été gardés intacts. Son amie lui sourit à nouveau. Elle secoua la tête, désespérée de voir à quel point elle ne manquait pas de ressources.

Il leur fallut presque deux heures pour arriver à destination.

— Et maintenant ?

— Maintenant, nous continuons à pied. Nous ne sommes plus très loin de la Frontière Interdite.

Une masse s'éleva non loin des trois jeunes femmes. Elle s'étendait à l'horizon sur leur droite et sur leur gauche. Nul doute n'était permis quant à son nom. Soudain, une odeur assaillit les narines des trois comparses. Ludivina et Stéphanie se bouchèrent le nez.

— C'est quoi cette puanteur, Debbie ?

— Il ne vaut mieux pas que tu le saches.

Son amie grimaça un long moment, retenant bien maladroitement sa nausée.

— OK, on n'est pas loin. Par contre, j'ose à peine te poser la question, comment allons-nous faire pour la passer ? s'enquit Ludivina.

— J'y réfléchis encore.

— Parfait !

Ludivina sourit jusqu'à ce qu'elle comprenne.

— Tu quoi ?

Stéphanie regarda elle aussi Déborah, incrédule.

— Il me semble que la meilleure solution reste les égouts. Problème, si Fully ne fait pas surveiller certains quartiers…

— … il fait surveiller drastiquement cet endroit, termina Stéphanie. Et donc les égouts.

Déborah acquiesça. Bifurquer par son laboratoire ? Non, il était beaucoup trop loin et c'était un risque qu'elle ne voulait pas prendre.

— Comment font les rebelles ? s'enquit Stéphanie.

— Alors, mes jolies, on cherche un passeur ?

Elles se retournèrent sur un homme patibulaire. Une impressionnante cicatrice barrait son menton et sa dentition éparse rendait son sourire particulièrement lubrique. Derrière lui, ses comparses observaient les jeunes femmes avec une certaine envie.

— En effet.

— Debbie… ?

Son interlocuteur la regarda comme une délicieuse friandise. Il tourna autour d'elle tel un prédateur à l'affut.

— Et pourquoi de si jolies filles veulent passer de l'autre côté ? demanda-t-il, curieux.

— Ce sont nos affaires, rétorqua Déborah. Tu peux nous faire passer ou non ?

— Cela dépend…

— Ton prix ? N'attends pas de moi ou de mes amies qu'on couche avec toi ou tes hommes.

Il grimaça. Il cracha une hideuse substance et renifla grossièrement pour en cracher une nouvelle.

— OK, mais cela va te revenir très cher. Des boulons et des clous. En chrome brillant.

Nouveau crachat. Déborah sortit de sa poche un petit sac qu'elle lança au passeur. Il ouvrit légèrement la toile.

— Tu auras droit à plus lorsque tu nous auras emmenées de l'autre côté, informa Déborah.

Il hocha la tête et rangea la bourse dans sa veste sans discuter.

La troupe marcha jusqu'à l'orée de la Frontière Interdite. Plus ils s'approchaient, et plus l'odeur devenait pestilentielle. Ludivina eut un haut-le-cœur en apercevant le charnier. Des milliers de corps pourrissaient au pied du mur, témoignage morbide d'une arme persuasive et terriblement efficace. Le passeur s'arrêta, attrapa une pierre et la lança sur les chairs mortes. Un canon la pulvérisa.

— Vous me suivez sans poser de question. Il va falloir faire vite, dit-il tout en regardant sa montre. Maintenant !

Il pénétra dans la zone, ses comparses et les jeunes femmes sur ses talons. Déborah ne cessait d'observer alentour. Elle n'arrivait pas à déterminer où était la faille de cette barrière que beaucoup disait infranchissable. Elle s'imagina l'espace d'un instant rejoindre les corps en décomposition. Cependant, à sa grande surprise, ils descendirent dans un tunnel souterrain et traversèrent un couloir chichement éclairé. Puis elle comprit le subterfuge.

— Es-tu si sûr de toi, Fully, pour laisser passer une telle chose ? Un simple hologramme ? pensa-t-elle, un sourire sur son visage fin. Tu me déçois.

La lumière attaqua leur rétine et les trois amies découvrirent un paysage atypique, bien loin de ce qu'elles connaissaient, du moins pour Ludivina et Stéphanie. Pour Déborah, cette façade post-apocalyptique était quelque chose d'habituel. Les baraquements en taule s'écroulaient presque, tandis que des brigands se cachaient dans la pénombre. Ludivina, son skate sous le bras, s'approcha de Stéphanie, aussi effrayée qu'elle.

— Nous allons nous séparer ici, déclara Déborah.

Elle lança au passeur une autre bourse. Elle recula peu à peu vers ses amies.

— Préparez-vous à courir, les filles, chuchota-t-elle. Si on se perd, suivez le renard à deux queues et ne faites confiance qu'à lui.

Stéphanie enfourcha son vélo, mais lorsqu'elle posa le pied sur la pédale, le passeur les héla :

— Pas si vite, mes mignonnes.

L'homme émit un sifflement aigu.

— Je crois que nous avons un compte à régler. Je me trompe, Tristan ?

Une forme clopin-clopant s'approcha peu à peu. La rebelle eut bien du mal à reconnaître son agresseur. Son visage se couvrait d'innombrables cicatrices et sa jambe tordue lui donnait une démarche particulière. Alors que de l'acier fondu reliait l'un de ses bras à son torse, l'autre présentait l'image moins reluisante d'une pince de crabe.

— Oui, nous avons des comptes à régler, essaya-t-il de dire malgré sa bouche tordue.

Sa mâchoire cassée relevait ses dents en une grimace grotesque.

Ludivina déglutit avec peine ; Stéphanie, mains sur le guidon, se préparait à partir au signal de Déborah.

Cette dernière comprit alors la raison pour laquelle les négociations avaient été si simples. Ils l'avaient surveillée et attendue, elle qui avait exploré les lieux durant de nombreuses semaines dans le but de trouver une faille. Loin d'être idiote, elle s'était préparée à cette éventualité.

— Nous allons nous amuser un peu, reprit Tristan avec un long filet de bave.

— Non, je ne pense pas… Fuyez !

Déborah libéra les roues de ses rollers et partit en trombe. Elle sortit de sa poche un détonateur et appuya sur le bouton. Une explosion surgit, réduisant les mains du passeur en bouilli.

Ludivina poussa sa planche et Stéphanie pédala comme une folle.

— C'était prévu, ça ? demanda Ludivina.

— J'avais quelques doutes, avoua Déborah. Ils ne vont pas nous laisser tranquilles. Séparons-nous. N'oubliez pas, ne faites confiance qu'au renard à deux queues !

— Entendu !

Ludivina prit par la droite, Stéphanie par la gauche et Déborah s'engagea dans une allée étroite.

La première installa son pied droit sur une partie sensible de sa planche. L'énergie que dégagea cette dernière la propulsa à grande vitesse dans les rues délabrées, dérangeant sur son passage les habitants et les marchands.

— Je la veux ! hurla un homme derrière elle, suivi par ses comparses. Attrapez-la !

Le cœur de Ludivina battait à tout rompre. Elle jeta un coup d'œil à ses poursuivants. L'un d'eux la visait avec une sorte de mitraillette à gros calibre. Un juron s'échappa de ses lèvres. Aussitôt, elle intensifia la vitesse de sa planche. L'arme se chargea et une salve de balles la frôla dangereusement. L'une d'elles lui égratigna le bras. Elle poussa un cri de frustration à la décharge qu'elle reçut. Ludivina slalomait pour éviter les projectiles, empruntait des chemins étroits et glissait sur des rambardes avec dextérité. Peine perdue, ses poursuivants la retrouvaient à chaque fois. Une crevasse se profila devant elle. Un vieil immeuble lui offrit sa chance. Elle intensifia sa vitesse, plia sur ses jambes et amena sa planche sur le mur. Corps perpendiculaire au gouffre, elle en aperçut distinctement le sol jonché d'os et d'objets métalliques coupants. De l'autre côté, elle inspira. Son soulagement, pourtant, ne fut que de courte durée lorsqu'elle comprit qu'ils avaient réussi à la suivre.

— Non, mais je rêve ! se plaignit-elle.

Ludivina accéléra l'allure jusqu'à ce qu'une deuxième chance ne s'offre à elle. Un trou dans un immeuble délabré. Pas assez grand pour passer debout.

— Allongée, si !

Elle laissa ses poursuivants la rattraper, juste un peu. Encore un effort, elle y était presque !

— Rends-toi, salope ! Tu ne nous échapperas pas !

— La salope te dit bien des choses, abruti ! grogna-t-elle.

Au dernier moment, elle se mit à plat ventre sur sa planche pour passer par le trou. Elle entendit un fracas infernal, des hurlements et le bruit sourd d'une détonation.

Elle s'arrêta et hocha la tête. Jusqu'à ce que deux mains ne la ligotent et la bâillonnent. Emmenée dans un coin sombre, elle se débattit comme une folle. Son agresseur l'immobilisa, lui intimant dans un murmure de se tenir tranquille. Des ombres passèrent devant elle. Elle reconnut bien vite les hommes qui, quelques minutes auparavant, lui tiraient dessus. Elle s'arrêta quelques instants de respirer. Des secondes qui parurent une éternité. Lorsque, enfin, le danger s'en fut, Ludivina fit face à son sauveur.

Il s'agissait d'un jeune garçon de quinze ans à peine. Un premier bandana cachait son abondante chevelure, un autre sa bouche. De grands yeux noisette la dévisagèrent.

— Ludivina ? interrogea-t-il.

— Tu es qui ?

Il ne répondit pas, se contentant d'un signe de la tête pour lui indiquer de le suivre. Ludivina put alors distinctement apercevoir le tatouage d'un renard à deux queues sur son biceps gauche.

※

Stéphanie pédalait à toute allure pour échapper à ses poursuivants. Certains s'étaient armés de chaînes, d'autres de fusils-mitrailleurs. La jeune femme enchaînait les figures et les pirouettes pour éviter les projectiles avec, jusque-là, plus ou moins de succès. La vitesse frappait son visage ciselé pendant que son cœur bondissait au même rythme que son vélo. Ses jambes lourdes et douloureuses peinaient à suivre la cadence que lui imposaient ses poursuivants. Stéphanie remercia intérieurement son amie de lui avoir offert ce vélo. Des roues en caoutchouc l'auraient vite précipitée dans les bras de la mort ou un sort pire encore. Elle prit un virage serré en dérapant et continua de pédaler sous les menaces.

— Si on t'attrape, tu y passes, ma jolie !

Après un effort surhumain, Stéphanie réussit à les semer. Elle ne perdit pas un instant de plus et profita de cet avantage pour se glisser à travers d'étroits couloirs qu'elle éclairait avec le halo blanc de ses roues à ion. La fugitive sourit en n'entendant plus ses assaillants. Elle freina soudain à la vue d'un horizon vide. Non pas un horizon, mais un immense cratère dans lequel se bousculaient les ruines d'un vieux quartier.

— Merde ! C'est pas vrai !

Au loin, le bruit de ses chasseurs tonnait. Ils l'avaient retrouvée.

Stéphanie fixa l'obstacle, une lueur de désespoir dans ses yeux noirs.

— Elle est là !

Elle aperçut une planche courbée en contre bas. Elle n'avait pas le choix.

Stéphanie recula et s'élança au moment où une chaîne frôla sa roue. Son vélo bondit dans les airs. Le choc de l'atterrissage manqua de la faire tomber. Elle se rattrapa de peu et continua sa course dans ce champ d'obstacles et de vallons.

Le bruit des moteurs et les rires parvinrent à ses oreilles. Stéphanie profita d'une ligne droite pour regarder derrière elle. Sa chute vertigineuse n'avait pas arrêté ses poursuivants. Une image, furtive, attira son attention et l'encouragea dans sa fuite. Elle posa alors le pied à terre et effectua un dérapage à cent quatre-vingts degrés, marquant le sol d'une parabole noire. Elle serra les dents.

Une issue s'ouvrit, inespérée, alors que ses poursuivants la rattrapaient peu à peu. Stéphanie s'y engouffra sans hésitation.

— Suis-moi ! lui ordonna une ombre.

Elle ne se fit pas prier tandis que les autres continuaient leurs tirs. Stéphanie longea un vieux pont délabré jusqu'à ce que l'inconnu lui fasse un signe. Plus loin, des cris retentirent. À nouveau dans une impasse, elle attendit, incertaine.

Ils lui faisaient face, bande de voyous armés jusqu'aux dents dont la tenue se parait de pointes et le corps de nombreuses cicatrices. Une seconde leur suffit pour s'élancer. Le cœur de Stéphanie battait tellement fort qu'elle crut un instant qu'il bondirait hors de sa cage thoracique. Elle haletait. Son regard se porta sur son mystérieux sauveur.

La bande de béton qu'ils traversèrent se disloqua et emporta avec elle les imprudents dans l'abîme. Du fracas s'éleva des hurlements. Au bout de quelques minutes, le silence vint, impitoyable.

— Stéphanie ? demanda l'inconnu en descendant de son perchoir.

L'amie de Déborah distingua un visage juvénile dissimulé sous un foulard. Les yeux noisette de son interlocuteur la déstabilisèrent. Elle bredouilla une réponse, incertaine. Pouvait-elle lui faire confiance ?

— Suis-moi.

Son ordre était sans réplique. Lorsqu'il se retourna, Stéphanie aperçut le tatouage de son biceps : un renard à deux queues. Le doute n'était plus permis.

※

Du haut d'une butte, Déborah admirait le paysage et se montrait sans crainte.

Une aveuglante lumière transperça subitement ses prunelles pour lui donner le signal. Ses amies étaient en sécurité. Elle pouvait à présent rejoindre le renard à deux queues.

— Parfait, elles sont à l'abri.

En contrebas, la bande armée de Tristan approchait dangereusement de son perchoir. Un rictus mauvais se dessina sur son visage.

— Nous allons jouer un peu, ronronna-t-elle.

Déborah bondit sur un rail et glissa sur une longue distance.

Des rires et des vrombissements accompagnaient les hommes qui la traquaient. Lorsqu'elle tourna la tête, Tristan passa le pouce sous sa gorge. Il allait faire regretter à Déborah de l'avoir précipité dans les geôles de l'empereur Fully.

La petite-fille de Robinson contourna une vieille statue, puis s'engouffra sous un porche. En parallèle, ses poursuivants tirèrent avec un fusil d'assaut sans pouvoir toucher leur cible trop mouvante. Lorsqu'elle quitta sa cachette, des chaînes entrèrent en action, saccageant le paysage urbain sans aucun répit. L'une d'elles faillit atteindre Déborah qui cracha de dédain. Au détour d'un virage, elle bondit dans une pente et se laissa glisser, zigzagant pour éviter les projectiles de ses assaillants.

Un pont en acier à l'équilibre précaire se dressa devant elle. Une teinte crémeuse remplaça ses iris roses, tandis qu'un liquide noirâtre s'engouffra dans ses veines.

Sa main laissa une trace fumante sur chaque pilier de l'ouvrage. L'acidité de sa sueur rongea inextricablement le béton et laissa quelques trous sur ses vêtements traités.

La rebelle arrêta sa course pour constater son sabotage. Du bout du doigt, elle poussa le dernier pilier. Par effet domino, les autres s'écroulèrent avec fracas.

La poussière effaça la silhouette de Déborah qui s'en alla.

Un rapide regard en arrière, elle sourit. Insolente, elle patina à vive allure et se retourna. Ses jambes tracèrent des cercles, comme pour éviter quelques invisibles obstacles. Elle leur fit un signe de la main, se tourna à nouveau et s'en fut.

Assez joué ! Déborah glissa sur une rambarde, puis continua sa course folle sur une route délabrée. Elle bondit à divers endroits, sauta par-dessus des tonneaux en fer et roula sur des murs. Une ligne droite s'offrit à elle. La rebelle remarqua bien vite le trou béant de ce vieux chemin. Elle accéléra l'allure, ses assaillants sur les talons.

Était-ce prémédité ? Une planche lui servit de tremplin, arrivé au bord du précipice. Déborah fit alors un bond magistral. Tête en bas, elle aperçut distinctement ses poursuivants essayer d'arrêter leurs engins. D'aucuns d'eux n'y parvint. La gorge noire accueillit cette nourriture inattendue à grand renfort de hurlements de terreur.

Déborah se réceptionna de l'autre côté avec agilité, puis freina. De ses assaillants, il ne restait plus que Tristan. Elle lui adressa un regard assassin auquel il répondit par le cri déchirant du désespoir.

Déborah continua son chemin. Plus loin se dessina la silhouette d'un jeune garçon dont un bandana recouvrait la bouche et un second ses cheveux.

— C'était toi, la planche ? demanda Déborah tout sourire.

Il acquiesça, puis il lui indiqua de le suivre.

Ses complices patientaient avec un autre adolescent, sosie du premier.

— Heureuse de te re…

Stéphanie observa son amie, interloquée par la multitude de trous parsemés sur ses vêtements.

— Que t'ont-ils fait, Déborah ? s'exclama Ludivina aussi surprise que son amie.

— Ne vous inquiétez pas pour moi, les filles. Cela va aller, assura-t-elle.

Elles se contentèrent d'acquiescer

— Ne traînons pas ! Je suppose que Sullivan nous attend ? demanda Déborah aux deux jeunes garçons.

Ils hochèrent la tête à l'unisson.

— En effet.

— C'était donc vous, le renard à deux queues.

Les jumeaux hésitèrent avant de répondre.

— Ivan nous avait pendant longtemps parlé de toi, expliqua le premier. Et depuis que nous avons rejoint la rébellion, nous ne sommes plus aussi libres qu'avant.

— Nous avions besoin d'une assurance, avoua le second frère. C'est pour cette raison que nous nous sommes exprimés que d'une voix. Simple précaution.

Déborah hocha la tête.

— Précaution que je comprends parfaitement. Ne perdons pas plus de temps. En avant !

20

Le clan rebelle

La discussion s'éternisait et Ombre s'ennuyait à mourir. Après un énième soupir, il décida de prendre l'air.

Bien que moins imposant que celui du château de Fully, le jardin des Robinson n'en demeurait pas moins plaisant. Les oiseaux chantaient, piaillaient pour certains. D'énormes roses s'épanouissaient dans un écrin de verdure et quelques haies fleuries cachaient des coins calmes à l'abri des arbres. L'écoulement d'un ruisseau apaisa les tensions du cobaye qui prit place sur un banc en bois. Bras allongés sur le dossier, tête en arrière, il inspira en fermant les paupières. Ses pensées vagabondèrent vers un futur qui se voulait radieux, Déborah à ses côtés, auréolant sa vie d'un peu de couleur, elle qui était devenue morne et triste.

Ombre fronça soudain les sourcils. Quelle était donc cette mélancolie qu'il avait lue dans les yeux de sa bien-aimée ? D'abord, durant leurs ébats, quelques jours auparavant, puis maintenant... Elle avait invoqué l'excuse de la séparation lors de son départ. Ombre le sentait, il s'agissait de plus que cela. C'était plus profond... Soline avait eu le même regard lorsqu'elle lui avait dit adieu. Il se releva précipitamment, tout à coup très inquiet.

— Non, cela n'a pas de sens, se dit-il pour se convaincre, bien que son cœur lui hurlât le contraire.

Pourquoi Déborah lui ferait-elle des adieux ? Cela avait-il un rapport avec sa rébellion ? Sullivan, le chef rebelle, avait-il préparé un assaut, un attentat d'une grande ampleur ? Déborah y participait-elle ? Non, c'était illogique, rien ne collait dans ce puzzle. Dans ce cas, quelle était la pièce manquante ? Ombre n'était pas tranquille. L'inquiétude dont Déborah avait fait preuve lors de leur dernier tête-à-tête lui frappa violemment la mémoire. Ses gestes, son attitude…

— Déborah…

Après un soupir, il se dirigea vers le salon. Il devait mettre les choses au clair.

Son pied buta contre un objet lorsqu'il foula le sol du couloir.

— Qu'est-ce que… ?

Il se baissa et l'amena devant ses yeux. C'était un carré noir transparent contenant un petit disque en argent. Aucune inscription, aucune gravure. Juste la certitude que l'étrange objet allait lui donner les informations qui lui manquaient.

Déborah l'aurait-elle perdu en partant ?

— C'est une possibilité, conclut Ombre.

Il n'en était pas sûr, cependant, son intuition lui intimait que cette disquette contenait peut-être la clé de ses questions.

— M'aurais-tu laissé cet indice, mon amour ?

Ombre avisa le salon. Robinson devait sûrement avoir de quoi la lire.

✖✖✖✖✖

Après une heure à parcourir les rues en ruines, les jumeaux et les trois amies s'arrêtèrent devant une impasse. Un vieil homme squelettique, affalé contre un mur crasseux, une bouteille de vin à la main, les lorgna un instant avant de se relever avec une souplesse étonnante pour son âge et sa condition.

Frôlant son bras, l'apparence du vieillard changea au profit d'un homme musclé dont la longue barbe dénotait avec une certaine jeunesse.

Un bracelet d'apparence, pensa Déborah. *Es-tu certain, Fully, de prendre conscience des technologies rebelles ? Combien d'entre eux doivent en posséder pour se balader librement dans Crazevilla ?*

L'individu déguisé s'approcha du mur. Main posée sur une plaque en verre, une lumière jaune scanna la paume et un écran apparut sur la surface rugueuse. Il pianota quelques instants et recula. Un « clic » s'entendit.

L'impasse se scinda en deux pour révéler un quartier secret, grouillant de vie. Ludivina et Stéphanie ouvrirent des yeux ronds. Déborah n'en était pas moins étonnée. Les rebelles étaient plus proches que jamais de la cité.

— Si je m'attendais à ça, souffla-t-elle en observant les lieux.

— Suivez-nous, ordonna un jumeau.

Lorsqu'elles franchirent le seuil, les deux portes blindées se refermèrent, pour aussitôt laisser transparaître une parfaite vue sur l'impasse.

— Malin, commenta Déborah.

Elle emboîta le pas sur ses guides, son regard se baladant sur les bâtisses de cet impressionnant complexe. Les bâtiments étaient bien loin d'atteindre la perfection du quartier des riches. L'entremêlement des matières donnait un côté très hétéroclite à l'ensemble. De la pierre, des tôles, du béton…

Quelques immeubles de quatre étages s'élevaient dans un équilibre précaire. Équilibre maintenu par d'imposantes poutres en acier. Des escaliers sans rampe grimpaient jusqu'à d'invisibles hauteurs, tandis que des couloirs en fer rouillé avalaient parfois ceux qui l'empruntaient pour en recracher d'autres. Loin de l'image militaire que dégageaient les histoires et les rumeurs, la base se peuplait de femmes, d'enfants et d'hommes de tous âges.

— J'aime pas ça, murmura Ludivina à Déborah.

— De quoi ?

— D'être observée comme un animal de foire.

Les badauds se concentraient aux entrées et aux fenêtres, curieux, parfois craintifs.

— Ils n'ont pas l'habitude de voir des riches dans leur base, argua Stéphanie.

Déborah hocha la tête. Son amie avait raison. Une ombre attira son attention. Le canon d'un fusil pointé dans leur direction la fit sourire.

— Il n'y a pas de gardes, signala Ludivina. C'est bizarre. On dirait qu'il n'y a que des gamins et des femmes. Le chef rebelle ne protège pas ses populations ?

— Plus que tu ne penses, répondit Déborah en lui désignant une microcaméra dissimulée dans un trou.

La partie invisible du bâtiment camouflait des lieux dans lesquels des sentinelles surveillaient les allées et venues, fusils d'assaut ou mitraillettes semi-automatiques en main. Avec la venue des trois amies, la sécurité avait dû être renforcée au maximum.

Déborah s'étonna de ne voir que des habitations, elle qui s'était attendue à apercevoir des installations plus sophistiquées.

Tu es très prudent, chuchota-t-elle.

Les usines d'armement et les ateliers avaient dû être séparés ou bien…

— Cachés comme tout le reste en des lieux libres de tout soupçon, supposa la jeune femme.

Une fumée âcre se dégageait des égouts avec des relents de produits chimiques que la petite-fille de Robinson ne connaissait que trop bien. Ainsi, la maison en tôle sise sur sa droite abritait-elle un atelier de fabrication ? Sinon comment expliquer les dents qui se dressaient sous la couverture du lit.

Oui, trop prudent.

— Mais comment est-ce qu'on peut cacher un truc pareil à Fully ? s'étonna Stéphanie.

— Occultation.

— Comment ça ?

— Lorsque nous sommes entrées, j'ai repéré un boîtier blanc et l'image qu'il diffusait. Irais-tu chercher quelque chose dans un trou qui dégage de la fumée jaune ?

Stéphanie grimaça.

Plus de dix ans auparavant, Fully avait mené une attaque biologique et chimique pour en finir avec le quartier pauvre. Créant ainsi, à certains endroits, d'impressionnants cratères témoin des impacts violents de ses missiles. Loin de s'en débarrasser, il n'avait fait que déplacer les populations. Le chef rebelle avait sans aucun doute profité de cette opportunité pour augmenter la taille de son complexe et de ses installations.

Tout à coup se dressa une silhouette. Ni grande ni chétive, elle n'en imposait pas moins beaucoup de respect.

Stéphanie et Ludivina se firent toutes petites, impressionnées. Déborah, elle, imita son vis-à-vis en croisant les bras sur la poitrine.

L'homme à barbe rousse les toisa, peu certain de son choix. Cette femme était-elle fiable ? Pouvait-il réellement lui faire confiance ? Ou était-elle simplement la messagère de celle qu'il espérait rencontrer ?

— Je suppose que tu es Sullivan ?

— En effet, c'est bien moi.

Ludivina et Stéphanie déglutirent avec peine, comprenant alors que celui qui leur faisait face était l'homme le plus recherché du monde.

— Et toi ? reprit-il. Cécile m'a beaucoup parlé de toi et de ton projet. Or, je n'en sais pas plus sur ta personne.

— Je suis Déborah Robinson, informaticienne de génie, spécialiste de la génétique et de la biotechnologie.

— J'ajouterais vantarde, ricana Sullivan.

— Énoncer mes compétences n'est pas de la vantardise, que je sache.

Le chef rebelle la toisa quelques instants en fronçant les sourcils.

— Cécile, comme je te le disais, m'a succinctement parlé de ton projet. En quoi consiste-t-il ?

— À rendre fou Fully.

— Il l'est déjà, rétorqua Sullivan.

— À apporter un espoir qu'il a détruit depuis longtemps auparavant.

— Et qui est ?

Déborah se tut, comprenant que Sullivan n'allait pas se laisser convaincre facilement. Elle réfléchit quelques secondes, puis reprit :

— Une personne que tu as connue.

— J'ai connu beaucoup de monde.

Il ricana.

— Ainsi donc, ton projet est de ressusciter une de mes connaissances. C'est trop peu pour m'inciter à te suivre.

Déborah sourit à son tour. Elle s'y était attendue.

— Je le sais, mais pour le moment, c'est tout ce que j'ai à t'offrir. Je veux que tu le voies par toi-même.

Sullivan afficha une moue agacée. Tout ça pour ça ? D'un signe de la tête, ses hommes s'emparèrent de ses amies.

— Lâchez-moi ! se débattit Ludivina.

— Tu me fais perdre mon temps, dit Sullivan. Soit tu me donnes un argument valable, soit je me débarrasse de toi et de tes copines.

— Un argument valable ?

Déborah sembla réfléchir quelques instants. Un rictus mauvais s'afficha sur ses lèvres.

— Ta vie et celle du clan ?

Sullivan se mit à rire, jusqu'à ce que le changement d'apparence de la jeune femme ne lui rappelle… Ombre !

Nue, l'acidité de sa peau avait rongé le restant de ses vêtements et de ses rollers jusque-là épargnés. Déborah plaqua sa main sur une poutrelle en acier. Le métal fondit instantanément. Le porche du bâtiment s'écroula dans un immense fracas. Bouche bée, Ludivina et Stephanie ouvrirent des yeux ronds lorsqu'elles découvrirent cette facette de leur amie. Alors… La femme dont parlait le déserteur dans son rapport, c'était elle ? C'était Déborah !

— Stéphanie, déglutit avec peine Ludivina. Tu penses à ce que je pense ?

— Je crains que oui, lui répondit-elle.

— Est-ce un argument valable ? s'impatienta Déborah. Pour le moment, je protège mon secret. Il est à l'abri, mais c'est de toi qu'il aura besoin prochainement. Mon laboratoire finira par être découvert.

— Qui es-tu ? souffla Sullivan, au bord de la panique.

Ses hommes se tenaient sur leurs gardes. Certains lui jetaient des coups d'œil inquiets pointant leurs armes sur cette étrange et néanmoins dangereuse visiteuse.

— Crois-tu que j'aie fait tout ce chemin pour rien ? s'approcha-t-elle. Tu veux des arguments ? J'étais l'une des actrices du projet Eikyu et l'une des raisons pour laquelle le centre de recherche a fermé. Et je peux te dire que Fully, comparé au danger qui plane au-dessus de ta tête, n'est rien.

Le silence était éloquent. Ludivina et Stéphanie ne surent que dire que répondre.

— Suis-la, conseilla une voix au loin.

La Noire apparut. Mains sur les hanches, elle montra son impatience en tapant du pied.

— Quel autre choix as-tu, Sullivan ? demanda-t-elle. Nous sommes tous ici dans une impasse dont Fully sortira vainqueur. Cela ne fait aucun doute. On te tend une main, prends-la avant qu'il ne soit trop tard.

— À quel prix ? Pouvons-nous réellement lui faire confiance ?

Entre consternation et surprise, Ludivina poussa un soupir agacé. Après un grognement, elle se dégagea de son geôlier et lui flanqua un coup de pied dans le tibia.

— Déborah nous a prouvé sa loyauté plusieurs fois ! commença-t-elle. Nous avons toujours pu compter sur elle. Elle aurait pu nous dénoncer, nous laisser en plan ou bien pire encore !

— Mais elle nous a aidées ! continua Stéphanie après planter son talon dans le pied du soldat qui la retenait. À chaque fois ! Et même si on vous disait de qui il s'agissait, vous ne nous croiriez pas.

Sullivan regarda tour à tour les jeunes femmes. Le voile de l'incertitude couvrit son visage. Son amie avait raison. Il était dans une impasse dont il n'arriverait pas à sortir, à moins d'un miracle. Peut-être finalement que Déborah était ce miracle ? Il avait juste peur de tout perdre, de perdre la partie, le combat pour lequel il avait tant sacrifié. Sullivan poussa un soupir de résignation.

— Très bien, je vous accompagne.

21

Le passé de Déborah

Monsieur Robinson appuya sur le bouton de sa télécommande. La paroi se leva pour faire apparaître un écran à LED plat. Il inséra la disquette dans le lecteur, sis sous le téléviseur, et lança le programme, aussi intrigué que ses invités. Il grogna, se demandant ce que sa petite-fille avait bien pu mijoter.

Ombre croisa les bras, impatient d'en finir et d'étouffer cette angoisse qui lui étreignait la poitrine. Il n'avait qu'une hâte : retrouver sa bien-aimée et la serrer contre lui.

Il inspira profondément, lorsqu'une vidéo se lança.

※

Un laboratoire apparut sur l'écran. Sur la droite, une énorme bonbonne remplie d'un liquide verdâtre laissait échapper de monstrueuses bulles. Sur la gauche se profilait une table métallique. Un plan de travail était accolé au mur du fond et l'on y voyait un nombre incalculable de contenants aux formes plus ou moins étranges.

Tout à coup, un homme entra dans la pièce aseptisée. Plutôt jeune, il passa une main dans ses cheveux en bataille. Il remonta ses lunettes rondes sur son nez, puis attrapa un stylo de la poche de sa blouse. Rayant une mention de son carnet, il soupira et observa son immense tableau. Il l'effaça à l'aide d'un chiffon blanc. Il prit un feutre et écrivit des lignes de calculs.

La vidéo se coupa. Nouvelle image. Le même homme et un autre que Fully ne connaissait que trop bien : son grand-oncle Jean-Guy Craze. Les scientifiques discutaient. Jean-Guy montra le tableau et exprima son désaccord.

— Votre formule est imparfaite, argua-t-il. Que voulez-vous que je fasse de cela ?

— Mais elle sera la réponse à toutes vos questions ! Je veux dire…

Jean-Guy secoua la tête et s'en alla.

Le jeune homme s'énerva, brisa quelques tubes et s'effondra sur la table métallique. Nouvelle coupure. Nouvelle scène. Le scientifique s'attelait à la tâche.

— Je vais y arriver, Jean-Guy Craze finira par reconnaître que j'ai raison !

Il quitta la pièce. Il revint quelques instants plus tard. Il hurla, détruisit le mobilier, puis il se saisit d'une chaise et la cogna contre la bonbonne de verre, furieux. Peu à peu, elle se brisa et, peu à peu, le liquide se déversa dans la pièce. Un corps inerte en tomba. Le corps d'une femme. Le scientifique posa un pied sur sa nuque. Il se retint, comme pris d'une inspiration subite. Il s'agenouilla devant elle et lui ôta quelques mèches de cheveux blancs : Déborah.

— Je vais leur faire payer à tous… tous ! rumina-t-il.

Il caressa son corps inerte.

— Tu m'aideras, ma jolie… ma Déborah…

Nouvelle scène. Le scientifique mélangeait quelques substances.

— Apporte-moi le tube posé sur la table, Déborah.

La jeune femme, vêtue d'un simple pantalon et d'un tee-shirt blanc, obéit.

Robinson y versa un liquide visqueux et attendit quelques instants. Il tendit ensuite le contenant.

— Bois, ordonna-t-il.

Déborah secoua la tête, dégoûtée.

— Bois ou tu retournes dans ta bonbonne.

Tremblante, Déborah attrapa le tube et le porta à ses lèvres. La grimace qu'elle afficha témoignait de son écœurement. L'effet fut immédiat ; il la plia en deux pour mieux vomir du sang. Elle se remit péniblement debout, passablement assommée. Déborah se retint de peu en s'adossant au mur. Robinson sembla attendre un résultat. Sa mine s'empourpra. Ses mains tremblèrent. De colère, il gifla Déborah et la battit comme un forcené.

— Pourquoi ? hurla-t-il.

Elle se protégea vainement, les bras sur sa tête et recroquevillée. Le scientifique attrapa un scalpel. La multitude de coups déchira peu à peu les vêtements de la jeune femme. Robinson s'arrêta, l'écume aux lèvres. Il s'agenouilla, défit sa ceinture et baissa son pantalon.

— Pitié…

— La ferme ! éructa Robinson. Tu m'entends : ta gueule ! T'es ma chose. MA chose ! Je fais ce que je veux de toi !

✳

Ombre en tremblait. Les yeux humides, il détourna le regard. Ses veines noircirent.

— Robinson… grogna-t-il.

— Il est parti depuis bien longtemps, commenta Fully, glacial.

Le cobaye passa son énervement sur le mur. Un trou béant, rongé par l'acide qu'il laissa couler par toutes les pores de sa peau, devint alors la preuve de sa colère et de sa haine.

Il reporta son attention sur l'écran lorsqu'une nouvelle scène apparut.

✳

Le laboratoire se recouvrait d'une épaisse bâche en plastique. Une nouvelle bonbonne avait été mise en place. La vidéo tressautait. Robinson, nu, attrapa une masse et se brisa la jambe. Un cri s'en suivit, celui de Déborah. Il continua ainsi un long moment. Jusqu'à ce que sa

203

« chose » ne s'écroule. Déborah souffla, ronfla comme une bête, son regard changea soudain et prit une teinte qu'Ombre et Fully ne connaissaient que trop bien : celle du cobaye. Un liquide noirâtre coula sur sa peau et rongea la bâche. Elle plaqua sa main sur le torse de Robinson. Ils hurlèrent à l'unisson. Déborah recula.

Robinson éclata de rire, tandis que ses blessures se résorbaient peu à peu.

— J'ai réussi ! exulta-t-il.

Il serra le poing en guise de victoire. Robinson s'approcha de Déborah, tremblante de peur. Elle se rencogna entre le plan de travail et la bonbonne brisée dans laquelle elle avait baigné. Un rictus mauvais sur les lèvres, le scientifique fit glisser ses doigts sur la cuisse de son invention.

— Tu vas servir la cause de ma vengeance. Toi et moi deviendrons plus forts ensemble et, enfin, le monde entier reconnaîtra mon génie.

Il ricana de plus belle.

— Reste ici, j'ai à faire, et sois sage.

Déborah hocha frénétiquement la tête. Lorsque la porte du laboratoire se referma, elle quitta timidement son refuge.

Quelques images défilèrent. Elles la montraient qui se rhabillait, tantôt assise, tantôt debout. L'une d'elles soudain se fixa.

Déborah attrapa un feutre et commença à écrire des formules sur le tableau blanc. Les sigma rencontraient les parenthèses pendant que les oméga côtoyaient les puissances.

Déborah prit un chiffon et corrigea quelques données.

La porte du laboratoire s'ouvrit à la volée sur son créateur et Jean-Guy Craze. Déborah se cacha dans un coin, tremblante de peur. Jean-Guy, fasciné par ce qu'il lisait, écarquilla les yeux.

— Est-ce vous l'auteur de ceci ? s'enquit-il.

Robinson lut à son tour les inscriptions, puis hocha la tête.

— Oui, monsieur, mentit-il. C'est pour cette raison que je vous ai mené à ici. Pour que vous constatiez mes recherches.

— Vous avez su décrire de manière parfaitement mathématique la conception d'un être capable de prodiges.

Jean-Guy Craze se tint le menton.

— Notez-moi tout ceci, que j'étudie d'un peu plus près ces formules.

— Bien, monsieur.

⨳

Ombre, le souffle court et choqué, se laissa tomber sur le fauteuil. Il secoua la tête, incertain. Fully caressait sa barbe, aussi perturbé que lui. Un texte défila soudain sur un fond noir.

⨳

Je n'ai jamais su la raison pour laquelle Robinson m'avait créée. Pour ses recherches ? Sans le moindre doute ! Le fait est que je suis devenue l'instrument de sa vengeance et de ses ambitions. Il a vu en moi celle qui allait expier les péchés de ceux qui n'ont pas voulu croire en lui.

Ses expériences ont fait de moi un être à part, un être qu'il manipule à sa guise. Un être sur lequel il impose sa mainmise. Il peut me faire souffrir, arrêter mon cœur si cela le chante ou simplement me faire mourir l'espace de quelques secondes.

Il a juste oublié un détail : mon libre arbitre et mon indépendance ne lui permettent pas d'agir aussi librement qu'il le souhaite. Mon pouvoir et mon intelligence l'obligent également à la plus grande prudence. Cela l'irrite plus qu'il ne veut l'avouer. Il a essayé à maintes reprises de comprendre ce défaut, ce hasard qui fait aujourd'hui l'une de mes principales forces. Erreur de manipulation ? De calcul ? Il n'en sait pas plus que moi. Grand-père, comme il aime que je le nomme, est très loin d'être aussi brillant que Jean-Guy Craze. La forme d'immortalité qu'il a mise en place, en créant une dépendance entre lui et moi, est loin d'être aboutie. Si je meurs, il meurt, c'est aussi simple que cela.

J'ai contribué secrètement au développement du projet Eikyu. J'ai corrigé, formule après formule, le travail de Jean-Guy Craze.

J'ai amélioré cet être pour qu'il atteigne la perfection, pour que mes points faibles deviennent ses points forts. Aussi, peut-il plus facilement réguler son acidité, sur quel support elle doit agir, le taux de corrosion… De même qu'aucune domination ne sera permise. J'ai octroyé à ce nouvel être une indépendance totale. Quel bonheur pour moi de voir ce travail clandestin concrétisé. J'ai assisté discrètement à son réveil. J'ai cru comprendre que l'adorable Soline avait demandé à ce que cet être ressemble à un ange.

Un ange très dangereux, doté de capacités physiques hors norme. Je ne pense pas que Jean-Guy Craze se soit un jour douté de quoi que ce soit. Il fallait cependant que je fasse quelque chose, car, malgré le silence de Robinson, sa colère et sa folie se sont amplifiées. Je l'entendais parfois parler à lui-même, un changement de voix qui m'effrayait.

Au fur et à mesure, j'ai été contrainte de rester enfermée pour toujours plus d'expériences, d'injections… Je me demande encore comment j'ai pu faire pour tenir, pour m'accrocher à ce maigre espoir qu'était Ombre.

J'ai fait tout ce qui était en mon pouvoir pour lui insuffler le plus de puissance et le plus de combativité possible, car la folie de Robinson ne s'arrêtait pas uniquement au laboratoire. Ce n'était qu'une étape à sa mégalomanie. Instrument de sa volonté, j'ai saboté un grand nombre de matériels, faisant tout le nécessaire pour qu'Ombre soit accusé à ma place. Tout s'est enchaîné lorsque grand-père a appelé l'armée. Leur venue, les cris, les innocents qui tombent… Combien de victimes ai-je pu faire pour assouvir ses noirs desseins ? Je garde en mémoire le regard de cet homme à qui j'ai arraché le cœur. Sa surprise, son horreur… J'en fais encore des cauchemars.

À la suite du débarquement et les années passant, grand-père a conservé le silence sans pour autant cesser ses expériences. Il est devenu un monstre avide de sang et de pouvoir. Il lui fallait cependant une couverture pour ses activités et quoi de mieux qu'un centre pharmaceutique qui fit de lui l'un des hommes les plus riches du globe.

Cinq centres répartis dans le monde, cinq bombes prêtes à exploser. Lorsque la guerre éclata entre Fully Craze, petit neveu de Jean-Guy, et les dirigeants mondiaux, grand-père fut contraint de stopper le processus.

Je me suis attendue à ce que Robinson relance sa machine infernale, voyant en Fully le successeur de son grand-oncle. Mais ce dernier eut la brillante idée de le considérer comme un mécène et le conseiller scientifique ultime. Je crois que cela a plu à grand-père dont l'ego a été mis sur un véritable piédestal. Cette situation m'a permis de mettre au point un plan pour contrer sa bombe à retardement et le règne de Fully. Il a fallu pour cela que j'efface intégralement les dossiers du projet Eikyu. J'ai eu peur que le dictateur n'apprenne qui nous étions réellement.

Ce dernier est loin d'être aussi bon que son aïeul. J'ai visité des pays asservis par des hommes mégalomanes. Fully dépasse l'entendement. Les récits de sa cruauté sont légion et j'ai assisté bien malgré moi à sa perversité et sa folie excessive.

Il fallait que j'agisse sans pour autant soulever les soupçons. La création de mon laboratoire clandestin a été la première étape. Trouver les pièces fut plus simple que je ne l'avais pensé. Je les commandais pour le laboratoire de mon grand-père et récupérais celles qui m'intéressaient sous couvert d'avarie.

Je me devais également de trouver un moyen de transport léger : quelque chose qui me permette de me déplacer sans attirer l'attention. C'est en me rendant dans un parc que la solution m'a sauté aux yeux.

Je me suis entraînée des journées entières pour atteindre la parfaite maîtrise de cette discipline. Les rollers sont vite devenus mes instruments de prédilection. Des alliés dont je ne peux plus me passer.

Jamais, cependant, je n'aurais pensé que cette nouvelle passion me ferait rencontrer mes plus chères amies. Car, avant que je ne croise leur route, Ludivina et Stéphanie agissaient déjà pour la rébellion. Notre amitié est née de cette volonté de se battre. Si Ludivina excellait en skate, Stéphanie n'en demeurait pas moins une experte du vélo cross. Leur habilité faisait d'elles des adversaires redoutables, mais très imprudentes. J'ai freiné leurs actions pour qu'elles rejoignent mon combat. La construction d'une nouvelle planche et d'un vélo à ions sous couvert de recherches scientifiques au nom de Fully me permit de leur offrir ces objets précieux.

Ne pouvant rester éternellement dans mon laboratoire clandestin et lasse de la solitude, je me suis inscrite à Crazeschool. Cette initiative a beaucoup plu à mon grand-père qui y a vu une excellente couverture aux yeux du monde.

J'ai bien sûr poursuivi mes travaux en parallèle. Et le résultat est au-dessus de mes attentes. Cela m'a donné énormément d'espoir : celui de vaincre. Car dans sa folie démesurée, grand-père a perdu la patience qui lui permettait de ne pas franchir la ligne rouge. La multiplication de ses transformations a amené des mutations génétiques irréversibles, faisant peu à peu de lui un monstre. Les tentacules apparus au laboratoire de Jean-Guy Craze n'étaient que les prémices, la preuve irréfutable de la fragilité de ses expériences et de ses renaissances.

L'aide que m'a apportée Ivan est inestimable et j'espère que la paix fera de lui un héros aussi grand et précieux qu'Arakin. Je pense à Ludivina et Stéphanie. Jamais je n'aurais imaginé avoir des amies d'une telle fidélité et d'une telle loyauté. Je m'en veux de les avoir entraînées dans mon combat. Non pas la rébellion, mais cette autre lutte que je mène depuis des années. Je pense aussi à Ombre à qui j'ai dû cacher tant de choses, notamment ma véritable identité à son encontre. Maintenant qu'il le sait, puis-je toujours le considérer comme mon amant ? Mon cœur souffre. Je l'aime tellement !

Ombre, puisses-tu un jour me pardonner de ne pas t'avoir dit la vérité. Je t'en supplie, mon amour, bats-toi comme Soline te l'a demandé ! Défends ceux dont l'âme est aussi pure que la sienne. Le monde n'est pas à l'image que ton cœur croit.

J'espère qu'à travers ma nouvelle création, Ombre trouvera le chemin de sa rédemption.

※

Une larme coula sur la joue du cobaye. Déborah était donc sa véritable créatrice ?

— Ma mère… ? interrogea Ombre, que cette suggestion fit grimacer.

Fully essaya autant que possible de calmer sa colère. Cette petite peste allait payer et son grand-père par la même occasion ! Tout à coup, un plan montra l'emplacement d'une usine, puis celui d'un laboratoire.

— C'est ici que nous trouverons Robinson, dit Fully d'une voix rauque.

Des calculs s'enchaînèrent ensuite dans un ordre aléatoire.

— Non, pas aléatoire, réfléchit le scientifique qui commença peu à peu à prendre conscience du génie de Déborah.

Le schéma qui suivit laissa Ombre et Fully extrêmement pensifs. Ils se regardèrent un instant sans jamais trouver les mots adéquats à leur surprise.

— Dites-moi que c'est un cauchemar ! s'emporta Fully.

— Tu n'as pas osé, Déborah ?

※

Ivan tournait et se retournait sur sa chaise à roulettes, pendant que Cécile tapait sur une table en acier avec ses ongles. Stéphanie, elle, attendait patiemment, bras croisés sur la poitrine.

Les grincements et les cliquetis titillaient les nerfs de Ludivina.

— Arrêtez ! explosa-t-elle. Attendre est stressant et pénible sans que vous vous y mettiez aussi !

Ivan et Cécile l'observèrent, surpris, avant de suspendre leur geste.

Sullivan, trop accaparé par ce qu'il lisait, ne fit pas attention à l'imposante silhouette qui se glissa derrière lui.

— Je suis impressionné ! s'exclama-t-il. Il faudra m'expliquer, je pense, quelques notions, Ivan. Si tu le…

Les yeux grands ouverts de Cécile et le sourire des autres le rendirent songeur.

— Eh bien ?

— Arakin, s'étrangla Cécile, émue aux larmes.

— Quoi, Arakin ?

Une large main attrapa son épaule. Sullivan se retourna et eut un mouvement de recul.

— Mon ami… Non, c'est impossible. Tu… Je t'ai vu, je t'ai vu… bégaya-t-il. Je l'ai vu t'arracher le cœur et… Tu es mort ! Je t'ai vu mourir ! Ombre a…

— Techniquement, oui, je suis mort, confirma le drôle de personnage en se grattant la tête. Mais un ange en a décidé autrement.

Arakin observa Déborah avec tendresse. Il se retourna ensuite vers ses deux comparses. Tant d'aventures vécues ensemble, tant de combats menés contre un seul et unique ennemi : Fully Craze.

Arakin avait encore le goût amer de cette défaite, de ce tour de traître. Il grimaça de dégoût et plissa ses yeux noisette. Il porta son regard sur son poing qu'il serra à s'en blanchir les phalanges. Revenu à la vie, il allait faire payer à Fully sa folie.

Un millier de papillons s'envolèrent dans le ventre de Cécile qui ne cessait de le contempler. Une impressionnante musculature et un visage carré à la mâchoire puissante. Ces mimiques, ce sourire mutin et enjôleur, celui qui avait fait mourir de désir un grand nombre de femmes. Elle la première. Arakin était cependant parti trop tôt pour qu'elle ait le temps de lui dévoiler ses sentiments. Elle l'attrapa doucement par les bras. Frappée par ses deux iris, elle baissa la tête en souriant.

— Il fait bon de te retrouver, Arakin, murmura-t-elle amoureusement.

Sullivan encercla ses épaules.

— Fully n'a qu'à bien se tenir !

— À qui le dis-tu ! renchérit-il. Je vais le rendre encore plus fou qu'il ne l'est !

Déborah sourit timidement. Ce combat ne serait pas le sien. Elle avait déjà fait tout son possible pour éviter le pire. C'était désormais à eux de se battre avec l'aide d'Ivan, de Ludivina et Stéphanie. Elle secoua la tête, mélancolique.

22

Combat de titans

L e silence, pesant, perdurait depuis plusieurs minutes déjà. L'atmosphère était électrique entre les deux hommes. Aucun d'eux n'osa rompre leur réflexion commune, de peur d'en arriver à la même conclusion. Adossé au mur, Ombre observait la statue de marbre sur la place du manoir. Fully ne cessait de lisser sa barbe. Il comprit désormais de nombreuses choses concernant Déborah. Il avisa son acolyte, songeur. La garce avait dû lui parler.

— Maintenant, Ombre, tu vas me dire ce que tu sais au sujet de Déborah.

— Je ne savais rien de ses intentions.

— Réellement ? fronça Fully, peu enclin à la plaisanterie et encore moins au mensonge.

— Me crois-tu assez stupide pour ne rien dire ?

— Abruti et amoureux, oui…

Ombre ignora superbement cette insulte. Si Fully avait voulu le faire réagir, c'était raté. Et en rajouter lui aurait donné du grain à moudre.

— Nous réglerons nos comptes plus tard, décréta Fully sombre. Il nous faut détruire ce clone d'Arakin. Il ne doit pas être très évolué et il faudra plusieurs années d'éducation pour qu'il retrouve ses pleines capacités. Pour ce qui est de Déborah...

Les veines d'Ombre pulsèrent un liquide noirâtre. Ce changement fit rire Fully.

— Nous en rediscuterons plus tard également, affirma-t-il en passant devant lui. Nous avons plus urgent qu'elle. Nous devons avant toute chose retrouver Robinson.

— Robinson a de l'avance sur nous, argumenta Ombre. Il est notre priorité.

Un sourire mauvais ourla le visage rond de Fully.

— Pendant que tu buvais les paroles de cette peste, j'ai lancé un mandat d'arrêt contre Robinson. Il n'ira guère très loin. Quelques séances de torture dans mon laboratoire et il nous dira où trouver sa petite fille. S'il ne peut vivre sans elle, il doit savoir où elle se cache.

Fully se tourna vers Ombre, machiavélique.

— Je me demande tout de même comment tu te présenteras à elle... Seras-tu son amant ? Ou bien son fils ?

Cette pique déstabilisa Ombre quelques instants. Fully n'avait pas tort. Comment devait-il à présent considérer Déborah ? Le scientifique fou se régala de le voir autant hésiter. Trêve de réflexion, ils devaient d'abord retrouver la jeune femme.

⌘⌘⌘⌘⌘

— Est-ce que cela va ? demanda Ivan, inquiet.

Déborah lui fit face, incertaine quant à la réponse à lui apporter. Plus le temps passait, plus elle sentait Robinson se rapprocher, plus ses amis étaient en danger. Ils devaient partir pour le camp de Sullivan sans plus tarder.

— Ombre finira par comprendre, lui assura-t-il.

La jeune femme hocha la tête, puis elle se blottit contre lui. Le seul et unique qui savait absolument tout d'elle. Son passé ainsi que son présent. Ivan avait été un confident de tous les instants. Il l'avait comprise et l'avait soutenue. Jamais il n'avait failli, jamais il ne s'était plaint.

Lorsque l'alarme retentit, il la serra plus fort, camouflant sa tristesse dans le creux de son cou.

Déborah avait été comme une mère pour lui. Elle lui avait offert un avenir et plus encore : de l'espoir.

— Je ne t'oublierai jamais, pleura-t-il. Tu vas tellement me manquer.

— Sois fort, Ivan, murmura Déborah en lui déposant un baiser sur la joue. Aie confiance en toi.

Alerte intrus ! Alerte intrus !

— Maintenant, va-t'en, ordonna Déborah.

Il hocha la tête et la serra une dernière fois.

— Nous devons partir ! cria Ivan dans le tumulte en se frottant les yeux. Fully et Ombre sont là.

Sullivan et Cécile sortirent les premiers. Arakin s'arrêta à la hauteur de Déborah. Nulle parole n'aurait été plus intense que cette main sur son épaule.

— Adieu, se contenta-t-il avant de rejoindre les autres.

Un grondement sourd retentit et l'alarme hurla plus fort.

— Je vous rejoins, les filles ! avertit Déborah. Partez devant ! Je vais essayer de les retenir.

— Sois prudente ! On t'attendra, assura Ludivina en la prenant dans ses bras. En avant, Stéphanie !

Le cœur gros, Déborah vit ses deux complices disparaître. Des souvenirs traversèrent son esprit comme un puissant flash. Elle avait menti, car elle savait qu'elles auraient tout fait pour la convaincre de venir.

Comme à chaque fois, sourit-elle, nostalgique.

Déborah n'avait néanmoins pas de temps à perdre pour les adieux, pas maintenant.

— Je suis désolée, souffla-t-elle alors que la porte du sas de son laboratoire s'ouvrait.

⁂⁂⁂⁂⁂

Ombre retrouva Déborah face à une imposante bonbonne de verre. Son regard rose, embué de larmes, se posa sur lui quelques instants. Ombre s'approcha d'elle doucement, désireux d'effacer les stries salées qui barraient son visage d'ange.

— Ne t'approche pas de moi !

Son ton glacial l'arrêta aussi sûrement qu'un mur. Fully était très loin d'être impressionné par cette gamine, qui, il devait l'admettre, était un véritable génie.

— Bien ! Je pensais trouver Robinson en premier lieu. Je me réjouis finalement de t'avoir. Tu dois certainement savoir où se cache Arakin. Jamais je ne t'aurais cru capable de lui redonner vie !

Déborah jeta un regard noir à Fully ; cette caricature de scientifique semblant tout droit sortir d'un jeu vidéo. Il était l'exact contraire de son grand-oncle dont la bonté et la passion transpiraient par tous les pores de sa peau.

— Arakin est déjà loin, lui dit-elle en le regardant droit dans les yeux. Votre règne touche à sa fin, Fully.

— Je n'en serais pas aussi sûr, à ta place, contra-t-il.

— Toujours aussi prompt. Ma disquette ne vous a-t-elle donc rien appris ?

Ombre fronça les sourcils.

— Oui, j'ai fait en sorte que tu la trouves, répondit-elle à sa question muette. Cela te surprend ?

— Pourquoi ? Déborah, laisse-moi t'aider, supplia Ombre.

— Tu ne peux rien faire, la machine infernale est lancée. Le seul moyen de l'arrêter est de me tuer. Si tu veux réellement m'aider, alors fais-le. Tue-moi, Ombre !

— Non !

Cette fois, ce furent des larmes de sang qui coulèrent le long de ses joues. Un violent mal de ventre la plia en deux avec un cri de douleur.

— Il approche ! lâcha-t-elle en grimaçant. Il ne trouve…

Nouveau cri. Déborah secouait la tête, semblant mener une lutte intérieure.

— Non... je ne veux pas... tu... Je ne te laisserai pas faire. Je t'en empêcherai !

Ombre profita de cet instant de confusion pour se rapprocher de Déborah. Jusqu'à ce qu'Arakin ne s'interpose.

— Arakin, souffla la jeune femme.

— Va-t'en, Déborah.

— Je...

— Fais ce que je te dis !

Elle hocha la tête et s'en fut. Fully crut retourner dans le passé lorsque son plus vieil ennemi le jaugea sans aucune retenue. Ce regard... oh oui ! Ce regard...

Arakin, campé sur sa position, darda sur lui une profonde haine. Sa mémoire restaurée lui renvoya l'image de sa mort violente. Et le rire fou provoqué par la victoire totale de Fully.

Le scientifique observa attentivement son ennemi.

Ce fut comme si Arakin n'avait jamais été tué. Il se tenait là, les poings serrés, en position d'attaque. Fully ne décela pas une once d'innocence sur son visage grave, si ce n'était la profonde haine qu'il lui vouait. Il constata avec aigreur que le nouveau Arakin était en pleine possession de ses facultés. Déborah avait su le ressusciter. Par quel miracle ? Les calculs qui étaient apparus juste après la lecture de son journal intime avaient défilé bien trop vite pour qu'il puisse les analyser correctement.

Fully avisa une feuille sur le sol. Une simple annotation, une simple formule et il comprit. Il en avait beaucoup entendu parler sans jamais y croire, puisque tout ceci n'avait été qu'une théorie moquée par de nombreux chercheurs. Et pourtant, elle l'avait fait : Déborah avait réussi à reconstruire un être humain à partir de l'ADN μp3.

J'aurais dû détruire tout ce qui appartenait à cet avorton, se morigéna Fully. Bien malgré lui, il applaudit encore le génie de cette peste.

— Un long moment que nous nous sommes vus, siffla-t-il avec colère. Cela me donnera l'occasion de t'humilier à nouveau.

— J'ai appris de mes erreurs. Me vaincre ne sera pas une chose aisée. Je préfère te prévenir.

— Cessons ces bavardages inutiles ! s'emporta Ombre. Laisse-moi passer, Arakin ! Déborah est en danger.

— Déborah, en danger ? ricana-t-il. Tu te fiches pas mal d'elle, Ombre. Tu utilises ses sentiments à ton égard pour tes propres fins. Je te connais assez pour savoir que tu n'aimes que ta petite personne.

Arakin avait raison sur ce point. Ombre n'avait jamais compté que sur lui-même et ses intérêts passaient toujours avant tout le reste. Jusqu'à ce qu'il croise la route de sa créatrice. Elle avait su briser sa carapace et sa solitude ; elle avait su le rassurer et l'aimer malgré tout ce qu'il était, malgré la bête qui avait envahi son âme durant de nombreuses décennies.

— Nous n'avons pas le temps pour de telles considérations. Laisse-moi passer !

— Va au diable…

Des claquements successifs se firent entendre et des créatures massives apparurent derrière Arakin : deux monstrueuses mantes religieuses noires et jaunes, leurs pattes avant munies de pointes. Fully appuya sur le bouton de sa veste. Aussitôt une armure le recouvrit tandis qu'une substance visqueuse coula sur le corps d'Ombre.

— Occupe-toi d'Arakin, intima Fully. Je me charge de ces bestioles.

✖✖✖✖✖

Déborah le sentait : il était proche, très proche. Elle courait sans savoir où aller, sans savoir où se cacher. Car peu importe le lieu, peu importe l'endroit, il la retrouverait. Elle essuya maladroitement les larmes qui obstruaient sa vision, à moins que ce ne soient les gouttes de pluie.

Tu ne m'échapperas pas ! ricana la voix de son grand-père.

La jeune femme continua à courir malgré la douleur qui étreignait sa poitrine. Si elle atteignait l'un des laboratoires de Robinson, elle était certaine d'annuler cette monstrueuse bombe.

Tu sais que c'est vain ! Pauvre idiote !

Pourtant, Déborah y croyait. Elle maîtrisait l'informatique comme personne. Un virus, un malware, et les desseins de son grand-père seraient réduits à néant.

— Je dois y croire, souffla-t-elle, accoudée à un mur. Je dois y croire et continuer. C'est le seul moyen.

※※※※※

Ombre passa à travers un mur en béton. Arakin avait recouvré sa force d'antan. Le cobaye se releva d'un bond et évita de peu son coup de poing. Tout en contrant le second, ses phalanges frappèrent durement la joue d'Arakin. Il recula et recracha un peu de sang. Ombre le jaugea. Un simple coup d'œil lui permit de voir la porte de sortie. Il devait à tout prix retrouver Déborah.

— Je ne te laisserai pas approcher, grogna Arakin.

— Nous verrons.

L'homme aux cheveux bleus secoua la tête. Satanée faculté ! Ombre se démultiplia, en deux, puis en quatre, en huit.

— Voilà pourquoi je te hais, persifla Arakin à nouveau sur ses gardes.

Il se concentra sur ces copies. Ombre, le vrai, avait dû partir sans demander son reste. L'homme aux cheveux bleus se souvint de ce subterfuge, le même qui avait contribué à sa déchéance.

※

Fully se débattait avec les mantes religieuses. Leur bave, semblable à l'acide d'Ombre, avait rongé quelques parties de son armure, la rendant totalement inefficace.

— Il est hors de question que mon génial cerveau se fasse sucer par ces bestioles !

Fully réfléchit. Ces insectes géants devaient forcément avoir un point faible. L'analyse de leur carapace ne lui apporta que ce qu'il savait déjà. Et Déborah était trop maligne pour que l'acidité de leur bave ne les blesse.

— Déborah, tu es aussi intelligente qu'agaçante, s'énerva Fully.

217

✕✕✕✕✕

Ombre courait dans les ruines du quartier pauvre, à la recherche de Déborah. Arakin allait être occupé pendant un moment avec ses clones.

— Autant chercher une aiguille dans une meule de foin, grogna-t-il. Déborah !

Le vent lui charriait les effluves du béton humide sans lui ramener le moindre son, le moindre indice sur la position de sa bien-aimée.

— Déborah ! appela-t-il à nouveau. Je t'en supplie, réponds-moi !

Silence, excepté le tonnerre qui commençait à gronder.

✕

Les silhouettes le narguaient sans discontinuer.

Arakin répondit avec rage. Un coup de pied bien placé réduisit l'une d'elle en une flaque visqueuse et fumante. La seconde et la troisième connurent la force de son poing. Il continua sur cette voie jusqu'à ce que sa mémoire ne le ramène en arrière. Ce fut cette erreur qui lui avait été fatale. Il se retourna et aperçut une armada. Les éliminer soi-même revenait à les multiplier. Le seul moyen d'en finir était de les faire se battre entre eux. Cette idée en tête, il changea de tactique et les provoqua. Dénués d'intelligence, les doubles se précipitèrent à sa rencontre et se détruisirent les uns après les autres. Débarrassé de ces parasites, Arakin se lança à la poursuite d'Ombre.

✕

Fully n'aimait pas cela, mais il n'avait pas le choix : il devait fuir. Il avisa son ennemi détruire une à une les copies de son acolyte et partir à la poursuite du cobaye. Le scientifique grogna comme un cochon et amadoua les monstres pour pouvoir se rapprocher de la sortie.

Tout à coup, le sol trembla et le plafond commença à se fissurer. Un énorme bloc tomba sur les mantes religieuses, les écrasant comme de vulgaires insectes. Fully remercia cette chance inespérée, jusqu'à ce qu'un compte à rebours n'apparaisse sur un écran fêlé. Il s'en approcha. La minuscule carte montra cinq points dans le monde. Le scientifique comprit.

— Je vais te faire regretter ton existence, Robinson.

Trois heures. Il leur restait trois heures avant que les laboratoires du grand-père de Déborah n'explosent un a un.

✖✖✖✖✖

Déborah se cacha derrière un mur en pierre, le cœur battant à tout rompre, une pointe sur le côté. Elle étouffa sa peur comme elle put lorsque les pas de son prédateur s'approchèrent dangereusement d'elle.

— Tu ne m'échapperas pas, rit-il. À quoi bon fuir ? Tu sais que je te retrouverai, peu importe où tu iras.

Déborah grimaça, au bord du désespoir. Elle se faufila d'ombre en ombre. Le terrain, rendu glissant par la pluie, ne lui facilitait pas la tâche. Elle courut encore et encore, même si ses jambes ne la portaient plus. L'atmosphère, lourde en électricité, accentua cette touche d'horreur et de démence : un cauchemar sans fin dont elle connaissait déjà l'issue.

— Tic-tac, tic-tac ! Le temps passe, et je trépasse. Montre-toi !

À l'abri d'un muret, Déborah osa jeter un coup d'œil. Robinson semblait avoir retrouvé sa jeunesse, mais ses rires ressemblaient à ceux d'un enfant, son sourire à celui d'un démon échappé de l'enfer. Elle courut se faufiler dans un étroit conduit d'égout. Le glissement des pieds de son grand-père rappelait un zombie en quête de chair fraîche, nonchalant, lent, stressant. La jeune femme se figea lorsqu'elle aperçut sa silhouette se découper dans le rond du gros tuyau. Il s'arrêta un instant, immobile, durant de longues, très longues secondes… Déborah retint sa respiration, les larmes noyaient ses joues et embuèrent sa vision. Elle souffla une fois qu'il fut parti. Elle patienta un peu, écoutant les bruits alentour. Après avoir hésité, les mains de Déborah s'agrippèrent sur les bords du tuyau. Elle observa l'extérieur comme un animal blessé. Tremblante, elle s'extirpa doucement de sa cachette.

Lorsqu'un tentacule entoura son pied. Pas le temps de réfléchir, elle hurla.

※※※※※

Ombre appelait inlassablement sa compagne. Ses cris se faisaient désespérés. Et si Robinson l'avait trouvée ?

— Je refuse de le croire !

Alors qu'il allait continuer sa course, un obstacle entrava son chemin. Un obstacle ? Non, Arakin qui se tenait là, les poings serrés, le regard acéré. Sa posture dégageait une tension palpable. Ombre avait joué une carte, il lui en restait une. Il changea d'apparence. Du liquide corrosif s'écoula le long de son corps comme une pellicule de sueur. Nulle parole, juste une confrontation silencieuse, une provocation par leur simple présence. Les muscles d'Arakin commencèrent à se tendre, les siens également.

Arakin s'élança contre lui. Son poing s'écrasa sur la mâchoire d'Ombre et la brisa. L'homme recula un peu et remit rapidement sa mandibule en place.

Les coups, les feintes et les parades plurent sans discontinuer. Taillés dans le même roc, Ombre et Arakin encaissaient sans broncher, sans montrer le moindre signe de faiblesse. Soudain, les mains de chacun se posèrent sur les épaules de l'autre, engageant leur propriétaire dans un duel de force. Ils grimacèrent, luttant comme deux bêtes féroces. Ombre sourit, narquois. Du liquide acide rongea peu à peu le blouson en jean d'Arakin. Mais lorsqu'elle atteignit sa peau, il se contenta de rire à gorge déployée.

— Toi qui aimes tant Déborah comme tu le prétends, tu devrais savoir qu'elle a corrigé quelques défauts.

Le corps d'Arakin était immunisé contre le principal pouvoir d'Ombre… Impossible ! L'homme aux cheveux bleus profita de l'effet de surprise pour lui donner un coup de tête, puis un coup de poing qui l'envoya se fracasser contre un mur.

Alors qu'il allait revenir à la charge, un hurlement l'arrêta. Malgré la douleur, Ombre se releva très vite. Lui aussi avait reconnu le son de cette voix.

— Déborah... souffla-t-il.

D'un regard, les hommes se mirent d'accord. Leurs querelles pouvaient parfaitement attendre. Déborah était à présent leur plus stricte priorité.

— Je n'en ai pas fini avec toi, avertit Arakin qui s'élança avec Ombre à sa suite.

❋❋❋❋❋

— Pitié, lâche-moi !

Déborah se raccrochait là où elle pouvait, mais ses doigts ensanglantés la faisaient glisser inexorablement vers la bête hideuse qu'était devenu son créateur. Elle ne le reconnaissait plus.

— Nous allons nous unir, annonça une voix gutturale. Et nous allons nous venger de ce monde qui n'a pas su reconnaître mon génie.

Il lâcha Déborah pour se tourner lentement vers elle.

— Tu vas enfin me servir comme il se doit. Nous allons tout détruire, pour tout reconstruire, toi et moi.

Un sourire lubrique naquit sur son visage à la peau tirée. Déborah essaya de ramper bien loin de lui. Robinson aspergea sa petite-fille d'acide pour brûler les derniers vêtements qu'elle portait. Des tentacules la maintinrent au sol, jambes écartées. Déborah se débattit comme une diablesse. Elle cria, appela de l'aide ! Son grand-père se liquéfia et coula jusqu'à elle avant de s'insinuer dans son corps. La peau de Déborah craqua et son ventre gonfla comme un ballon.

Nouveau hurlement.

❋❋❋❋❋

Ombre et Arakin frémirent. L'homme aux cheveux bleus s'arrêta soudain et tourna la tête. Déborah gisait sur une grande place, inconsciente, du sang s'écoulant d'entre ses jambes. Ombre se précipita à sa rencontre.

— Ombre…

Ses yeux s'ouvrirent un peu tandis que le cobaye la prenait dans ses bras.

— Je suis là, mon amour. Je suis là…

— Fuis, laisse-moi ici.

— Hors de question !

— Ombre, Robinson est en moi. Je le retiens pour le moment, mais il ne reste que peu de temps avant qu'il ne prenne le contrôle. Par pitié, fais ce que je te dis.

— Je refuse de te perdre comme j'ai perdu Soline ! s'énerva-t-il.

— Tu ne peux rien faire contre cela. J'ai été créée pour être tuée, expliqua Déborah. Tu ne peux pas me sauver.

— Comment peux-tu dire cela ? Il y a toujours une solution !

— Pas en ce qui me concerne.

Déborah essuya les larmes de son amant. Il attrapa sa main et la porta à ses lèvres.

— Je t'aime beaucoup trop, Déborah, ne me demande pas l'impossible, par pitié.

Elle lui sourit et, dans un dernier sursaut, l'embrassa.

— Souviens-toi la promesse que tu as faite à Soline, Ombre.

Sans lui laisser le temps de contester, Déborah ferma les paupières pour les rouvrir instantanément. La haine qui apparut dans ses prunelles roses le fit reculer. Une poignée de jurons obscènes sortit de la bouche de sa bien-aimée.

La jeune femme se releva, mécanique. Elle remit en place quelques vertèbres et son visage se déforma pour adopter les mimiques de Robinson.

— Il est trop tard, Ombre, dit-il. Le processus est lancé, tu ne peux l'arrêter.

Il ricana. Des épines recouvrirent son corps.

— Je vais détruire ce monde et en bâtir un nouveau. Déborah et moi serons comme Adam et Eve dans le jardin d'Eden que j'aurai créé à mon image.

Une grimace déforma à nouveau son visage, le rendant plus fou qu'il ne l'était. Arakin se mit en garde.

— Tu n'es qu'un misérable, une pâle imitation de la perfection que représentait ma petite-fille !

Sans crier gare, Robinson s'élança sur Ombre. Les épines de sa main lui arrachèrent presque le visage. Ses deux bras se transformèrent en tentacules et enserrèrent le cobaye.

— Ombre !

Arakin jeta sur Déborah un monstrueux tuyau en béton armé. Surpris, les appendices relâchèrent leur proie qui retomba lourdement. Ils essayèrent à grand-peine d'arrêter le projectile, sans plus de succès.

Arakin se dépêcha de relever son allié. Robinson se débarrassa du débris avec une facilité déconcertante.

— Robinson a ta capacité à générer de l'acide, commenta l'homme aux cheveux bleus. Mais également celle de se soigner presque instantanément.

— Et lui porter un coup nous arrache la peau, conclut Ombre avec une grimace.

Robinson revint avec un sourire mauvais sur le visage.

※※※※※

Ivan, Ludivina, Stéphanie, Sullivan et Cécile avaient tout entendu. Le second hurlement leur avait glacé le sang.

— C'est Déborah, souffla Ivan.

— Il faut qu'on y retourne ! s'exclama Stéphanie.

— Vous ne pouvez pas, vous allez tous vous faire tuer ! Arakin a été clair là-dessus ! Nous nous rendons au clan et nous l'attendons. En avant ! ordonna Sullivan.

Ludivina se posta devant lui et lui assena une gifle monumentale.

— Alors c'est ça, le redoutable rebelle ? Le Cœur du Réacteur dont tout le monde parle ? La légende que tous admirent et craignent ? Je ne savais pas que le mot courage avait pour synonyme lâcheté. En fait, t'es qu'un connard d'égoïste qui se croit être un héros, gronda-t-elle. Rentre chez toi, rentre te cacher comme tu sais si bien le faire depuis le début du règne de Fully. Je te préviens, cependant. Tu ne m'empêcheras pas d'aller secourir ma meilleure amie.

Elle le bouscula et courut retrouver Déborah, suivie de près par Ivan et Stéphanie.

— Attendez ! C'est trop risqué ! contesta Sullivan. Pourquoi ne m'écoutent-ils pas ?

— Quand tu sauras ce qu'est le sens du sacrifice et du travail en équipe, alors tu comprendras leur geste, lui lança Cécile qui les rejoignit.

Sullivan resta là, les bras ballants. Incapable de prononcer un mot. Il baissa la tête, honteux. Ce fut à cet instant qu'il comprit la triste vérité à son sujet : il avait perdu son étincelle. Sullivan ferma les yeux et secoua la tête en soupirant. Il serra le poing.

— Merde !

Il courut à leur suite.

✕✕✕✕✕

Arakin avait toutes les peines du monde à maintenir Robinson à distance. Son physique se modifiait à vue d'œil. Le corps de Déborah se retrouva peu à peu au cœur de cette abomination.

Un amas de graisse surmonté d'un torse se déplaçait sur une multitude d'appendices, tandis que quatre tentacules battaient l'air. Une monstrueuse gueule ornait le visage émacié de la créature.

Arakin bondit derrière un muret lorsqu'il projeta toutes ses épines. L'une d'elles lui fit une profonde entaille au biceps. La plaie saigna abondamment, comme toutes celles qui parsemaient son corps. L'homme se demanda comment il faisait pour être encore debout. Il ferma un instant les paupières et reprit son souffle. Il lutta contre l'évanouissement qui menaçait de le faire sombrer.

Un tentacule l'attrapa par la jambe et le balança contre une structure métallique. Le dos en charpie, une insupportable douleur lui fit presque perdre connaissance. Ombre trancha l'appendice et entra en action.

Il était épuisé et blessé, mais sa capacité régénérative lui permettait de lutter plus intensément. Une égratignure, elle cicatrisait aussi vite qu'elle était apparue. Cependant, les coups de Robinson lui faisaient bien plus que de simples petites coupures.

Ombre plaqua sa main sur sa blessure pour l'empêcher de saigner davantage. Il courut se réfugier derrière un parapet le temps que sa plaie se referme. Robinson en décida autrement. Il l'attrapa par le cou et resserra sa prise. La pomme d'Adam écrasée, Ombre peina à retrouver son souffle.

— Misérable vermine, siffla le monstre. Que… ?

— *Je ne te laisserai pas faire !*

Robinson relâcha le cobaye qui retomba lourdement sur le sol.

— *Que fais-tu, Déborah ?* hurla-t-il. *C'est pour nous que je fais ça !*

— Non, c'est pour toi ! Souviens-toi la promesse que tu as faite à Soline.

La jeune femme ouvrit ses yeux roses et les posa sur lui, emplie d'amour et de tristesse. La mémoire d'Ombre lui renvoya l'image de cette silhouette, de celle qui était apparue derrière Soline pour lui permettre de survivre.

Des coups de feu résonnaient en échos dans les couloirs de ce laboratoire envahi par les forces armées. L'odeur de la poudre et des produits chimiques agressaient le nez des fuyards. La cohue s'intensifia à mesure que les balles sifflaient. On voulait s'enfuir, s'échapper de cette extermination programmée. Les corps tombaient un à un.

Soline tirait Ombre par la manche de sa blouse aux couleurs du laboratoire. Le cobaye suivait sans discuter. Ils se cachèrent au détour d'un couloir, derrière des casiers en ferrailles, le temps de laisser passer l'escadron armé qui courait à vive allure.

La voie libre, Soline reprit sa course, le cœur au bord des lèvres. Elle se retint de peu au mur, son souffle saccadé. Elle appuya sur un gros bouton et la porte s'ouvrit sur une pièce vide. En face, une sorte de tube en verre devant une écoutille en acier.

— *Viens, Ombre, ordonna-t-elle, allonge-toi.*

Le cobaye l'interrogea du regard. Soline lui montra le tube.

— *Soline, je…*

— *Nous n'avons pas le temps. Fais ce que je te dis !*

Non sans hésitation, il prit place. Son amie referma le battant, alors qu'au même moment, un bélier cogna la porte.

— *Soline ! paniqua Ombre.*

Les larmes envahirent ses yeux bleu marine et ceux de son amie.

— *Je suis désolée, Ombre, pardonne-moi !*

— *Pourquoi ? Soline, ne me laisse pas !*

— *Tu iras plus vite sans moi…*

Soline posa une main ensanglantée sur la paroi. Le cobaye remarqua alors la plaie de sa hanche qui saignait abondamment.

— *Soline…*

— *Je compte sur toi, Ombre. Bats-toi pour ce qui te semble juste, ne laisse personne te dire ce que tu dois faire ou penser. Tu as été créé pour détruire, pour être contrôlé à de mauvaises fins. Montre au monde qui tu es vraiment.*

Les coups s'accentuèrent et les gonds cédèrent.

— *Adieu, mon ami.*

— *Soline ! hurla Ombre en cognant comme un fou sur la paroi.*

La jeune fille n'eut pas le temps de répondre, comme en témoigna la tache de sang sur son front. Ombre paniqua. Il avait beau frapper sur cette maudite paroi, utiliser son acide, la capsule avait été conçue pour lui résister.

Le soldat l'avisa et fit signe aux autres. L'un d'eux s'abaissa sur un panneau de contrôle. Lorsqu'il se releva, une silhouette aux cheveux blancs lui arracha le cœur. Sa dernière vision lui offrit les cadavres de ses acolytes.

Elle s'approcha d'Ombre, puis apposa sa paume sur le verre froid.

— *Nous nous reverrons, Ombre.*

Le cobaye n'eut pas le temps de réagir. Un choc lui avait fait perdre connaissance.

※

Les yeux embués de larmes, Ombre comprit. Il comprit la manipulation de Fully, celle de Robinson, et…

Déborah, sa créatrice, sa mère… son amour… Comment lui en vouloir cependant quand cette dernière n'avait fait que le protéger ?

Des détails lui revinrent en mémoire et lui parurent tout à coup très clairs.

Comme ce moment, cette dernière étreinte partagée dans la précipitation.

Son apparence se modifia et son corps se couvrit à nouveau d'une substance hautement corrosive. Ombre s'élança alors.

※

Ivan courait à perdre haleine. Ombre avait besoin des pièces de cuivre pour combattre Robinson. Sans elles, le gantelet était inefficace !

— Ombre ! appela-t-il. Attrape !

※

Ombre attrapa les pièces alors qu'il s'élançait. Sa chevelure prit une teinte noire de jais et son regard s'éclaircit pour devenir opalin. Deux ailes de colibri se greffèrent à son dos et battirent en cadence.

Ombre croisa les iris roses de Déborah. Ils l'imploraient d'en finir. Comme pour Soline, il ne pouvait rien faire. Son impuissance l'enragea. Elle lui faisait à nouveau perdre un être cher et pas n'importe lequel.

Il contracta sa mâchoire, luttant chaque seconde pour ne pas faire machine arrière. Lorsqu'il arracherait Déborah du corps de Robinson, tout serait fini. Ses bras musculeux l'étreignirent et coupèrent les liens qui la retenaient à son créateur.

※

Le corps de Robinson gonfla, encore et encore. Son visage se déforma et ses yeux sortirent presque de leur orbite. Sa bouche sembla exprimer des paroles de haine qui se traduisirent par quelques gargouillis.

— À l'abri ! cria Arakin depuis sa cachette.

Ivan et ses compagnons ne le firent pas répéter deux fois et coururent se réfugier derrière une imposante citerne.

Robinson se dégonfla, puis se tassa avant d'imploser. La déflagration balaya tout sur son passage, ne laissant sur la place qu'un vaste cratère fumant.

— Merci, Ombre, murmura Déborah dans un dernier souffle.

23

Huitzilopochtli

Ivan s'extirpa peu à peu de la poussière qui le recouvrait. Une fois totalement sorti des débris, une quinte de toux le plia en deux. Il se secoua, puis il aida Ludivina et Stéphanie, pendant que Sullivan tirait Cécile des décombres. Elle avisa Arakin, clopin-clopant, main posée sur son bras ensanglanté. Elle se précipita vers lui pour le soutenir.

Une lueur bleutée attira l'attention de tous.

Ombre caressait son visage d'ange.

— Je continuerai… murmurait-il. Je te le jure, je me battrai.

Jamais mots n'avaient été plus forts pour le cobaye. Ses épaules se soulevèrent et il serra davantage Déborah.

Ivan baissa la tête, un filet d'eau salé coulant sur sa joue creuse. Elle était définitivement partie.

— Déborah… murmura Ludivina.

Lorsqu'elle voulut la rejoindre, Ivan la retint. C'était inutile.

— Ça suffit, Ludivina ! s'énerva-t-il alors qu'elle se débattait. Cela suffit.

— Tu le savais, se plaignit-elle. Tu le savais depuis le début.

— C'était sa volonté, conclut-il.

Ludivina se laissa aller.

Stéphanie contint mal sa tristesse camouflant le flot de sa bouche avec sa main et fermant les yeux. Arakin se défit de Cécile pour lui prêter son épaule.

— Je suis là, souffla-t-il. Tu n'es pas seule.

Bien malgré elle, elle lâcha prise.

✖✖✖✖✖

Il fallut quelques minutes pour que se tarissent les larmes et pour que le pouvoir d'Ombre ne s'estompe. Il embrassa Déborah sur les lèvres et se releva.

— Je te le jure, mon amour… soupira-t-il.

Un souffle d'air attira leur attention. Le vaisseau de Fully atterrit en douceur et le dictateur en sortit.

Chacun se tendit, Arakin plus particulièrement. Blessé, il ne pouvait plus combattre. En un instant, des ailes de colibri se greffèrent au dos du cobaye. Il darda sur Fully un regard chargé de colère. Le scientifique le soutint avec un sourire entendu. Avait-il seulement compris qu'Ombre avait changé de camp ?

— Je ne viens pas ici en ennemi, plutôt comme un allié, expliqua-t-il.

Pour autant, la tension ne baissa pas.

— Il ne nous reste plus que trente minutes avant que la première usine n'explose.

Il désigna Déborah du menton.

— Elle est la clé pour désamorcer le processus. Seul son corps refroidi peut nous empêcher le pire. Le laboratoire est loin et nous n'avons que peu de temps pour agir.

Il remonta dans son vaisseau, mais il sentit l'appréhension de ses ennemis.

— Si je l'avais voulu, je ne vous aurais laissé aucune chance.

Ombre le suivit, ainsi que tous les autres. Ils atteignirent le premier laboratoire quelques minutes plus tard. Ludivina, Stéphanie, Sullivan, Cécile et Arakin, restèrent au vaisseau pendant qu'Ombre et Fully se précipitaient vers la salle des commandes.

Jamais le cobaye n'apprécia autant l'intelligence de Fully. Son « Génial Cerveau » décoda les écritures informatiques des portes en un clin d'œil.

Le sas s'ouvrit sur une petite pièce aux murs blancs. Au centre trônait une table métallique.

— Pose Déborah sur cette table, Ombre.

Fully s'approcha d'un écran et pianota longuement sur le clavier. Ombre caressa une dernière fois le visage de Déborah. Lorsqu'il sentit les larmes poindre, il ne les retint pas.

— Jamais je ne t'oublierai. Je t'aime.

Il l'embrassa sur le front. Puis il brisa la chaîne autour de son cou. La seule chose en dehors de ses souvenirs qu'il se permettait de garder avec lui.

Alerte ! Alerte ! Le processus a été enclenché. L'usine explosera dans six minutes. Toutes les portes se fermeront dans trente secondes.

— C'est quoi, ce bordel ? éructa Fully. Nous avions encore du temps !

Un rire éclata dans le haut-parleur. Ombre le reconnut bien vite : Robinson.

— Déborah a oublié un léger détail : j'ai été en mesure de déplacer une partie des données biométriques de mon cerveau pour contrôler le laboratoire. J'ai laissé l'illusion à ma chère petite-fille qu'elle pouvait facilement pirater le système. Vous mourrez tous sans exception ! Et je reconstruirai ce monde à mon image pendant que les morceaux de vos cadavres nourriront les insectes.

Une alarme, stridente, annonça le compte à rebours. Les portes se refermèrent, emprisonnant le scientifique fou et son acolyte. Ombre laissa le pouvoir mystique du gantelet prendre le dessus.

Plus que quatre minutes avant explosion.

Ombre fonça à travers le blindage des sas suivi de près par Fully qui eut toutes les peines du monde à maintenir la cadence de cet ange aux ailes de colibri. Ombre, parfois, l'attendait. Fully, bien malgré lui, eut une pensée pour sa femme et sa fille. Il secoua la tête, ce n'était pas le moment de se laisser aller au sentimentalisme ! Il reprit le dessus.

L'idée de torturer son pire ennemi dessina sur son visage un sourire cruel.

Plus qu'une minute avant explosion.

Ils sortirent en trombe du laboratoire. Jusqu'à ce qu'une évidence ne frappe leurs motivations : il ne pouvait pas empêcher l'explosion. Robinson leur avait ôté tout espoir. Puis le cobaye se souvint d'une discussion qu'il avait eue avec Ivan dans le vaisseau qui les menait au Mexique : la légende des guerriers Poztolek et Akuitela. Il leur restait une chance. Il devait la saisir !

— Arakin ! appela-t-il. Ta main !

Il leva la tête et fronça les sourcils.

— Le gantelet, dépêche-toi !

Ombre tendit sa main droite, les pièces en cuivre dans sa paume.

Explosion dans dix…

Arakin comprit. Il puisa dans ses dernières forces pour courir vers Ombre.

Sept…

Il tendit le bras.

Cinq…

Un flash lumineux et il apparut sans plus d'artifice. Ludivina se rapprocha d'Ivan, effrayée. Stéphanie recula, Cécile se cramponna à Sullivan.

Le dieu de la guerre et du soleil, Huitzilopochtli, observa l'horizon. Des bandes jaunes et bleues parsemaient son corps musclé et des plumes recouvraient sa jambe gauche. Un bouclier rond muni de longues herbes cachait son avant-bras droit et sa tête, coiffée d'un masque de colibri, laissait entrevoir des yeux vifs et particulièrement expressifs : ceux d'Arakin ?

Deux…

Il avisa d'un coup d'œil la troupe dont la peur et la panique se lisaient sur leurs visages fatigués. Les pensées et les connaissances des deux guerriers qui avaient fait appel à lui lui permirent de saisir l'urgence de leurs prières.

Un. Explosion imminente.

Le temps se suspendit et un éclat aveuglant enveloppa le laboratoire. Une bulle isola le bâtiment. L'explosion émit un bruit assourdissant presque aussitôt étouffé par une épaisse lumière blanche. Dans ce tumulte, Huitzilopochtli aperçut un homme étrange au regard stellaire. La mémoire d'Ombre le renvoya dans le temple du gantelet ainsi que vers les innombrables promesses de conquêtes et de retrouvailles qu'il lui avait fait miroiter en échange de sa servitude. Une servitude au nom de sa sœur : Coyolxauhqui.

Huitzilopochtli serra la mâchoire. Ainsi donc la prophétie allait se réaliser. Son frère Tezcatlipoca l'avait averti. Il avait vu l'avenir dans son miroir fumant et le lui avait montré. Jamais il n'avait voulu le croire et désormais il en payait le prix : l'âme des guerriers qui avaient fait appel à lui et qui avaient osé défier ses pairs en affrontant les épreuves du temple.

La divinité baissa le regard. Il n'avait plus le choix. Il devait à nouveau prendre les armes.

✕✕✕✕✕

La séparation des deux hommes fut violente, chacun propulsé face contre terre. Stéphanie et Ludivina se précipitèrent pour aider Ombre, Cécile et Sullivan, Arakin.

Fully se détacha de la troupe pour se rapprocher de son vaisseau. Il croisa les bras sur sa poitrine. La fusion avec son acolyte avait soigné les blessures de son vieil ennemi. Il était seul. Face à lui, il ne pouvait physiquement rien faire et sa nef n'était pas équipée pour le combattre. La retraite semblait être la meilleure option. Arakin posa sur lui un regard dur. Il déglutit avec peine.

— Il me serait facile d'appeler du renfort, mais…

Il secoua la tête. Pour la première fois depuis longtemps, Fully peinait à trouver ses mots.

— J'ai une proposition.

— Une proposition ? sourit Arakin, narquois. Tu nous laisses la vie sauve en échange de notre reddition ?

Ce que Fully invoqua surprit les rebelles.

— Une trêve.

— Une trêve ? fronça l'homme aux cheveux bleus. Une trêve que tu briseras une fois que nous aurons le dos tourné. Je ne te connais que trop bien Fully.

— Moi aussi, je le connais bien, intervint Ombre. Et il dit vrai. Peu importe notre rôle ou ce que nous sommes, nous avons tous été secoués par ce qu'il vient de se produire.

Chacun réfléchit aux propos du cobaye. Il avait raison. Ils venaient d'échapper à une mort certaine, à la fin du monde. Ombre avait rarement vu Fully aussi fatigué et las. Il hocha la tête à l'intention d'Arakin qui, malgré tout, acquiesça à son tour.

— Une trêve, dans ce cas, accorda-t-il. Mais je te jure, Fully, qu'après, je te ferai bouffer tes ordinateurs.

— Je serais curieux de voir ça, mon vieil ennemi. En avant, Ombre, nous avons quelques affaires à régler, toi et moi.

Son ancien acolyte demeura immobile.

— Ombre ? interrogea Fully que l'agacement commençait à poindre. Du côté des traîtres…

Le scientifique remonta seul dans sa machine en pestant. Les propulseurs, dans leur grondement, semblèrent exprimer la profonde colère de Fully. Le vaisseau disparut dans le ciel.

※

Ludivina attrapa la main du cobaye et désormais ami.

— Tu te joins à la rébellion ? demanda-t-elle.

Ombre fouilla sa poche et saisit le collier de Déborah. Il se rappela les paroles de Soline, la promesse qu'il lui avait faite et le combat qu'il avait juré de continuer en la mémoire de sa bien-aimée.

— Oui, finit-il par répondre. Pour Soline et pour Déborah. Terminons ce qu'elle a commencé, avançons dans la voie qu'elle nous a montrée.

Ludivina lui sourit chaleureusement.

— Oui, pour toi, dit-il en embrassant le bijou.

Fin du tome 1

Remerciements

Merci à ma bêta-lectrice en chef, ma môman, qui lit et suit mes histoires depuis le début.

Un grand et immense merci à mes deux super bêta-lectrices, Eva et Jojo, pour votre retour et votre enthousiasme.

Merci à mon mari. Ton soutien, mon amour, est l'une des plus belles choses que tu m'apportes.

Merci au groupe Epica pour leur musique. Nombre de leurs chansons m'ont inspirée l'écriture de certaines scènes.

Merci aux lecteurs de la première heure de me suivre pour cette nouvelle aventure bien différente de la première. Vous êtes géniaux !

Merci également à ceux qui prendront en cours le train de mon imagination à travers cette histoire.

ENVIE DE PROLONGER TA LECTURE ?

La suite est disponible ;)

Trilogie L'Ange Génétique

   ※ Tome 2 : Guerrilla

Découvre un univers fantasy entre destruction et création

Saga Eternelle Gravitation

   ※ Tome 1 : Le champion de la Reine des Glaces
   ※ Tome 2 : La princesse aux yeux turquoise

Tu as aimé la lecture de ce roman ?
Fais-le-moi savoir !

Comment ?

En m'envoyant un message :
- ✳ Sur mon mail
- ✳ Sur Instagram
- ✳ Sur Facebook
- ✳ Via mon site internet

En laissant un avis :
- ✳ Sur Amazon
- ✳ Sur BoD

Pourquoi est-ce important ?

Parce que l'écriture est une passion solitaire et parce que chaque histoire est le reflet d'une partie de mon âme. C'est une manière pour moi :
- ✳ De me faire connaître
- ✳ D'être encouragée dans ma passion

Et plus important… parce que cela plaisir à mon petit cœur d'autrice
<3

Tu souhaites être tenu informer de mes sorties, suivre mes délires et ma vie d'autrice ? Rien de plus simple !

Retrouve-moi sur :

Mon site internet

https://mcwryte.wordpress.com

Facebook

https://www.facebook.com/maloiselchevalier

Instagram

https://www.instagram.com/m.c_wryte/

Newsletter

Pour recevoir toutes les infos avant tout le monde et en exclu, scanne ce QR Code :)

Héé !! Psstttt !! Pars pas si vite ! ^o ^
SURPRISE !!
Découvre le premier chapitre du tome 2 :
Chapitre 1
Joyeux anniversaire, papa !

L e soleil brillait à présent, malgré les cumuli gris du ciel. L'allée principale du centre commercial commençait à prendre des allures de fête. Des robots et des humains décoraient les lampadaires de fanions pendant que d'autres programmaient des drones lumineux. Une joyeuse mélodie s'extirpait de quelques haut-parleurs entrecoupés de messages publicitaires et de propagande.

L'anniversaire du dictateur était pour bientôt et il fallait que tout soit parfait. Pendant que Fully fêterait son année avec ses proches et quelques amis intimes, les familles honoreraient une statue à son effigie autour d'un bon repas.

Un homme marchait, les mains dans les poches, l'air absent. Toute cette cacophonie et cette excitation l'énervaient plus qu'elles ne le rendaient heureux. En fait, il faisait partie des rares personnes à s'en moquer et surtout à le montrer ouvertement. Non, lui, il voulait simplement flâner et oublier les petits tracas du quotidien.

Arrivé à l'entrée d'une des grandes portes battantes, il dégaina son badge d'identité rendu obligatoire depuis de récentes attaques rebelles. Muni d'un pin's représentant l'emblème de Fully, le vigile en costume trois-pièces attrapa la carte et l'examina minutieusement. Puis son collègue fouilla le visiteur : cheveux, bras, torse, jambes… Il le scanna ensuite avec un détecteur.

— Vous pouvez entrer. Bonne journée, Monsieur.

L'homme glissa son badge d'identité dans la poche intérieure de son blouson anthracite. Il passa une main nonchalante dans ses cheveux bruns en bataille et s'arrêta devant une vitrine de vêtements masculins. Il s'appuya sur l'encadrement en acier, scruta quelques articles et reprit sa flânerie.

L'idée est simple : tu en colles un maximum.

Sur quelques promontoires apparut la silhouette d'une jolie jeune femme. Sa voix enjouée et mielleuse explosa dans le hall principal :

« Dans quelques jours, c'est l'anniversaire de notre altesse à tous : Fully Craze ! Avez-vous pensé à lui prendre un cadeau ? Sachez que rien ne lui ferait plus plaisir ! Écrivez-lui un mot et vous gagnerez peut-être une rencontre ! N'oubliez pas d'acheter plein de choses et surtout très chères pour augmenter vos chances ! »

L'homme sourit, amusé. Un cadeau ? Oui, il allait lui en faire un et il espérait comme beaucoup qu'il allait lui plaire. Il entra dans une boutique et examina quelques articles. Il recommença dans une autre et une dernière. Il avisa ensuite un banc, sis devant une fontaine représentant le tyran, pour s'asseoir un peu. Non loin, un petit garçon et sa mère sortirent d'une papeterie.

— Avec mes nouveaux feutres, je ferai un beau dessin à Fully Craze ! s'extasia-t-il. Tu crois que si je lui dessine un robot, il aimera ?

— Sans nul doute ! lui répondit sa maman, qui remit une mèche de ses cheveux roses derrière son oreille.

Elle s'assit sur le banc d'à côté et donna un gâteau à son fils.

L'homme consulta son téléphone. Un papier glissa soudain de sa poche. Il le ramassa et le jeta à la poubelle.

Tu comprendras vite quel sera le signal.

Une vibration, un message. Il y répondit avec un sourire.

— Tu crois que le monsieur est amoureux, maman ?

Il scruta l'enfant curieux après avoir rangé son téléphone dans la poche de sa veste.

— Cela ne te regarde pas ! rouspéta sa mère. Ce ne sont pas tes affaires.

— Mais il sourit comme quand papa t'envoie un message.

— Suffit ! Encore une fois, cela ne te regarde pas.

Elle se rapprocha du silencieux individu.

— Pardonnez la maladresse de mon garçon, Monsieur. Vous savez, à cet âge-là, ils sont très curieux.

Deux iris bruns la fixèrent avec une rare intensité.

— Ce n'est rien, bredouilla-t-il. Ma fiancée vient en effet de m'envoyer un mot. Votre fils a vu juste.

Elle sourit timidement. Nouvelle vibration, nouveau message que son vis-à-vis lut avec attention en fronçant les sourcils. Il sortit son badge sur lequel était inscrit « agent de sécurité impérial ».

— Je vous invite à quitter les lieux immédiatement, ordonna-t-il soudainement. Il semble que les rebelles aient décidé de venir s'y attaquer. Nous n'en sommes pas sûrs, mais par mesure de sécurité, sortez.

La jeune mère lui offrit un visage apeuré. Sans plus attendre, elle s'en fut, son fils dans les bras.

Il est hors de question que nous nous attaquions aux innocents !

Une fois hors de sa vue, l'agent de sécurité se dirigea également vers la sortie. Sa main attrapa un levier incendie et l'abaissa. La sirène hurla dans les tympans des promeneurs qui se précipitèrent vers les portes-tambours et les portes battantes.

Ils ne mettront que peu de temps à évacuer. Une fois que tu te seras assez éloigné, tu enclencheras le détonateur.

Il sortit un objet cylindrique de sa poche. Tant pis pour les retardataires. Son pouce souleva une plaque en plastique et appuya sur un bouton.

Ensuite, boum !

— Boum.

Une formidable explosion pulvérisa le bâtiment dans un impressionnant nuage de poussière et de débris.

✕

Le réseau de surveillance de Crazevilla alerta bien rapidement les secours.

— Ici le central, nous avons un besoin immédiat d'assistance dans le secteur Est. Je répète, nous avons un besoin immédiat d'assistance dans le secteur Est. Une explosion vient de se produire.

— Origine de l'explosion ? demanda une voix grésillante.

L'agent ne répondit pas immédiatement, captivé par l'image qui s'était affichée sur son écran de surveillance. Une silhouette sortit en trombe de la brume opaque. Était-ce une défaillance de la caméra ? Il crut voir deux personnes en une...

— Origine de l'explosion ? s'agaça la voix.

Non, il avait rêvé. Cela ne pouvait pas être lui !

— Elle est rebelle ! hurla l'agent en tenant fermement son micro. Prévenez l'armée ! Ombre est derrière tout ça !

— Compris !

L'un de ses collègues s'approcha de lui.

— Tu es sûr que c'est lui ?

L'agent rembobina l'image et l'arrêta sur le portrait du traître.

— Aucun doute là-dessus !

※

Ombre courut aussi vite que possible se mettre à l'abri avec le vain espoir de passer inaperçu. Les sommations et le bruit des moteurs des hélicoptères lui indiquèrent qu'il avait platement échoué. L'explosion avait dû endommager son camouflage. Tant pis... Il ôta ces fichues lentilles qui lui brûlaient les yeux et les rangea dans sa poche. La zone allait être fouillée, hors de question que les scientifiques de Fully ne les trouvent.

Ombre grimpa sur la façade d'un immeuble pour en atteindre le sommet et constater les dégâts.

— Vous êtes cerné, Ombre ! Rendez-vous !

Un léger vent souleva ses cheveux mi-longs. L'avertissement souleva son ignorance.

Ombre était plutôt satisfait du résultat. Il imagina sans peine la rage de son ancien associé. Le centre commercial se résumait désormais à un tas de ruines.

Sa mission était terminée. Il pouvait rentrer au clan.

Le cobaye s'éclipsa, il était resté trop longtemps sur les lieux. Sa course l'emmena sur les toits de Crazevilla. Il bondissait et roulait parfois sur lui-même pour mieux se réceptionner et reprendre son parcours. Autour de lui s'organisait un barrage. La nouvelle de son arrivée s'était répandue comme une traînée de poudre. Les troupes armées se déployaient et quadrillaient le quartier.

Un monstrueux poing robotique se referma tout à coup dans le vide, détruisant un pan entier de mur. Ombre s'immobilisa. Fully avait-il décidé de prendre le relais ? Cela s'annonçait intéressant… Il sourit bien malgré lui.

Mais le rire qu'il entendit, s'il ressemblait à celui du tyran, était beaucoup trop féminin et aigu. Cette voix de crécelle, Ombre la connaissait bien. Très bien, même. Ainsi donc, la fille de Fully avait rejoint le combat de son père. Devait-il en être étonné ?

Ombre leva la tête. Celle qu'il avait vue grandir sous la houlette d'une impératrice suffisante et certaine de son pouvoir se tenait devant lui. Enfant, elle était un poison ; adulte, un danger potentiel.

— Plutôt mignonne, susurra le cobaye en pensant à Arakin.

Son rival allait-il le croire s'il lui présentait Margaret comme la fille de son pire ennemi ? Certainement pas !

Ombre se ressaisit. La jeune femme n'était pas à prendre à la légère. Elle était sans doute plus dangereuse que son père. Avait-elle rejoint le combat de son propre chef ou bien sous l'influence de l'empereur ? Le cobaye penchait pour la première option. Il n'avait jamais entendu Fully l'encourager en ce sens. Peut-être l'aurait-il fait si, toutefois, il avait eu un garçon.

— Un moment que nous ne nous sommes vus, Ombre.

Margaret ouvrit le sas de son robot en forme de boule. Elle affichait une silhouette de rêve qu'elle ne tenait certainement pas de ses parents. Elle quitta le siège de pilotage et, un pied sur la sortie et le coude sur sa jambe repliée, elle fixa le traître sans la moindre once de peur.

— Je t'aurai, sourit-elle.

— Le même discours que ton père, lâcha platement Ombre, prêt à partir. À la différence que Fully agit plus qu'il ne parle. Visiblement, cet élément manque cruellement à ton éducation.

Margaret afficha une moue dédaigneuse. Par réflexe, elle épousseta son pantalon d'officier.

— Une chose est certaine, je vais t'attraper et je te ramènerai à mon père, pieds et poings liés. Je serai glorifiée et je deviendrai une grande héroïne.

— Glorifiée ? Une grande héroïne ? répéta Ombre, hilare. Ma pauvre Margaret, tu connais bien mal Fully. Tout ce que tu auras gagné, c'est sa plus grande indifférence. Tu peux être certaine qu'il s'attribuera toute la gloire de ma capture. Maintenant, je t'invite à ne pas sauter les étapes. Voyons si tu es aussi habile pour m'attraper que pour te bercer d'illusions !

Le cobaye se laissa tomber dans le vide. Il se rattrapa de peu au rebord d'une fenêtre et pénétra dans un appartement, semant la panique sur son passage. L'acide vint peu à peu tremper ses vêtements. Malheur à celui qui essaierait de le retenir ! Ombre traversait les murs et bondissait d'immeuble en immeuble sous le regard fou de Margaret qui peinait à suivre son rythme effréné. Ses réflexes n'étaient pas assez affûtés pour espérer attraper ce vermisseau aux cheveux blonds. Plus il la narguait, plus elle enrageait et commettait de grossières erreurs. Les mains en acier de sa machine se refermaient à chaque fois dans le vide.

— Arrête de bouger ! hurla Margaret, furieuse.

Ombre ne faisait plus attention à elle. Désormais, seule comptait sa fuite et sa poursuivante lui avait grandement facilité la tâche : elle avait ordonné aux soldats impériaux de se tenir éloignés. Décidément, Margaret le sous-estimait plus qu'il ne le pensait. Cette grossière erreur allait lui coûter sans doute très cher. Elle voulait jouer ?

— Alors, nous allons jouer !

Ombre bondit de toit en toit avec la souplesse d'un félin. Son sifflement soudain attira le galop d'une machine. À moins que ce ne soit un animal ? Peut-être les deux. Il bondit dans le vide, rattrapé par un immense cheval à la crinière de feu.

— En avant, Huitzi, murmura le cobaye.

Les jambes bioniques de l'équidé accélérèrent l'allure.

Tournant dans l'artère commerçante principale, sa cavalcade attira les cris d'effroi des passants. Au loin, un roulement sourd commença à faire trembler le bitume. Margaret apparut, la folie peinte sur son visage, celle qu'elle tenait de Fully.

Elle l'aurait ! Elle traînerait le traître aux pieds de son père. Elle imagina sa fierté. Sa petite fille chérie lui amènerait Ombre sur un plateau d'or !

— Je t'aurai, sale vermine !

Las du jeu du chat et de la souris, Ombre s'appuya sur la selle et se mit debout. Un rond-point se profila devant lui. L'équidé fit demi-tour et fonça droit sur la machine de son ennemie.

Margaret éclata de rire. Le fou ! Sa boule de verre et de métal allait l'écraser comme un vulgaire insecte ! Au dernier moment, pourtant, Ombre bondit et son cheval s'écarta brutalement de sa trajectoire. Le cobaye atterrit sur le pare-brise avec un bruit mat. Peu à peu, son apparence se modifia. Sa peau se couvrit d'une substance hautement corrosive et dégoulina sur la paroi.

— Tu crois mon père assez idiot pour ne pas protéger ses machines ? vitupéra Margaret.

Les cheveux d'Ombre se noircirent et son regard adopta une teinte irréelle aux nuances de bleu. La fille de Fully ouvrit des yeux ronds lorsque le liquide coula en abondance sur la carcasse de sa machine. Peu à peu, une fumée toxique envahit son habitacle et les quelques gouttes qui retombèrent endommagèrent son tableau de bord. Paniquée, Margaret essaya d'arrêter cette boule sans y parvenir. Des arcs électriques fouettèrent ses mains sans la moindre pitié. Lancé à pleine vitesse, le robot fonçait droit sur une arche en pierre et son équilibre précaire le faisait cogner tous les bâtiments qu'il rencontrait avec une violence inouïe.

Margaret se dégagea de l'engin infernal in extremis avant qu'il ne percute le monument. Une explosion éclata dans un geyser de feu et une fumée noirâtre s'éleva dans le ciel.

Ombre avait tout juste eu le temps de bondir sur le dos de son cheval. Huitzi galopa à travers les décombres, sauta sur le mur d'un immeuble et courut sur sa façade pour en atteindre le sommet.

— Interceptez-le ! ordonna Margaret, folle de rage.

Des soldats robotiques et humains se précipitèrent à la suite du cobaye. Le bâtiment était cerné. Toutes les issues avaient été condamnées.

Loin de s'en inquiéter, Ombre observa l'horizon, l'air absent. Il n'avait que trop tardé. Il soupira d'aise en imaginant une douche bouillante.

De nouvelles sommations attirèrent son attention. Décidément, elle était coriace et butée ! Un sourire mauvais s'étira sur son visage d'ange. Il tapota l'épaule de son cheval.

L'équidé bionique comprit le message de son maître et se cabra. Une fois, deux fois… à la troisième, il retomba lourdement sur ses sabots.

L'onde de choc se répandit en un cercle bleu et jaune. Elle détruisit les communications, ainsi que les circuits électriques des machines proches de son périmètre.

Satisfait du résultat, Ombre repartit au clan.

※※※※※

Le message avait été clair et explicite : Fully désirait – non, il exigeait ! – que sa fille le retrouve dans la salle du trône. Non pas dans un lieu familial, mais bien dans la salle qui asseyait la domination de son père. Les joues rouges de honte, elle marchait d'un pas décidé, toutefois anxieuse, vers l'immense pièce d'apparat et de réception. La jeune femme s'arrêta devant un miroir. Elle s'épousseta un peu et se recoiffa comme elle put ; la poussière avait façonné de méchants petits nœuds dans sa chevelure.

— Cela ira comme ça, dit-elle pour se donner du courage et affronter la colère de son père.

Margaret repoussa l'une des grandes portes de la salle du trône et s'approcha de Fully.

— Papa, tu voulais me…

La gifle claqua en écho. La princesse resta là, soufflée par le geste. Elle porta la main à sa joue et demeura immobile de longues secondes.

— Tu n'es qu'une imbécile, vitupéra Fully. Je me demande comment ma semence a pu engendrer une fille pareille.

Vexée et déçue, elle réprima ses larmes. Ce n'était pas le moment.

— Tu as sous-estimé l'homme qui a été mon bras droit pendant plus de vingt ans, continua l'empereur sur la même note de colère. Même un enfant n'aurait pas fait cette grossière erreur. Tu me déçois.

Sa fille releva subitement la tête. Avait-elle bien entendu ? Non… Elle n'avait pas déçu son père ! C'était impossible !

— Papa, laisse-moi le retrouver ! proposa-t-elle pleine d'espoir. Laisse-moi réparer ma faute !

— Pour que tu recommences tes bêtises ? gronda Fully. À cause de toi, l'artère commerçante principale de Crazevilla est en ruine. Un grand nombre de mes robots de sécurité ont été détruits parce que tu as estimé qu'Ombre était un rebelle comme un autre.

— Je ne ferai plus cette erreur !

— En effet, tu ne commettras plus cette erreur, daigna-t-il lui répondre.

Il se tourna vers elle, grave et sombre, les bras derrière le dos.

— À partir de maintenant, je t'interdis de te mêler des affaires concernant la rébellion.

La mâchoire de Margaret tomba et il lui fut bien impossible de refermer la bouche malgré toute sa volonté. Humiliée et déboutée par son père, elle ne put retenir longtemps cette goutte salée qui traça une ligne humide sur sa joue.

— Sinon, tu sauras enfin à quoi ressemble l'autre côté de la Frontière Interdite.

Elle se le tint pour dit. Fully n'aurait aucune pitié, même si elle était sa fille, la chair de sa chair. Elle quitta la salle du trône sans un mot de plus et sans un regard en arrière, une bile amère dans la bouche.

⁜

Sa chambre fut le témoin de son défouloir. Elle hurla, renversa tout sur son passage, brisa bibelots et miroirs.

— Je te déteste ! Je te déteste ! cria-t-elle s'arrachant les cheveux.

Margaret déchira ses vêtements un à un. Les boutons de sa chemise et de sa veste volèrent à travers la grande pièce sous la violence de ses gestes. À bout de force, elle se laissa finalement glisser sur le mur, désemparée. Elle se mordit le bras et grogna. Ses dents pénétrèrent sa chair jusqu'au sang.

Margaret avait la haine. La haine contre cet homme blond, contre cet imbécile, ce traître !

— J'aurai ta peau ! cracha-t-elle.

Une vague de jurons traversa ses lèvres fines.

— Oui, j'aurai ta peau ! Je l'aurai…

Un sourire mauvais ourla son visage avant qu'elle n'éclate de rire. Peu importe les menaces de son père, elle finirait par capturer Ombre. Peu à peu, un plan se dessina dans son cerveau dérangé. L'ébauche d'une nouvelle vengeance et la certitude que Fully lui pardonnerait son échec

A suivre dans le tome 2 : GUERRILLA